破戒

[日] 岛崎藤村 著

徐华镁 译

天津出版传媒集团
百花文艺出版社

图书在版编目（CIP）数据

破戒 / （日）岛崎藤村著；徐华镁译. —天津：百花文艺出版社，2020.11

ISBN 978-7-5306-7553-3

Ⅰ. ①破… Ⅱ. ①岛… ②徐… Ⅲ. ①短篇小说—日本—现代 Ⅳ. ①I313.45

中国版本图书馆CIP数据核字（2019）第293477号

本书译文经北京夏和璟天文化传播有限公司代理，由立村文化有限公司授权使用。

破戒

POJIE

［日］岛崎藤村 著　徐华镁 译

责任编辑： 刘佩莲

装帧设计： UNLOOK · @广岛Alvin

出版发行： 百花文艺出版社

地址： 天津市和平区西康路35号　**邮编：** 300051

电话传真： +86-22-23332651（发行部）

+86-22-23332656（总编室）

+86-22-23332478（邮购部）

主页： http://www.baihuawenyi.com

印刷： 三河市中晟雅豪印务有限公司

开本： 870×1280毫米　1/32

字数： 290千

印张： 10.5

版次： 2020年11月第1版

印次： 2020年11月第1次印刷

定价： 38.00元

关于作者

遗传性忧郁下的人生

岛崎藤村生于筑摩县马笼村（现在长野县木曾郡山口村）。

父亲正树，母亲缝，岛崎藤村是四男三女中的幺儿。父亲是马笼地区的仕绅兼地方官，同时亦为平田派的国学家之一，适逢明治维新改革期的冲击，在遗传性忧郁性格下以发狂结束悲剧性的一生。这样的父亲，影响藤村形成了后来孤独、沉潜的忧郁性格。对父亲的思念与恐惧，令他形成独有的自我压抑之情愫。

在岛崎藤村七十多年的漫长人生中，可以寻得一条隐忍以及狂热交错的奇特主轴。或许再也找不到像藤村这般生性严谨的人，也不可能有人如藤村这般大胆，勇于走过其人生的转折点。只要细心，就不难发现在他那大胆又不失谨慎的人生中，其实是充满各种谜团和教训的。

岛崎藤村自十岁起离家寄宿于东京读书，1891年于明治学院毕业。当时故乡长兄经营事业失败，家道中落，于明治女子学校任教职。后因与学生佐藤辅子苦恋，伤心之余辞教职前往关西流浪九个月。1893年结识北村透谷参加《文学界》的创刊，陆续有诗作发表。1894年，透谷自缢，藤村为友编集《透谷集》。1896年赴仙台东北学院任教。来年，以浪漫的诗集《若菜集》初展头角。

1899年，藤村与出生于函馆的秦冬小姐结婚。1906年抱着破釜沉舟的决心，借款自费出版经七年时间完成的第一部长篇《破戒》，深受漱石等人欣赏，成为最受瞩目的自然主义文学掌旗手，从狂热浪漫的诗人到冷峻的写实作家的出色表现，显示藤村自觉人生已压缩在“遗传性忧郁”中，狂热且坚忍地生活着。

《破戒》奠定了藤村在近代小说史上无法取代之地位，成功之余三个女儿却陆续夭折，妻子也难产去世，侄女驹子协助扶育多年，后则因与侄女发生不伦事件前去法国，其间亦发表多部作品，三年后归国任早稻田大学、庆应大学讲师，教法国文学。

藤村一生陆续发表了自然主义文学顶点《家》、告白文学最高峰《新生》，晚年更以极大的耐力完成超长篇历史小说《黎明前夕》等作品。1943年8月22日，藤村因脑溢血去世，葬于大矶地福寺，遗发与手骨分葬马笼永昌寺，享年七十二岁。

关于本书

自然主义文学之先驱

所幸《破戒》无论在文学或文坛上都有所斩获，藤村新生代小说家的位置从此稳定下来。《破戒》的成功不只对藤村个人意义重大，它更作为自然文学主义的先驱，在近代小说史上取得一个无法取代的地位。

《破戒》曾被拍成电影和电视剧，描述一位生来即背负着特殊命运，部落出身的青年濑川丑松。任职小学教师的知识青年，必须承受来自周遭的社会偏见，不只是外界的压迫，包括屈服在这种压迫之下的自我内心挣扎，让丑松难以避免地受到双重伤害。或许，藤村把自己几经波折的特殊命运借着丑松，而在文中得以展现。

丑松所处的环境，应该就是在严寒的高原当了七年乡下老师的藤村其亲身经历吧！但是，藤村唯独挑出丑松一人作为主人翁，或许只是藤村在见闻和观察过后对个人命运的一种投射。

对丑松的人性共鸣和对社会的反抗，是作者主要的诉求。这便是《破戒》吹起一股清新的人性主义之风的理由。

夹在嘱咐要隐瞒身份的父亲遗留下来的戒律和高喊着“我乃秽多”、勇于和社会对抗的前辈之间，曾想过用“死”来逃避的主角，终于下定破戒的决心。其间苦闷动摇代表的，正是自我确立的挣扎。然而，他却以跪地祈求谅解的姿态表现这冲突性的决心。文中主人翁宿命的阴郁，以及藤村本身命运的双重投射，丑松的设定成为近代小说的正统取向，也是《破戒》成为近代小说翘楚的理由。

藤村“对丑松、莲太郎和敬之进等所谓的下层社会的代表人士，充满了同情的热忱；相反的，对小学校长、郡视学和代议士候选人的高柳等代表着有钱人或官僚的人们，则是怀着憎恶的心态”的描述，也应该看作是改革的小资产阶级对大资产阶级的抗议之声。更进一步说明，是以主张人类自由为根本的个人主义，来对抗国家主义或官僚主义。《破戒》的文学价值便由此衍生而出。

《破戒》是一个同是人类却因日本的封建性而必须受到其他人歧视，以及因封建性的不合理而造成的悲剧故事。人类应该是没有上下之分、尊卑之别的。

在隐瞒或是告白的几番苦恼之后，外部的压迫终究不敌主角内心的欲求，终于决定做出告白之间的“精神的苦斗”的过程才是重点所在。和社会的封建观念对抗，已经移转成和丑松内心的封建思想的抗争，因此，就强调后者亦即内在的苦恼一点来看，正说明这部小说的近代性。

当然，无论是把它当社会小说看待，或是视它为自我意识上的一种苦闷，都体现了《破戒》的双重性。《破戒》自身所具备对社会偏见的抗议，以及自我意识上的相克的双重性，随着阅读时所放置的重心之不同，其感受也将有所不同。

藤村如此独特的自我和现实的格斗，或许也这样原原本本移转到《破戒》的创作之中。凭着生活者的本能，藤村选择了底层的部落民当主角，却终究无法清楚认识攻击目标所在的封建等级制度。抑郁的生活感情仍然抑郁地流贯整部《破戒》。

第一章

1

莲华寺是兼营寄宿的寺院。

濑川丑松因为急着想换住所，于是租借到二楼转角一间连着住持及其家人的起居室的房间。

这座寺院是信州下水内郡饭山町二十几座寺院之一，是附属真宗派的古刹。从靠二楼的窗口向外望去，隔着高大的银杏树可以看见饭山小镇的一部分。不愧是信州第一佛教圣地，仿佛重现昔日的小都会，别致的北国式建筑、木造屋顶，还有冬季用来防雪的特殊屋檐，以及处处高耸醒目的寺院和高大树梢——放眼望去，如诗般古意盎然的小镇风光笼罩于香烟缭绕之中。从窗口望去，丑松目前所任职的那所小学的白色建筑更是清楚。

丑松之所以兴起搬家的念头，是因目前租住的地方发生了很不愉快的事。说真的，如果不是伙食费便宜，谁会喜欢住在那种地方呢？墙壁上张贴着脏脏的褐色壁纸，粗糙的壁龛，用纸裱的画轴，再加上一个老旧火盆，怎么看都像是离群索居的苦行僧住所。相对于小学老师丑松今日的境遇，不由得给人一种凄凉之感。

因为住的地方发生了这样的事：大约半个月前，有位叫作大日向的大财主，带着一位仆人从下高井的乡下来到这里，要住进饭山医院之前，先暂住于丑松他们公寓几天。那是住院后不久的事。

本来相安无事，但因为住头等病房加上出入都有护士搀扶，如此豪奢的待遇自然引人耳语，也不知是谁放出风声，于是“他是秽多”[①]的传言满天飞。风声传到病房，所有病患为之哗然，甚至演变到病患们去威胁院长：“现在马上将他逐出医院，否则休怪我们集体出院。”着实造成不小的骚动。不管怎么有钱，总战胜不了那种对人种的偏见。

一天傍晚，那位大财主被扶进轿子，在苍茫夜色中离开医院。轿子就这么被抬进原来住处，院长每天亲自来看诊。但这回公寓也骚动起来。就在丑松结束一天工作，拖着疲惫的身躯回到住处时，正好撞见所有人大喊着：“叫房东太太出来！”“不干净！不干净！”谩骂声毫不留情脱口而出。

“什么不干净啊！”丑松内心激愤，暗地同情那位大日向的不幸遭遇，感慨这种无理非人道行径之余，不禁想起秽多这个种族的悲惨命

---

① 日本明治时代以前受人歧视的贱民阶级。

运——其实，丑松自己也是个秽多。

表面上，丑松是个纯粹的信州北部人——任谁看了都会认为，他是在佐久县附近叫作岩石的地方长大的年轻人。二十二岁那年春天，取得正式教师资格，并以优越的学业成绩自长野师范学校毕业。初入社会的丑松，就直接来到饭山任教。算算日子已经三年了，在饭山小镇的居民眼中，丑松一直是位热心的年轻老师，没有人知道他其实是个秽多，也就是所谓的新平民。

“什么时候搬过来啊？”莲华寺住持的妻子问道。

她五十岁左右，穿着褐色碎花外褂，瘦削苍白的手上拿着念珠，站在丑松的面前。依照当地习俗被尊称为“夫人”的这位带发尼姑，算是受过些许教育的长者，说起话来也很懂得人情世故。热心助人的个性溢于言表，她轻诵佛号，耐心地等着丑松的回应。

这时丑松着实慎重思考着。很想脱口说出，恨不得今晚就搬，不过，身上的钱实在不够作为搬家费用。身上仅存的四十钱，根本没法搬家，连目前住处的房租都还未缴清。后天才领得到薪水，于是搬家的事只好到时再说。

“这样吧！后天下午。”

“后天？”夫人一脸讶异地望着他。

“后天搬不好吗？”丑松眼睛一亮。

“那……只是，后天已经二十八日。其实也没什么啦！只不过……我以为你会说下个月再来。”

“啊！真是谢谢。其实，我搬家也是临时起意。”

丑松巧妙地转移了话题。目前住处所发生的事，还一直在心中激荡。一旦有人问起、提起，便不自觉害怕。无论什么事，只要与秽多扯上关系就没来由地想闪躲，正是这男人的一贯作风。

“南无阿弥陀佛。”夫人口中喃喃念着，也不再继续追究。

2

走出莲华寺时已经下午五点。学校的课一结束，丑松便直接外出，身上还是工作时的打扮：沾染粉笔灰与灰尘的旧西装，腋下夹着一个包裹着书本、记事本的包袱，再加上脚下踏着木屐，腰间挂着便当。

穿梭于一群劳动者时，突然涌起一股羞耻感，脚步急急前往鹰匠町住处。秋雨停歇后的夕照下，镇上的屋檐都闪闪发亮，人们聚在湿漉漉的路旁。有人看着走过来的丑松，有人则偷偷摸摸不知说些什么，表情中带着轻蔑，像是在说：“那里的那家伙是谁啊？嗯，老师吗？”一想到这些人都是自己学生的父兄，便觉得可悲，不由得怒火中烧，顿时不愉快地加快离去的脚步。

本町贩卖杂志的书店是最近才开张的。书店前，张贴着写着粗黑字体的新书介绍，试图吸引客人上门。先前在报上广告曾看过，一直期待出版的《忏悔录》——旁边写着猪子莲太郎氏著，连定价都标得很清楚。

他停住脚步，一想起那位作者的名字，丑松就振奋不已。

书店前站着两个年轻人，似乎在找些什么杂志。丑松手伸进褪了色的裤袋里，翻掏着口袋里仅剩的铜板，在书店门口徘徊犹豫。虽说四十钱应该够买书，但是，现在要是买了书，明天起就身无分文了。更何况，还得准备搬家呢！想到这里，那股义无反顾的冲动，一下子又收敛了。悄悄穿过布帘，拾起书来一看，是一本使用相当粗糙的西洋纸印刷而成、带着一股气味、有着黄色封皮的《忏悔录》。在鼓励贫穷人们去阅读的用心下，故意选择简朴装帧，将这本书的内涵表露无遗。

啊！在大多数年轻人都能读书识字的今日，从求知若渴的丑松这个年龄层的人来看，是不会有那种无法阅读无所知悉的情形发生的，对知识有一种饥渴呀！

最后，他依然掏出仅存的四十钱，买下这本一直想看的书。虽然是仅有的一点钱，却还是无法和精神上的欲求相比拟。

抱着《忏悔录》——书拿到手却反而沮丧的丑松，在回家的路上，遇见了学校同事。其中一位叫作土屋银之助，是自师范学校时代的同窗友人；另一位很年轻，最近才升为准教师（未得正式教师许可的候补教员）的男人。那二人正悠闲地晃荡着。

“濑川君，这么晚才回家啊？”银之助拄着手杖走近他。

为人正直又讲义气的银之助，马上察觉到丑松异样的神态。深邃黑亮的眼中不见往日神采，有种欲言又止的不安。

“啊，大概是身体不太舒服吧！”银之助心想。

丑松提到自己是去找房子。

“找房子？你还真是常搬家呢！现在的住处不是才刚搬进去吗？”

银之助露出他惯有的诚挚笑容，不带一丝嘲讽地说着。就在这时，他瞥见丑松怀里的书，银之助将手杖夹在腋下，“借我瞧瞧！”说着，右手跟着伸上前。

“是这个吗？”丑松笑着把书递出去。

“噢，《忏悔录》啊？”那位准教师也挨近银之助身旁张望着。

“你还是这么喜欢猪子老师的著作呢！”银之助说道，望着黄色封皮，稍微翻了一下内页，“就是这本书嘛！报纸也刊登过广告噢！就是这本书啊！装帧这么简陋！算了！你是崇拜他的死忠派嘛！哈哈哈……猪子老师总是出现在你的话题里，想必不久又得拜听大论了。”

“你胡说些什么！”丑松笑着把书拿回来。

暮霭低垂，放眼一望，家家户户亮起灯火。丑松告诉他们自己预定在后天搬到莲华寺之后，便向二人告辞，走了一会儿转过头看，只见银之助还站在道路旁目送他。走过半条街再回首，朋友依然还在原处。晚餐的炊烟笼罩着小镇天空，朋友孤寂的身影看来也像夕照一般朦胧。

3

回到鹰匠町住处附近，只听见钟声或远或近从四面八方而来。大概是寺院晚课开始了吧！来到住处前，忽见几位工人提着灯笼，光线投射在幽暗的街道，只见一顶轿子抬了出来。啊，是那位大财主偷偷离开了吧！就在丑松感慨不已、漠然呆立地目送之下，那位随从男子的身影映入眼帘。虽然同住屋檐里，丑松却从未见过大日向本人，倒是常见那随从男子提着药罐，不时在屋里进进出出。

那位壮硕高大的男子，现正撩起衣襟，利落地护着主人，指挥着工人。看得出来，这人是秽多之中身份较卑贱者，他大概做梦也没想到站在那里的丑松和自己是同族之人，下意识地流露出胆怯，稍稍欠身致意便快步离去。忽闻他在门口对房东太太打招呼的声音。环视屋内，只觉吵嚷不堪，一团混乱。屋里的人个个激动万分、愤愤不平，故意高声叫嚷着。

“谢谢您，祝您一路顺风。”房东太太走近轿旁说着。

轿内的人没有任何回应。丑松默默地站在一旁，只见轿子渐行渐远。

“知道厉害了吧！”这是屋里的人们就这样的结果所发出的胜利欢呼。

丑松脸色泛青地穿过走廊时，人群还聚在长廊不散。他们怒气难遏，有的耸肩踱步，有的踏着地板嘎嘎作响，还有些好事之人抓着大把的盐巴往院子里撒。房东太太则拿着打火石（石英的一种），说是洁净之火，咔嚓咔嚓地敲击着。

哀伤、恐惧……千思万绪在丑松胸口翻搅。一想到不见容于医院，又被同住处的人给轰走，受到如此残酷的待遇和耻辱，却只能默默离开的大财主的命运，可以想象轿里的人心中悲愤、感慨的哽咽。

大日向的遭遇活生生就是所有秽多命运的写照。

试想，这可非他人的事。从长野的师范学校到任职于饭山为止，自己居然平安无事地同常人一般生活，毫无危险意识。

此刻，丑松脑海中浮现父亲的身影。现在，父亲正在乌帽子下牧牛，过着隐士般孤寂的生活。丑松想起了西乃入牧场，也忆起牧场里的小屋。

“老爹！老爹！”丑松喃喃呼唤，来回踱步张望着。渐渐地忆起父亲的谆谆嘱咐。

当初，丑松要离家时，父亲很担心独子的前途，跟他说了许多故事。当时，他第一次听到关于他们一族祖先的故事。如同居住在东海道沿岸的大多数秽多族，不同于朝鲜人、中国人、俄罗斯人，以及从一些无名岛上漂来、归化的异邦人后裔。这支血统源自昔日逃亡的武士，尽管贫苦，却不是因罪恶而受贬低的家族。父亲特别嘱咐着，想在社会上出人头地的秽多子弟的秘诀——唯一的希望、仅有的办法，就是隐瞒自己的出身。

“不管看到什么或遇到什么样的人，绝不能说出实话，如果难忍一时的怒怨悲愤而忘记这个戒律，届时会遭社会所遗弃！”父亲如此告诫。

决定自己一生的戒律，就是这么简单：隐瞒！

只是当时自己仍一派天真，嘟囔着：“老爹在说些什么啊！”

一心只想可以出外求学，兴奋离家。愉快的梦想时代在遗忘父亲的戒律中度过。渐渐的，丑松由少年逐渐长大成人，开始了解到自己的处境了。唉！犹如自充满乐趣的隔壁搬回到自己无趣的家般的感觉。

现在，他开始认真地想隐瞒自己的身份。

4

丑松仰躺在榻榻米上，静静想着，不久便疲倦地睡着了。

一觉醒来，看看屋内，油灯的火还孤寂地亮着，晚餐的饭菜也搁在角落。身上还穿着西装。丑松觉得自己仿佛睡了一个多钟头。门外传来秋雨声。

丑松坐起身，望向那本买来的黄色封面的书，将饭菜拉到面前吃了起来。掀开餐盒盖，迎面一股剩饭味道，丑松叹了口气，草草吃过后，便将饭菜推开。

丑松点燃剩下的香烟，翻开《忏悔录》。

这本书的作者——猪子莲太郎的思想，充分显现当今低下阶层社会的“新苦痛”。有人认为这男人太会自我吹嘘，有人则为了讨厌而讨厌。他笔下的世界一直带有某种神经质，莲太郎终究是那种言论无法脱离主观之人，但其思想刚毅有力，观察细腻，充满吸引力，这是拜读过他著作的人都可以感受到的特色。

莲太郎研究贫民、劳工阶层、新平民等的生活状态，孜孜不倦挖掘社会低下阶层的清流，强行将自己的理念呈现在读者面前，从各种角度剖析说明，将较难以接受的观点反复解释，直到读者认同为止。不过，莲太郎并非站在哲学或经济方面探讨这类问题，而是基于心理研究上。他的文章是将其思想如岩石般排列出来，露骨但具诱动人心的力量。

但是丑松喜欢莲太郎的著作并非仅此原因。身为新思想家斗士的猪子莲太郎也是秽多族的事实，深深撼动丑松内心。在丑松的心中，莲太郎是他暗地景仰崇拜的前辈。同样身为人，我们实在毫无道理受此轻蔑的待遇，如此激昂的气概便是受这位前辈的感化。因此，只要是莲太郎的著作，他必定买来详读一番。杂志上只要出现对方的名字，一定仔细看过。作品看得愈多，就愈觉得自己深受这位前辈引领，逐渐进入新的境界，身为秽多的悲哀感也渐渐觉醒了。

“我乃秽多！”是这本新书的开头。书中将同族的无知和凋零颓丧鲜明地描绘。其中也叙述许多优秀的男女，因秽多的出身而遭社会摒弃的情形。

从作者对烦闷的历史和悲欢岁月的追思、追求精神自由的困境、饱受社会不合理的折磨、对人生充满怀疑的昔日时光，到踏入仰望晨曦般的光明而崭新的生活——热血男儿呜咽般的生动笔触，充分表现在字里行间中。

新生活——这是莲太郎从自身偶遇的挫折中所寻得的。他出身信州的高远，来自历史悠久的秽多族，这是在莲太郎受聘为长野师范学校心理学讲师时——当时丑松尚未入学——由同样南信州出身的几位学生口中得知。

“讲师之中，有贱民后代。”当这个传闻传遍全校，所有人都错愕不已、人心惶惶。有人认为秽多后代根本不可能有莲太郎的作为、容貌、学识，执意主张传闻不可信。

“流放、流放”的呼声，从部分心存嫉妒的教师群中响起。唉！若没有所谓的种族歧视，就不会发生基什尼奥夫屠杀犹太人的事，也不会出现西方广为流传的“黄祸”之说了。

无理自通，失去公理的世界，又有谁会仗义执言认为“放逐秽多”是不对的呢？于是，莲太郎终于坦言自己的身世，在向校友们辞别时，竟无一人为这位讲师流下同情之泪。莲太郎走出了师范学校之门，也同时舍弃了“为学问而学问”的理念。

当时的情况，详细描述在《忏悔录》里。丑松感动莫名，合上反复读过好几次的这本书，闭上双眼，终于觉得无法再看下去了。

同情，是种奇妙的心理，有时反而令人无法理解内心真正的想法。再则，莲太郎的笔触，与其说是用来引发读者的兴致，不如说是引领读者思考的工具。后来，丑松的意识已脱离书中，盘旋思考着自己的身世。

在这之前，丑松一直都过着平稳无忧的日子——主要是源于少年时代的境遇。

出身小诸的向町（秽多町）的丑松，是分散于北佐久高原上的新平民族群，更是四十户人家的头目家族。

狱卒和捕快是先祖在维新前代代相传的职务，因为管理者的职务，父亲不但免缴租税，还可领享俸给。正因这样的出身，所以即使受贫苦和凋零所迫而搬到小县郡时，仍不忘让当时八岁的丑松入学。

丑松在根津村的学校求学时，就像一般人家的小孩，任谁也猜不出这个可爱的新生竟是秽多之子。

后来，父亲在姬子泽的山谷间安顿下来，叔父夫妻也一起搬了过来。在新的环境一无所识，也没有必要刻意隐瞒，因此，少年丑松逐渐习惯一切，早早将过去遗忘了。在接受公费教育而出发前往长野时，昔日的种种不过是先祖们的故事罢了。

过去的记忆一一从丑松的内心苏醒。七八岁时，不时遭受其他小孩欺侮、丢石块的恐惧感，又再度袭来。虽然记忆模糊，但当时居住在小诸向町时的往事仍然浮现在他脑海中。甚至，对搬迁前去世的母亲的记忆也一并复苏。

“我乃秽多！”——啊！这句话在丑松年轻的心灵中掀起的波涛是何等剧烈啊！看过《忏悔录》，反而使他感受到一股前所未有的苦闷痛楚。

第二章

1

每个月的二十八日是发薪日，学校里的每个人在这天都显得特别兴奋。当下课的铃声一响，无论男女教员，无不匆匆收拾书本，早早离开了教室。

一时之间，校园里充满了活泼好动的少年的喧闹声。有的甩着便当和草鞋，有的背起帆布书包，有的将四方巾包袱绑在背后，喧哗地离去了。丑松也在高等四年级的一班下课后，穿过飞奔散去的学生们，快步朝教职员办公室走去。

校长在接待室里。这个人与新任郡督学一起调到饭山，比丑松或银之助都晚。若将学校比喻成一个家族，那他们二人就像校长的小舅子一般。那一天，郡督学和两三位市议员莅临学校，校长带领他们参观各间教室的上课情形。郡督学指示校长的不外乎是职员的监督、每日教学方案的整理及黑板、桌椅等器具的修缮，还有流行性沙眼的卫生防治方法等等，主要是一些儿童教育相关的事宜。

回到接待室，大家开始闲聊，室内烟雾弥漫仿若白色漩涡般。只见工友进进出出地侍奉茶水。

对这位校长来说，教育就是一种规矩。郡督学的命令便是上司的命令。这个人想让儿童受到军事作风的熏陶，从他日常举动、生活方式等便可探出端倪。

如同时钟般的准确——不仅是他的座右铭，也是他最喜欢向学生说教的至理名言，同时，还是其用来指挥全校教职员的精神指标。他认为初生之犊的青年教育学者喜欢挂在嘴边的那些论调，不过是无聊人生的一种装饰。不过，这种主义的强迫推销还算成功，至少对校长而言是成功了，他获颁一面刻有表彰功绩文字的荣誉金牌。

他毕生的荣耀现在就放在接待室里。大家的视线全集中到那片灿烂夺目的金色光辉上。针对金牌的质地、重量、直径及价值，三位市议员赞叹地望着金牌，心里估算着。十八K金，直径九分[①]，重量五刃[②]，价值约三十元——这是大家一致的结论。

另外添附的表彰文，写着他对教育事业的卓越贡献事迹。内容描述他对县内教育所做的各种努力。写道：“鉴于基金令[③]第八条的宗旨，

---

① 一分是一寸的十分之一，一寸约三点三厘米。

② 一刃约三点七五克。

③ 有关教育基金的相关法令。

特颁金牌一面，以表彰其作为。”

“这次的表彰并不光是校长的荣誉，也是我们信州教育界的大事。”留着白胡子的市议员再次强调。

金边眼镜的议员也跟着附和：“接下来，有几位热心人士想摆些酒菜为您祝贺，不知您意下如何？今晚可否赏光三浦屋？届时，郡督学先生也务必一道前来。”

“劳各位盛情，实在过意不去。”校长起身向三人致谢。

“身为教育人士，此次能获此殊荣，我很高兴……不过，仔细想想，我实在无功之有，虚得这样的荣誉金牌，反而更显得我的才疏学浅呀！”

“校长先生，您这么说可真是折煞我们这些人了。”右侧一位干瘦的议员搓着手说道。

“其实也只是粗酒劣菜的小庆祝会罢了。”左边白胡子议员在一旁劝说着。

校长眼神闪烁着得意的火花，掩饰不了内心的兴奋，一会儿挺胸，一会儿耸肩，最后便向郡督学问：“怎么样？您的时间方便吗？”

郡督学一听，嘴角扬起高幅度的微笑说：

“既然各位如此盛情，不去反倒失礼了。”

“说得对！哎呀！总之，以后有机会再答谢各位了。还请各位多多指教。”校长郑重地向大家道谢。

其实，不清楚地方事务的人或许无法体会校长目前的立场吧！从事地方教育的首要条件，就是要像这位校长一般庸俗。若只想着求学时代的理想，一味嫌弃世俗的交际，这个位子可能一天也待不住。

即便是地方权贵，照样有喜有忧，当你开始与人交际，宴席上与祭主、和尚同席，偶尔喝点当地产的酒，流利地使用方言时，自然会把学问摆一边，和没受过教育的人打成一片。聪明的教育学者和市议员攀交情，以求巩固自己的地位，这可说是再平常不过的事了。

那些人拿着帽子起身欲离，校长殷勤地尾随相送，彼此在玄关道别。

“我会请郡督学一起出席，下课后，马上过去。”

“那就麻烦您了。”

2

“工友！”校长的叫声响遍学校长廊。

学生早已放学回家。教室门窗均已关闭，运动场上也见不着打网球的人。

周围一片寂静，除了教职员办公室偶尔传来笑语外，仅剩二楼传来断断续续、寂寥又沉静的风琴声。

“来了，请问有什么事吗？”工友套着草鞋，啪嗒啪嗒地跑了过来。

“啊，不好意思，麻烦你再跑一趟公所催一催，领了钱赶紧回来，大家都等着呢。”

吩咐完后，校长走进接待室。只见郡督学抽着香烟，埋首于报纸堆。

“真是抱歉！”校长说完，挪到郡督学身旁。

“你看！你看！《信浓日报》啊！”郡督学的态度熟稔，“将你获颁金牌，理应为教育者的楷模一事写得多仔细呀！不仅刊出全部表彰内容，连生平履历都有呢！”

“说得也是，这次得奖可真是备受瞩目啊！”校长满脸笑意，“不管走到哪里，都是这个话题。就连一些意想不到的人都知道这件事，还特地来恭喜我呢！”

“很好啊！”

“这全靠您的大力帮助……”

“这话就此打住吧！”郡督学挡住对方的话，“彼此彼此啦！哈哈哈……在我们这群人中能出现这么一位获奖者，真是光荣的事。相信你一定很高兴。”

“胜野君也很为我感到高兴。”

“他是我的外甥，所以是当然的啰！我也收到他的一封长信。看到信就可知他本人那副欣喜若狂的模样。说真的，我那外甥还真是很为你着想呢！”

郡督学所提的外甥，就是检定考试刚通过，最近才到任的正教员：胜野文平。

这位新来的校长一心想要提拔文平成为自己的心腹，但是若照席次来分，丑松居首位，甚至在学生们中的声望，丑松也居于校长之上，和银之助二人皆是出自师范的青年才俊。尽管校长再怎么偏好文平，也无法动摇两人的地位。文平顶多排在第三位。

“相较之下，濑川太冷淡了吧！”校长忽然压低声调。

“濑川君？”郡督学也皱起眉头。

“您听听看吧！这可不是什么无关紧要的奖，心想濑川君肯定也会为我高兴，您想必也是如此认为吧！但事实不然。那真是……其实也不是我亲耳听到啦！不过，他居然说，教育者若是把得奖当成是天大的功绩，可就大错特错了。这的确是人所赐予的荣耀啊！对濑川而言或许没什么，但是，金牌就是一种表彰啊！表彰不算什么，但其本身却极富意义。哈哈哈……您说是吗？”

“濑川君怎么会有这种想法呢？”郡督学叹息道。

“就时代的观点来说，或许我们有点落伍。不过，新的东西未必就是好的啊！”说着，校长露出嘲弄似的笑容，“不管如何，濑川君和土屋君的这种做法，实在叫我很难办事。若大家不能全心全意为教育事业努力的话，就毫无意义了。如果胜野君能位居首席，我也安心多了。”

“倘若你真是觉得如此，总会有办法解决的。”郡督学语带玄机地望着对方。

“有什么办法？”校长热心地追问。

“将他们调到其他学校，然后用你觉得理想的人选接替。”

“这就是问题所在呀！若说要调学校，也得有理由啊！万一不小心的话……濑川君在学生群中可是颇有影响力。”

“说得也对，没有犯错的人是无法叫他走人的。哈哈哈……我可不想被认为是在玩弄权谋。”这时，郡督学念头一转，“虽然我没办法表扬我外甥，但绝对会对你有帮助。至少，得让他和濑川君不相上下才行。这个濑川君到底哪里好呢？为什么学生们这么支持这样的教师呢？我实在不了解。对他人追求荣誉报以冷笑，这究竟是一种怎么样的思想？看来，濑川君他们会是个麻烦噢！”

“那可能就是猪子莲太郎之类的思想吧！”

“呵……那个秽多吗？”郡督学脸色一沉。

“是啊！”校长也重重叹了口气。

“一想到年轻人在读像猪子那种人写的东西，我就不由得担心了。不正常，真是不正常……现今出版的新书尽是些戕害青年身心的东西。结果，不是出现心理不正常的人，就是一些狂热分子。唉！现在年轻人的思想，还真是无法理解。”

3

突然，接待室外传来敲门声。二人赶紧闭上嘴。接着又是一阵敲门声。

“进来。”校长说道，随即离开座位。

郡督学也回过头，望着前去开门的校长心想：是谁呀？市议员派来的人吗？

出乎意料的是，竟是一位教师，丑松紧随在后。校长与郡督学面面相觑。

“校长先生，还在洽谈公事吗？”丑松问道。校长笑了笑。

“没有，也不是什么公事啦……只是闲聊罢了！”

“这位风见先生无论如何都要见郡督学一面，直接拜托您一件事。”说着，丑松介绍一道前来的同事。

风见敬之进是位被时势所弃的小学老教员，和丑松或银之助等年轻一辈相较，年岁足可当他们的父辈。黑木棉图案的外褂，有点污垢的和服，下面是粗糙的小仓布裙，怯生生地走向郡督学。失势的人总是怯弱，一见到郡督学严峻的脸色，便莫名的身子僵硬，一句话也说不出口。

“听说你找我有事，究竟是什么事？”催促声连连，郡督学真是气势凌人。

敬之进过度磨蹭，终于令郡督学也不耐烦了，一下子看表，一下子踱脚，“到底是什么事？你不说我怎么会知道呢？”说着，不耐烦地站起来。这举动使得敬之进益发说不出口。

“其实……有点小事，想麻烦您……”

“嗯……”室内顿时一阵寂静无声。

看到低着头，身子微微颤抖的敬之进，丑松不觉升起哀怜之情。郡督学似乎再也无法忍受了。

“我可是很忙的。有什么话请快说吧！”

丑松再也看不下去。

“风见先生，你不须如此顾虑。你不是希望来商量自己退休后的事吗？”说完，他转身向郡督学说，“就由我来说吧！像风见先生这样的人离职后，是否不能再领取退职金[①]呢？”

“当然，这是毋庸置疑的。”郡督学冷冷地回答，“把小学法令的施行规定拿出来看看吧！”

“规定是规定，没错……”

“怎么可以不遵守规定呢？因为身体衰弱，不堪教职而退休……我们也无权阻止。但是，退职金的领取必须是服务满十五年以上的人。风见先生只有十四年又六个月！”

“但是，如果不太计较这仅存的半年，就可以帮助一名资深教育者啊！”

“这种事一开先例，就会没完没了。无论如何，风见先生动不动就因家里的缘故请假。哪家没有本难念的经啊！还是早早忘掉退职金的事，好好休养吧！”

被这么拒绝，看来毫无商量的余地。丑松难过地看着敬之进。

“怎么样？风见先生，你倒也说说话啊！”

“既然如此，我也无须再多说什么了。就照他说的，只好放弃了。”

这时工友提着一包沉重的包袱从公所回来。趁工友前来通报，郡督学拿起帽子告辞了，校长则亲自送他离开。

---

① 按日本旧法规定，政府公务人员工作一定年限后，退休金或退职金按年或一次领取。

4

男女教员集合在宽敞的教职员办公室。当天是星期六，因为发薪日的关系，大家感觉反倒比星期日更兴奋。集合在此的大多数人，皆对长期以来的工作与人数众多的学生管理感到疲累，对教育事业毫无兴趣，其中更有人非常讨厌小孩子。当然，这里也有些刚修完三种讲习、考试及格、才刚学会抽烟的年轻准教员，正是前途无量、施展才能之际，个个充满热情。还有些堪称老朽、留着胡子的家伙，不是缅怀过去，就是羡慕他人，让人看了不由得觉得凄凉。除此之外，还有些准备将自己一个月来的辛劳报酬用来自我买醉的人。

丑松正准备和敬之进一起到教职员室，碰巧在走廊遇见工友。

“风见先生，昆屋的老板说想见您，刚刚就来等着。”

突然听到这话，敬之进看起来露出了苦笑。

“什么？昆屋的老板？”

昆屋，是一家饭山町郊区的饮食店，是专为农夫温酒的地方，更是能让老朽的敬之进忘却俗世烦琐的秘密小窝，这事丑松也知晓。大概知道今天是发薪日，特意来讨积欠的酒钱吧！敬之进孤寂的苦笑如此诉说着。

“啐！这也不用讨到学校来吧！”敬之进自言自语叨念着。

“就让他稍等一下吧！”嘱咐过工友，二人急忙往教职员办公室去。

十月下旬的阳光，投射到玻璃窗上，为烟雾弥漫的室内空气增添了几许清亮。教职员们在布告栏下站了一群，功课表旁又站了一堆，个个聊得口沫横飞、熙熙攘攘。

丑松站在门口环顾四周，只见郡督学的外甥胜野文平，靠在灰色墙壁和银之助聊着。身上穿着崭新发亮的西装，领带简单朴素颇有品位，一身合宜装束中，还有股明快的魅力，梳理得服帖整齐的头发黑亮，双颊年轻充满活力。此外，这男人足以穿透物体的敏锐眼神，似乎永无停歇一刻。相比之下银之助的五分头、脸色潮红、精气饱满、不修边幅地卷起衣袖、高声谈笑的个性，实在差太多。女老师们的视线大多集中在文平身上。

见到文平潇洒的风采，丑松并没有特别羡慕。

他心中在意的是，这位新教员来自与自己相同的地方，加上他对小诸附近的地理似乎很清楚，或许曾在某处听过濑川家的事也说不定，看似宽广实则狭隘的世间，某天碰巧有人谈论着那个“头目”的现况时……当然，时至今日，应该不会有这种事……不过，万一……那可就不能对这个教员掉以轻心了。丑松心思缜密推敲着，心想绝不能疏于防范。丑松不安的眼神中，浮现各种忧心的思绪。

校长终于将从公所带回来的钱清点完毕。接着就等着将它们各自分配，丑松协助校长将十月份的薪俸放到每个人桌上。

“土屋君，这是你的份。”

在银之助面前，放着几束五十钱捆成一束的铜钱，外加银币一包和纸钞。

“喂！给我这么多铜钱啊！”银之助笑着说，“这么多怎么拿啊？！哈哈哈……对了，濑川，今天搬家吧！”丑松笑而不答。

一旁的文平领了自己的一份，“搬到哪去呢？”

“濑川今晚开始得吃精进料理[①]了。”

“哈哈哈……”丑松笑着敷衍过去，早早回到自己座位。

虽然是每个月例行公事，拿到薪俸时每个人的表情可又各不相同。说真的，对男女教员而言，再没有比看着凭自己劳力所得的收获还愉快的时候了。有人晃着纸袋里的银币叮咚作响；有人则将薪俸包妥在四方巾里，掂掂重量；有的女老师抚摸着绛紫色裙子的绳结，面带微笑。

校长看似有事一般，突然站起身。大家纷纷竖起耳朵，想听听究竟有什么事。校长咳了一声，机械地换了口气，向大家宣布敬之进退职一事。接着，学校准备在十一月三日，亦即天长节[②]庆典结束后，替这位劳苦功高的教育者举行欢送茶会。此话一出，便获众人一致赞同。敬之进倏地站起身，向大家行了个礼，然后又颓然坐下。

不久，大家开始准备离开。就在男女教员围着敬之进你一言我一语安慰时，丑松提起四方巾包袱飞快地往外跑。银之助四处找寻朋友，从教职员室到走廊、走廊到接待室、工友室，甚至楼梯间，就是见不到丑

① 日本的素菜料理。

② 明治天皇诞辰。

松的踪影。

5

丑松急急回到住处。这个月的薪俸在手，心里也觉得踏实多了。昨天一心就想搬进莲华寺，澡没洗，香烟也没买，这样度过阴郁的一天。

老实说，口袋里没半毛钱，想必任谁也笑不出来吧！住处租金缴清，准备好待车子一到，便马上出发，在香烟卷点上火时，他感到一种无以言喻的快感。

搬家最好不要引人注目，他心里如此盘算着。

最令他担心的是这个房东太太的猜疑，她对自己如此紧急搬家会怎么想呢？万一要是她疑心自己因与那位被驱逐的大财主有某种关系，才感到不舒服决定搬走的话，又该如何呢？依照她无知的个性看来，肯定会追根究底地盘问搬家的理由，届时又该如何回答呢？又没有非搬家不可的理由，心里总有份莫名的不安。

万一说错话，反倒会自找麻烦。光是“因为某种原因而搬家”的理由就有千百种。就这样东敲西想，又疑惑又惶恐……结果，长年与各类房客应对的房东太太却无太大的惊讶。就这样不知不觉中，事先叫好的车子也到了。说是行李，其实不过是些书柜、桌子、柳条编的行李箱和棉被袋，只需一辆车即可。丑松提着油灯，在房东太太的送别声中离去。

就这样跟在车子后面，缓缓步行两三条街，稍微回头看看原来的住处，不自觉地叹了口气。

路况差，车子跑得慢，丑松默默想着自己一生的变迁，走着走着感叹起了自己的命运。

寂寞、悲伤也好，可笑也罢，都像是一种莫名的情绪，在胸中来回撼动着。追忆之情历历在目，泛起无限感慨。在这个让人联想到十一月即将到来的萧瑟之日，湿润的深秋空气犹如淡淡烟雾，将所有街道怀抱其中。路旁枯黄的柳叶飘零一地。

途中，遇见一群拿着纸旗前进的少年。不知是谁家的孩子模仿着乐队，笛声、太鼓也穿插其间，踏着整齐的步伐，高声唱着有趣又逗笑的歌啊！是普通科的学生！突然，有个人跟在他们后面，和少年们齐唱着歌，毫不在意旁人眼光的愉快醉汉。那蹒跚的步伐，一看便知是退休的敬之进。

“濑川君，你看看！这，是我们的乐队噢！”

他用手指着，呼吸中散发一股熟柿子味。看来，敬之进肯定刚在哪里喝过酒。他所指的那群少年突然哄堂大笑，像是在嘲笑这位可怜的老师。

“开始！”敬之进以玩笑似的口吻，像指挥般地说道。

“各位同学，仔细听好！到今天为止，我还是你们的老师。明天开始，我再也不是你们的老师。但是，我会担任你们乐队的指挥。知道吗？懂了吧？哈哈哈……”他看似在笑，不料盈眶热泪却滑落脸颊。

天真无邪的乐队响起一阵欢呼，又迈着整齐的步伐走过。敬之进像是想起什么似的，原本只在后面看着，终于又随着那群少年离去。

“就和你一起走到前面吧！”敬之进抖着身子说道，“对了，濑川君，天还没黑，你为何提着油灯四处走呢？”

“你说我吗？”丑松笑着，“我正在搬家。”

“啊……搬家啊？你要搬去哪？”

“莲华寺！”

一听到莲华寺，敬之进一阵静默。二人各怀心事地走了一会儿。

“啊！”敬之进先开口道，“其实，我真的很羡慕濑川君你们。难道不是吗？你们都还那么年轻，前途无量是指你们。真希望我也能和你们一样，再年轻一次。唉！人一旦像我们一样变老就不行喽！”

6

车子缓慢前进，丑松和敬之进二人随之在后，并肩聊着。

在靠近小镇某处时，车夫突然停下车子，呼吸着冰冷的空气，擦拭着前额的汗水。只见小镇天空笼罩着一层灰色水气，只剩西方一隅亮着金黄的光芒。

看来今天天色较往常来得暗，街道似乎顷刻间昏暗不清。还不到点灯的时刻，却早有一户人家点亮灯了。大门前可以清清楚楚看到三浦屋的大字。

二楼高声吵嚷的欢乐声，更为屋外的二人心里蒙上一层不悦与寂寥。此时，室内众人酒宴正酣。这里灯影摇曳，相必是专供寻欢作乐的花街。几只三味线合奏出有趣的曲调，震响于拉窗上，听来极尽谄媚。突然，猛烈太鼓声也加入其中。不时传来尖锐的歌声，应是担任伴奏的姑娘的声音吧！一位像是被叫来的艺伎，带着一位提箱人[①]，正拉高衣裳下摆，急忙从二人面前走过。

酒客的笑声真实呈现眼前，听得出其中有校长和郡督学的声音。众人又吃又喝，似乎早已忘却时间的流逝。

“濑川君，还真是热闹！”敬之进低声说道，“噢！看来是个大剧团。今晚到底有什么事呀？”

“风见先生还不知道吗？”丑松也竖起耳朵说着。

“不知道啊！我们这种人真的什么都不知道。”

“就是校长先生的庆祝会嘛！”

“嗯……嗯……嗯，是这样啊！”

一曲唱毕，响起热烈掌声。接着，似乎又是一阵推杯换盏。耳边传来年轻女人的声音高喊：“大姐，来一曲《今宵何在》吧！”

丑松和敬之进二人穿过三浦屋旁。车子不知不觉已经往前行。随着歌舞花巷逐渐离去，太鼓声也渐行渐远。敬之进时而叹息，时而低吟，

---

① 随同艺妓拿乐器的人。

时而又像濒临绝望之际没来由地大笑。

“浮生若梦……”当他自己配上曲调，低声长吟之时，听在丑松耳里，莫名跟着沮丧起来，心也不禁一阵悲伤、哀痛。

“吟诗不成调……啊、啊！难得一醉也醒了。”

敬之进叹了口气，发出野兽般的呻吟，继续前进。丑松于心不忍，终于开口。

“风见先生，你要去哪里？”

“我吗？我送你到莲华寺门口啊。”

“门口？”

“为什么我要送你到门口呢？这点你大概不明白。不过，现在我也不打算跟你解释。我们虽然认识已久，但像这般亲近也不过几天的事。其实，我早希望找个机会和你好好聊聊。”

终于，二人来到莲华寺的山门前，敬之进脸一沉，随即转身离去。

夫人神情愉快地到居室外来迎接。车子已先行走远。

行李由寺里小厮庄太搬到二楼的房间。厨房里烤鱼的香味，阵阵飘过住持的居室，四周沉香袅袅，在尚未习惯一切的丑松内心留下奇怪的感觉。

大概是供奉佛品，有小和尚来往于正殿。二楼房间的拉窗已换新，比先前所见舒适得多。还有一种名为药池，其实是放进干萝卜叶的浴池。看着眼前热腾腾的饭菜，可口的味噌汤，丑松发现自己居然在这个看似寂寞的寺院里，找到了属于家的温暖。

第三章

1

不用说，银之助不可能知道丑松的出身。

二人在长野的师范学校时，就是志趣相投的好友，每当丑松提及佐久小县附近的灰色景致时，银之助就会开始诉说自己在诹访湖畔的故乡；丑松讲起喜欢的历史故事时，银之助就会提起他对植物采集的兴趣，当年的剪烛西窗缔造了两人深厚的情谊。同窗青涩记忆，永远鲜明深刻。银之助一想起丑松，随之忆起当年，无不感叹岁月如梭。比起印象中那位同样在宿舍餐厅吃着碎麦米饭的朋友，丑松实在变得太多了。

那种忧郁——丑松失去了昔日明朗的个性——从他的眼神中浮现，弥漫在他的脚步中，也可从他说话的声调得知。究竟是什么原因，使他感到如此沉重呢？他和银之助间的距离也渐行渐远。

“一定有问题……肯定有什么原因。”银之助苦思着该如何劝告挚友。

丑松搬至莲华寺的隔天，适巧是星期日，银之助选在下午前往拜访。

途中遇到了文平，二人沿着长满青苔的石阶缓缓前行，秋草零落的小径末端就是正殿，左边是钟楼，右边是住持的居室，还有收藏经书的经堂建筑，有点坡度的瓦片屋檐、大陆式的柱子以及白色墙壁，都像在诉说过去的壮大与凋零。枯黄银杏树下，弯着腰在扫落叶的正是寺里的小厮庄太。

“濑川在吗？”

庄太一听有人问话，赶紧行个大礼，将扫把放在原地，赤足朝住持的居室走去。

突然，听见丑松的声音。抬头一看，靠近银杏树旁的二楼拉窗打开，丑松探出头叫着。

“喂！上来吧！”他又喊道。

2

银之助、文平二人在丑松带领下，步上昏暗的阶梯。深秋阳光穿过银杏叶，洒满整个屋内，无论变色的壁纸、墙上的画轴、排列在地板上的书籍杂志，都呈现出一种淡淡的黄。冷空气从窗口飘进，倒为这座古老禅寺增添一股清爽。书桌上依旧摆着那本《忏悔录》，丑松发觉到桌上那本书，急忙把书藏至角落，拿出白毯子充当座垫。

“你还真是常搬家呢！”银之助看看四周说道。

“像濑川你这样爱搬家，搬几次都不嫌多。不过，依此看来的确比上个住处好多了。”

“为什么要搬家呢？”文平也问道。

“总觉得之前住处太吵了……”丑松努力装出若无其事的样子，然而为难的神情溢于言表。

“寺院确实比较清净。”银之助仍然没有丝毫怀疑，“说的也对啦！之前的住处听说还把秽多赶出去呢！”

“没错、没错，有那么一回事。”文平附和着说。

“所以，我这么觉得啦……”银之助接着说，“你该不会因为这点小事，讨厌之前的住处吧！”

“为什么？”丑松反问。

“那就是你和我不同的地方啰。”银之助笑了笑，“其实，最近我看过一本杂志，里面写的是精神病患的事。有人把猫丢在那男人的住家旁。结果，因为对猫一事耿耿于怀，那男人没与妻子商量，就在当天突然搬家了。也就是说，如果某人精神上有这种毛病，只因弃猫而成为搬家的动机，便一点也不稀奇了。哈哈哈……我可没说你是精神病患噢！不过，看看你的模样，还真像身体不舒服似的。你应该不是这个原因吧！我一听到秽多被逐的事，直觉联想起猫的事来。我想，你或许是因此才想搬家。”

“胡说八道！”丑松笑了起来。笑归笑，但听来不像是因为好笑才笑的。

“我可不是说笑的。”银之助盯着丑松看，“其实，你的脸色真的很不好，去看看医生吧！”

“我可没你说的那种病噢！”丑松笑说。

“但是……”银之助一脸认真，“不知道自己有病的人可不少。你的身体一定有毛病。你不也常说晚上睡不着，绝对是身体出现问题了——我是这么认为。”

“是吗？我看来真的这么糟吗？”

“是的。就是胡思乱想，刚才说的患者眼中所见的猫，和你眼中所看到的新平民，全都是神经衰弱制造出来的幻想啊！猫被丢弃又怎样？没办法的事嘛！秽多被赶又如何？理所当然的事啊！”

“土屋君，你这样不对。”丑松打断对方的话，“你总是自以为是。自己一旦决定，便再也听不进其他的话。”

“是有那么一点噢！”文平机灵地说。

“谁叫你搬得如此仓促啊！”银之助改变口气，“不过，在寺院或许可以多看点书吧！”

“以前我就对寺院生活颇有兴趣。”丑松说。

这时刚好女佣袈裟治[1]拿着热水壶进来。

① 信州北部常见的女子名。

3

很难找到像信州人那么喜欢茶的了。喜欢这种饮料，应该算是居住在寒冷山国人们的本性吧！不少家庭每天总要聚在一起四五回，大家喝茶聊天。

丑松自然也是爱茶同好。端出茶具，动作熟练地泡着茶，在客人面前送上两杯烫乎乎的浓茶，自己凑上杯缘，吸到精心烘焙的茶香，顿时神清气爽，就像重生一般。稍后，丑松放下茶杯，开始说起他寺院生活的新鲜体验。

“听我说！昨天傍晚，我在这寺院沐浴。经过一整天辛勤工作疲累不堪时，洗起来的感觉特别不一样。打开天窗，竟是绽放的紫苑花！当时我满心欢愉，泡在澡缸中听着蟋蟀声，真是寺院独特的情趣呢！与之前住处完全不同，就像回到自己家的感觉。”

“说的也是，再没有像普通寄宿公寓那么无趣的地方了。”银之助点燃另一根烟。

“还有很多呢！”丑松接着说，“首先，老鼠多得叫我吃惊。”

“老鼠？”文平凑上前去。

“昨晚还跑到我枕边呢！要是不早点习惯，老鼠可是挺恶心的。觉得很不可思议，一早与夫人说了这件事，没想到她的说法更有趣。夫人说与其养猫抓老鼠，任其自然生养才是慈悲。只要给它们吃的，其实也没那么可恶。你尽管放心，寺里老鼠都很温顺。听她这么一说，才觉得它们真的一点也不怕人。大白天都跑出来玩呢。哈哈哈……寺院的景象还真与众不同！”

“这人真妙！”银之助笑着说，“看来夫人也是怪人。”

“没这回事，她倒不至于怪，只是比常人多一点宗教思想罢了。说到这里，她还会说‘我们婚礼不也都唱《高砂》[1]吗？’哎呀！怎么扯到这里！总之她不算尼姑，也不是梵妻[2]，但又不是普通人家的太太，像她这样在门徒宗（真宗的俗称）寺院里生活的女人，我第一次见到。”

“还有些什么人？”银之助这么问道。

“一位小和尚、女佣，还有叫作庄太的小厮。你们进来时，不是有位在庭院打扫的男人吗？就是那人。没有人叫他庄太，大家都叫他‘笨庄’。一日五回，黎明时分、早上八点、十二点、黄昏、晚上十点，准时在这五个时间敲响钟声，是他的工作。”

“还有，住持呢？”银之助又问。

“住持现在不在。”

丑松就把自己所见所闻与二人聊了起来。最后，连被寺院收留的敬之进女儿，那位叫志保的女孩的事也说了。

“咦，风见先生的女儿吗？”文平弹掉烟灰说道。

① 正月谣曲仪式和婚礼唱的歌谣。

② 僧侣之妻的俗称。

“前阵子才在校友会露脸的那个人？”

“没错。”丑松似乎也想起来，“她好像是在我们来的前一年毕业的。土屋君，我说的没错吧？”

“应该没错。”

4

那天莲华寺厨房里，正为了前住持的忌日，忙着准备素食料理。每个月的持斋日，都有诵经上菜的习惯，尤其当天是第三十三回忌日，更煮了前住持喜欢的栗子饭，不但供奉于佛前，还会分给寄宿的人享用。连寺里年轻和尚的太太也一道帮忙。准备就绪后，夫人将厨房工作交给其他人，来到丑松房间。

丑松、银之助和文平在这位健谈的夫人眼中，就像三个孩子一样。虽然是旧时代女性，却能理解读书人的谈话，见识甚广，不时还会说些宗教道理。夫人又谈起了十二月二十七日周忌（又称正忌）的事，叙述在那个冬日里，男女施主齐聚佛前，度过值得纪念之夜的古老习俗。包括说法、读经、传抄朗诵等，深夜十二点男女信众齐享消夜，彻夜祈祷仪式种种。

“南无阿弥陀佛。”

夫人自言自语反复念诵，不久提起敬之进退休一事。

据夫人说现任住持对敬之进的照顾非比寻常。住持常常说他只要能戒掉酒就好了，甚至在敬之进保证戒酒又再犯时，还是不计前嫌重修旧好。敬之进明知喝酒误他一生，却还是无法自持。最后，他自觉无颜以对，从此不再踏入寺院大门。父亲的不幸，害志保不知掉了多少泪。

“原来如此……终于要退休了吗？”夫人说着，不由得叹起气来。

“怪不得！”丑松想起，“昨天我搬来这里时，风见先生还跟我来到门前。说什么他只能与我一起走到门前，理由现在不想说明之类的话，便转身离去。当时的他真是醉得厉害呢！”

“咦，到寺院门前吗？即便醉了，还是忘不了女儿吧！唉！这也是父女之情啊！”夫人深深叹了口气。

因为中途插进这样的话题，银之助无法畅所欲言。好不容易打定主意来，未开口就得回去也有所不甘，而且寺院也慰请栗子饭，天色看来也晚了，他就这么在心中踌躇着朋友的事。

意外的是，晚饭竟在居室房里。晚上工作都已结束，饭菜侍候就由穿着白衣的小和尚代劳。

在五分心灯的映照下，夹杂着焚香烟雾的秋夜，烟雾与空气回绕在高高的天花板下，显得趣意盎然。悬挂在老旧墙壁上的黄色法衣，想必是住持所有。

怪异的室内景致吸引了三人的目光。特别是银之助笑声不断，清亮的声音甚至连厨房都听得到，年轻人的话题，深深吸引着夫人。最后，连志保也依偎在夫人身边聆听着。

文平突然变得相当活跃。只要有女人在，他便会莫名献起殷勤，正是这男人的本性，三人在二楼谈话时的声调，和来到居室后完全不同。天生魅力，加上清澈发亮的双眸，天南地北地聊起来时，确实很吸引人。

文平不时望向志保，志保偶尔理一理和服衣领、用手拨一拨垂下的刘海，倾听着大家的谈话。

银之助若无其事地，突然想起什么问道：

“你应该是在我们来之前那一年毕业吧！”他看看志保，夫人也望向她。

“嗯……”志保脸颊突然染上一抹青涩红晕。那些许羞涩的神情，让她看来更添小女人的娇媚。

“学校应该有毕业生照片吧！”银之助笑笑说，“那时的每一位，现在都变成漂亮小姐了。为什么我们来了以后，看到的尽是些还留着鼻涕的黄毛丫头呢！”

欢乐笑声一时充满屋内。志保羞红了脸。即使是这时，丑松仍独自躺在油灯火影下，若有所思。

5

“夫人，濑川非常消沉吧！”银之助说。

“是吗？”夫人稍微想了想。

“大前天，”银之助看向丑松，“你来这里寻找住处那天。我正在散步，适巧与你在本町遇上。看到你当时沉思的模样，我站在原处好一会儿，望着你的背影，不知说些什么好。你手上拿着猪子先生的《忏悔录》。啊！又是那个人的书，读了不要太难受才好。总是看那样的书，对你不太好呀！”

“为什么？”丑松坐起身子。

“深受影响总是不好的。”

“受影响有何不好？”

“若是好的影响就罢，不好的影响才叫人担心。你看看，你个性的改变也是在读过那人的作品之后。猪子老师是个秽多，会那样想无可厚非。既是普通人，又何苦理会呢？至少不必那么悲情吧！”

“这么说来，你认为对贫民或劳动阶层寄予同情是错的啰？”

“我没这意思。我也觉得他的思想很好。但是像你这样深陷是不行的。为什么你老是要读那些东西呢？又为什么总是如此消沉呢？现在的你，到底在想什么啊？”

“我吗？根本没想什么啊！想的都和你们一样。”

“那么，你在想些什么呢？”

“我不明白你的意思。”

“如果没什么，不可能个性会变这么多。”

“我是因为这样才变的吗？”

“的确变了。简直不像师范学校时的濑川。那时候的你，一直都是一位开朗的人。我之所以会这么想，是因为你根本就不是一位郁郁寡欢的人。你是想太多了。把心思稍微转移一下，尽量流露一下自我个性如何？前些时候，我便一直想找机会告诉你。其实，我真的很担心你。如果身体不适，还是尽早看医生，为了你自己应该这么做。”

席间一阵静默。丑松像是想起什么，突然失了神呆坐着，一语不发。好不容易回过神时，脸色很是苍白。

“你怎么了？”银之助不解地看着丑松，“哈哈哈，好怪异的沉默！”

“哈哈哈……哈哈哈……”丑松借着笑声掩饰。银之助也跟着笑了起来。夫人和志保端看二人，听得出了神。

“土屋君看过《忏悔录》吗？”文平接着问道。

“不，还没看过。”银之助回答。

“你看过那位猪子老师的其他作品吗？我倒是从没看过。”

“这个嘛，我看过《劳动》和《现代的思潮和下层社会》，那是濑川借我看的。老实说，真是写得不错，笔触刻画非常细腻深刻。”

“那位老师究竟是什么出身的人？”

“好像是高等师范吧！”

“似乎听过。那位老师还在长野时，地方上的人都说秽多能出这样的人，真是一种荣耀，还委托他来教课呢。于是，那位老师便应邀前去。不料，却因投宿遭拒，连住的地方也没有。因为这事，他决定离开长野。不过，离开师范学校后，那位老师还是继续在进修吧！一位传奇性人物就诞生在新平民之中。”

“我也认为那真是不可思议。”

“那么下等的人种，居然有人可以在思想界闯出名号，实在百思不解。”

“但是，听说那位老师染上肺病，已经因为那病去世了也说不定。”

“咦！肺病吗？”

“生病的人是很认真的。因为‘死亡’的威胁一直在他们面前。那位老师的作品，总让人有种强烈的压迫感。那是肺病患者的特色。因为这种病而出名的人还真是不少呢。”

“哈哈哈……土屋君的观察总是这么生理面。”

“喂！有什么好笑的。疾病本来就是一种哲学嘛。”

“这么说来，不是秽多写那样的书，而是疾病啰！是这样的吗？”

“因为，除了这种解释之外，实在想不出其他原因。根本无法想象新平民会有如此美的思想！哈哈哈……”

就在银之助与文平热烈讨论时，丑松只是沉默不语专注地盯着油灯看。无意间流露在外的苦闷之情，交杂在他稚嫩的脸庞上，使得他棱角分明的脸看来更添几分忧郁。

茶端上来后，三人转向其他话题。夫人开始说起出外云游的住持，试图抚慰客人的心。小和尚靠在隔壁房间的柱子旁，前仰后翻地睡熟了。

静寂的厨房方向隐隐传来地面震动的声响，是笨庄在捣米的声音吧！夜更深了。

6

朋友们回去之后，丑松仍无法抑住内心的激动，在自己房里来回走着。那天的事，那二人所说的话，连那二人脸上显露的细微情感都一一浮现。丑松全身颤抖，莫名的激动涌上心头。

对前辈的侮辱，是他最悲愤不已的。因为身为贱民，故一无可取的无理说法，一想起就怒火中烧。

啊！在种族歧视的高墙下，不论再怎么真心的眼泪，至情的言语，如铁锤般猛烈重击的思想，大概都无法产生任何影响吧！

许多善良的新平民，就在这样的世俗遗忘之下抱憾而去。

复杂的思绪纠结内心，上床后的丑松仍无法成眠。他睁开双眼，头置于枕上，回想着有关自己一生的点点滴滴。老鼠又出来了。那走在榻榻米上的脚步声，使得他益发难以成眠，起身将吹熄的油灯重新点上，照亮枕边。

漆黑房间的角落，如晃动的黑影的敏捷小动物，一点也不在乎屋内有人，摇摆着长长的尾巴，自由进出的放肆模样，叫人又气又好笑，“叽吱、叽吱”为这道古墙增添几分秋夜的寂寥。

丑松不断思索着，心中尽是不安与疑虑。

自以为谨慎小心的行为，反倒引人猜疑……哎！愈想愈觉得自己太不小心。

为什么那个大财主被逐出鹰匠町的寄宿处时，自己没沉住气呢？为什么那么惊慌搬到莲华寺呢？每次猪子莲太郎的著作一出，自己为何要如此夸耀宣扬呢？为什么要替那位前辈辩护，以致让人怀疑他和自己之间有某种关系存在？在别人面前干吗提到前辈的名字呢？为什么不能偷偷买前辈的书就好了？为什么没想到将书藏在屋内，想读时再偷偷拿出来呢？

丑松反复苦思，只觉疲累不堪，始终没个结论。一整夜，他就这样在褥垫上颤抖、烦闷，深陷其中迷惘不已。

翌日，丑松心中有了打算。过去的已无法挽回，只能在今后格外小心。莲太郎的名字、人物、著作等，有关这位前辈的任何事，将不再在他人面前提起。丑松心中做出如此决定。

父亲给他的告诫深切影响了他。

隐瞒——这原本就是个生死攸关的问题。

与此戒相比，那佛门弟子严守于黑袈裟上的诸多戒律，根本不算什么。舍弃了祖师的佛门弟子，仅被责难成堕落。

舍弃父母的秽多之子，岂止是堕落，根本就是沦落。

“绝不能说出事实！”父亲曾如此严厉地告诫丑松。今后想在社会上出人头地，谁会笨到说出真相呢！

丑松已经二十四岁了，正值人生的黄金期。

啊！真希望一直这样下去。愈是如此期盼，身为秽多的痛苦就益发强烈。现世的欢愉在丑松眼里是如此美好。即便有再多不得已，也绝不能破坏这重要的戒律，他这么告诉自己。

第四章

1

乡野间正逢忙于收割的时节。午后，农夫们走出农舍，投身于收割农事。

田里稻谷早已收割，有的地方甚至在播种小麦。一年辛勤工作的收获报酬就是现在。趁还没下雪前赶紧收割。面向千曲川下游的那片平原，简直就像战场。

那天，丑松从学校回来后立刻又走出莲华寺，为寻回昔日勇气，他漫无目的地四处闲逛。从新町郊区，走过枯黄的桑田小路，不知不觉来到乡野一处角落。

靠在稻草垛背光面，双脚平放在受霜害枯萎的杂草上，深呼吸，沁凉的原野空气直达心肺深处，总算有些苏醒感。放眼望去都是农人。那里是父子、母女，那里有夫妇，置身于漫天黄沙中，仍奋斗不懈。去稻谷的搥捣声如雷贯耳，白烟缭绕。时见麻雀成群飞上天际，叫声嘈杂，后又群落在田里。

秋阳威力强劲，人们被晒得苦不堪言。男的个个蒙住头脸，女的纷纷戴上斗笠。

在难得如此干燥无风的天气里，汗水淌流在每个人身上。透过洒满乡间的阳光，丑松眺望眼前劳动的光景，突然，一位十五岁左右的少年走到他倚靠的稻草堆旁。

晒得黑亮的额头，柔顺的眼神，一眼便知是敬之进的儿子。他叫省吾，正是丑松所教授的高等四年级学生。丑松一看到他，就不由自主地想起那位老朽的教育者。

“风见同学，你要去哪里？”丑松出声叫住他。

“那个，”省吾吞吞吐吐地，“因为母亲在田里。”

“母亲？”

“就在那里……老师，那位就是我的母亲。”

省吾用手一指，脸色涨红。有关同事妻子的事，丑松并不是没听过，然而，怎么也没想过眼前工作的这女人，是同事之妻。身着老旧工作服、茶褐色腰带、藏青色棉布的套袖，头戴斗笠避开日照，身子前后摆动，迅速扯下稻粒。信州北部的女人个个身材矫健，工作起来不让须眉，不过，连教员妻子都得在外抛头露面，在炽热天气下拼命工作倒是少见。大概是迫于无奈吧！

在他寄予同情眼光之时，省吾又伸手一指，说那正举槌敲打稻谷的男人，是专诚前来帮忙的名叫音作的寻常百姓。母亲和那男人之间，有位将簸箕顶在头上，一一将稻谷筛落的女人，是音作的太太。每当那位太太抖动簸箕时，稻壳四处飞扬，众人就像被包围在黄色烟雾中。省吾又指指母亲身旁的女孩，说是他同父异母的妹妹阿作。

“你有几个兄弟姐妹？”丑松看着省吾问说。

“七个。”省吾回答。

“七个？还真是不少。你、姐姐、普通科的进同学，那个妹妹……还有呢？”

“下面还有妹妹和弟弟。最上面的哥哥当兵时死掉了。”

“嗯，原来如此。”

“这当中，就属死掉的哥哥、被莲华寺收留的姐姐和我三个人的母亲与他们不同。”

“那么，你和志保小姐的生母呢？”

“已经不在了。”

就在这时，忽传来继母呼喊声，省吾一溜烟地跑了过去。

2

“省吾啊！你究竟要到什么时候才打算帮忙做事啊？！”太太的责骂声听得一清二楚。省吾像是很怕继母的样子，手足无措地站在那里。

“你扪心自问，都已经十五岁了呀！”又听到太太生气的说话声。“今天特地麻烦阿音来帮忙，还弄得人家浑身沾满灰尘，难道你没看见吗？即使我不说，你也应该放学后早点回来，马上过来帮忙啊！都高等四年级了，还成天沉迷抓蚱蜢，你这个懒惰鬼！”

只见太太停住手边工作。音作的老婆也回过头，爱莫能助地看看省吾，又动手拉拉衣领，拍掉身上尘垢，接着擦去满脸的黏腻汗水。席子上的稻谷眼看已堆积成一座小黄山。音作手撑木槌长柄，疲累地伸着懒腰，呼吸鲜绿清新的空气。

“哎呀！阿作！”又传来太太骂孩子的声音。

“你怎么这么爱玩啊？！女孩子要有女孩子的样子。真是没一个听话的！还是自己儿子乖巧。看！阿进比你们两个会做事多了。”

“咦！阿进也在玩啊！”是省吾的声音。

“你说他在玩！”太太气得声音有点颤抖，“哪是在玩？从刚才就一直在看顾小孩子啊。他才没像你这么没用！啐！不过说你几句，马上就顶嘴。都是你父亲太宠你，把母亲说的话全当耳边风。真是厚脸皮又牙尖嘴利！你这个孩子很可恶，我稍微客气点，就不知要搞出什么名堂来了！啊！一定又到莲华寺跟你姐姐告状了吧！难怪会来得这么晚。居然这么偷偷摸摸，真不像话啊！”

“太太！”音作似乎也看不下去。

“今天就看我的薄面，到此为止吧！喂！省吾，你这样也不对噢。要是不听母亲的话，以后我可不再帮你说话了。”

音作的老婆也靠到省吾身边，轻拍他的背低声说了些话。最后，音作老婆让省吾握住木槌长柄，“来帮忙吧！”说着将他拉向自己丈夫。

“咱们开始吧！”音作对着省吾说，挥举木槌开始敲打稻谷。

“嘿咻！呀呵！”叫喊声也跟着响起。

这时，太太和音作的老婆才又重新投入工作。

丑松无意间看到了敬之进的家人。

他明白那可怜少年和志保都不是太太亲生子。当然，他也清楚太太为了丈夫的贫困所吃的苦。五个孩子的重担，不幸丈夫的境遇，造就太太内心敏感易怒也是可以理解的。正因看到这一切，益发激起丑松怜悯敬之进的心。

如今，稍稍振作了，所见、所思皆渐显轮廓。

眺望眼前广大的郊外景致，种种回忆在丑松胸口激荡不已。就在此时，他忆起随意躺卧田埂旁，望着收割光景那个天真的少年时代。

他想起了乌帽子一带的倾斜山脉，也记起那倾斜联结着农地和石墙。眼前浮现出那条长有白茅、野菊及各种杂草，遇霜则红的树叶垂挂在两旁田间小道。忆起秋风扫过稻田，扬起阵阵金黄波涛时，听着山里头议论纷纷的鬼故事，以及行径放纵的农家男女的故事和心无旁骛开怀大笑的事。啊！在那尚不解秽多之子辛酸的时候，现在想来已是遥远往事，那时与现在，简直是两个完全不同的世界。

丑松又忆起在长野师范学校念书时的事。

丝毫不知世间险恶，不抱任何怀疑，也未遭任何人怀疑，认为所有人都是同样想法，一起欢笑、喧闹。他想起宿舍那个充满愉快回忆的窗子，想起舍监的红胡子和学校餐厅的麦饭香；也想起抽中阿弥陀佛签后，常去光顾的学校大门前的糖果店的婆婆的脸庞；更想起告知上床时间的钟声响起，前来巡视的舍监脚步声从遥远走道传来时，原已鸦雀无声的伙伴们又钻出被窝，在漆黑的寝室里热烈地闲聊起来的事。最后，他想起爬上往生寺的山顶，站在刘萱之墓旁高声喊叫的时候，这一生的变化真大。

快乐的昔日回忆与今日的悲痛所带来的双重感受。

“啊！哎！为什么我变得如此猜忌多疑呢？”他仰天长叹。

突然，从意外的地方飘出棉絮般的云朵，丑松望着那云又想了一会儿，不由得莫名地疲累起来，就这样靠着稻草堆上睡着了。

3

丑松一觉醒来，环顾四周，天色已暗。前方田间小道上可以看见赶着回家的人们，三五成群粗壮农家男女从丑松身边走过，有人扛着锄头，有人背着草包，也有人手抱着小婴孩快步回家。一天辛劳的秋收工作，终于告一段落。

当然，还有人仍继续工作着。敬之进家的人也忙着赶工。音作弯着腰，将沉重的草包背回家。剩下两个女人和省吾，仍在那里筛着稻壳并塞进草包。忽然，传来“妈妈、妈妈”的叫声。原来是省吾的弟弟，正背着哭翻天的小婴孩，手牵妹妹朝母亲跑来。

“不哭，不哭！”太太抱过小婴孩，掏出乳房喂食，“阿进，知道你父亲去哪里了吗？”

“我才不知道。”

“唉！”太太用贴身衣的袖口擦了擦眼眶。

“一想到你父亲，真是一点都不想动了。”

“母亲，阿作她……”进指向妹妹叫着。

“咦？”太太回过头，“谁把那袋子打开啦？谁没经过我的同意把那袋子打开的？”

“阿作打开偷吃的。”阿进的声音。

“真是拿她没办法。”太太语带怒气，“把那袋子拿来！快点！还不赶快拿过来！”

阿作只不过是个八岁大的女孩。她提着那只麻袋，却因惧怕母亲而不敢前进。

“妈妈，不要这样。”阿进和其他孩子跟着求情。省吾看到这情形，赶忙跑向母亲身边。太太正从阿作手上抢下袋子，“快拿过来！你这家伙真是丢脸！怪不得刚刚会那么乖。我才一不注意，就干出这种事。偷吃是小偷行为噢！是强盗噢！啐，随你要滚哪儿去，这种坏胚子不是我的孩子。”

说着，太太从袋中拿出剩余的冷掉的烧饼，分给其他三个孩子。

“妈妈，我也要。”阿作伸出小手。

“你在做什么？自己都先拿去吃了还要。”

“妈妈，再给我一个吧！”省吾抱怨说，“你给阿进两个，我才一个。”

“你是哥哥吧！”

“阿进的比较大。”

“再嫌就不要吃！还我呀！我给的东西，你从没高高兴兴拿过。”

阿进塞进嘴巴一块，手上拿着另一块炫耀着，喊着：“省吾是笨蛋！呀哈！呀哈！”省吾一脸愤恨不平，冷不防冲上前去，朝弟弟的头就是一拳。

弟弟忍不住往哥哥耳边挥打一番。兄弟俩气疯了，拱起肩膀，像两头野兽般对打起来。正当音作的老婆慌张地要将他们拉开时，只听到两人齐声大哭。

“为什么兄弟俩要吵架呢？”太太气得大叫，“你们在旁边这么一吵，简直快把我逼疯了。”

这光景让躲在稻草堆旁的丑松看到了。

真是愈看愈不幸的家庭，令人同情。猛然被晚上的钟声给吓了一跳，丑松起身离开。

孤寂的深秋夜空，莲华寺的钟声又再度响起。听来好像是为了犒赏农夫们一天的辛劳，声声催人放松休息。还在外面工作的人们，也开始急着赶工。晚霞笼罩着千曲川的对岸，高社山一带已没入黑暗之中。

西边的天空急速变成深褐色，终将沉落的秋日在稻田上投射了一道最后的光芒。前方的林木、村落，也陷入遥远暮色中。啊！如果能无忧无虑，尽情欣赏这番田园景致，将会是多么愉快的时光啊！内心激荡的懊恼愈是强烈，丑松愈发觉得外界自然的活力正灌满全身。南方天空中闪烁着一颗星。

那瑰丽的蓝色，为这黄昏更添一份庄严。望着天边，丑松边走边思考着自己的一生。

“但是，那又如何？”当丑松走进豆田间的小路，自我激励着。“我也算是社会的一分子啊！当然有与其他人过一样生活的权利呀！”

他开始恢复自信，正准备回家时，又忍不住回头一望，只见敬之进一家仍在工作着。两个女人头上盖的小毛巾在夕照下发出朦胧的白，木槌声在冰凉的空气中响着，“把稻草秆捆起来”的叫声也隐约可闻。望向这边站着的好像是省吾。

夜色渐深，只看得到移动的身影，无从辨认出每个人的脸和模样了。

4

“辛苦了。”[①]山野人家黄昏时逢人就这么招呼。遇上外出到新町城郊，正准备回去的农夫，丑松会这么打招呼。

---

① 在此意指晚安。

途经既是小吃店又是歇脚处的路边小屋前，他又重复着：“辛苦了。”眼前不是别人，正是敬之进。

“啊！濑川君呀！”敬之进拉住丑松，“刚好碰上你。我正想找机会和你好好谈谈呢。哎！别这么急嘛！今晚就和我喝一杯吧！在这种地方闲聊别有一番趣味噢。而且，我也有事一定要告诉你。”被这么一邀，丑松便和敬之进一起踏进昆屋。

让白天的商人和晚上的农夫甩开疲惫的是在这火炉里烧得赤红的薪柴，靠墙并排的几只古瓮，里面装的尽是香味四溢的自制美酒。现正值农忙时分，不是可以久坐的时候。一个农夫套着草鞋，大口喝下一碗酒，便不见踪影了，火炉边仅剩他们二人。

“今晚要吃点什么？”老板娘将大锅吊挂在火炉旁问道，“卷纤[①]如何？也有在河里抓到的泥鳅，要不要尝尝？”

“泥鳅？”敬之进舔舔舌头，“泥鳅，不错噢……如果再加上卷纤就更棒了！这种晚上还是热乎乎的东西最好。”

敬之进肚里的酒虫蠢蠢欲动。没喝酒的时候，整个人像被掏空似的没精神，话又少，简直像个病人。虽已经五十一二岁，看来倒是不老，头发还黑得很。丑松想起在稻草堆所看到、听到的事，愈觉得与此人更亲近了。薪柴烧得正旺。大锅里的卷纤煮得滚烫，香味四溢。老板娘用小碗盛好递上，又将酒温热，以古趣盎然的酒壶在二人的菜旁边各放一壶酒。

---

① 一种爽口的油炸菜卷。

“濑川君。”敬之进开始自顾自地喝了起来，“你何时来饭山的？”

“我吗？我来这里算算已有三年了。”丑松回答。

“噢，都这么久了？总觉得还是不久之前的事。时间过得真快啊！哎！我老了，你们却进步如此快。不过，我也曾有过像你们这样的年纪。天天想着明天、明天、明天，一眨眼居然也五十岁了。我家啊，本是饭山的藩士，少年时代随侍在君侯左右，然后出了江户——那时正好是维新时代。想想，时势还真变化万千。变迁、变迁……看看那千曲川岸边的城池遗迹。在你们眼中，究竟是如何看待那些遗留下来的石墙呢？每次见到那常春藤、草莓等藤叶纠葛缠绕的地方，内心总是充满无以言喻的千思万绪。无论是哪里的城池，大多成了桑田。所谓的士族①，早已凋零散落。至于那些勉强支撑至今的，不是配置到公家机关，就是到学校做工友。哎！再没有比士族更没用的人了。其实，我也是其中之一呢！哈哈哈……”敬之进孤寂地笑着。

杯中的酒他一饮而尽，啐了一口，把杯子推往丑松面前，“我们来交换吧！”

“互敬一杯吧！”丑松拿起酒壶劝酒。

“那可不行。我敬你的归我敬你的，你敬我归你敬我。咦！我本来以为你可能不太行吧！很不错噢！今晚就让我见识一下你的能耐吧！”

“什么！我不太会喝酒啊！”

---

① 明治维新后授予武士阶级出身者的称号，在华族之下、平民之上，已于昭和二十二年废除。

“总之，你先干了这杯。其余的我再帮你喝掉。因为是你，我才会说这些话，都已经二十年了。没错，取得小学教师资格后足足十五年，在那期间就只是反复同样的事。说来，或许又让你见笑，到踏上讲台，对于自己到底该教学生些什么，毫无知觉。哈哈哈……说真的，长期担任教职工作的人，大家都会有这种经验吧！老实说，我根本不觉得自己是个教育者。只是穿上外褂等着每个月领薪水罢了。难道不是吗？普通科的教师，其实就跟有学识的劳工没两样。日复一日，不是管理喧闹的教室，就是督导一大群学生，为了微薄的薪水，每天长时间地工作，能撑到现在，我自己都觉得不可思议。在你们看来，我现在退休或许很不智。其实我也明白，只要再撑六个月，即便微薄，我还是可以领到那些许的退职金。尽管如此，虽然丢脸，但我就是无法忍受下去。今后，让我再工作，等于叫我去死一样。于是呢，我老婆啊，她又开始担心了，说我辞了教师的工作，以后要如何过活？便要我去银行找份工作，你说，我做得出来吗？做了二十年的事都做不来了，又怎么可能做得来新工作呢？耐性、精力，在我体内的东西都早已消耗殆尽。啊！一辈子活着只为工作，直到倒地不起，这便是拖车马的结局，而我正是那匹拖车马。哈哈哈……”

5

突然，一位少年急急走了进来，敬之进的话就此打住。老板娘在水槽边幽暗的油灯下叮叮当当地洗着杯碟，见状往少年方向走去。

“哎呀，这不是省吾吗？”

经老板娘这么一说，省吾一副有事而来的样子。

“我父亲在这里吗？”

“啊，在哟。”老板娘答道。

敬之进皱起眉头，将站在门前庭院暗处的省吾带到火炉旁，望着省吾那惹人怜的模样问：

“怎么……什么事？”

“那个……”省吾吞吞吐吐地，“母亲要你今晚早点回去。”

“噢，又要你来叫人啦！啐！老是来这套！”敬之进自言自语地说着。

“这么说，父亲是不回去啰？”省吾战战兢兢地询问。

“我会回去的……事情谈完就回去。跟你母亲说，我正与学校老师谈事情，聊完自然会回去。”说着，敬之进又压低嗓子，“省吾，你母亲现在在做什么？”

“整理稻谷。”

“是吗？还在工作啊！还有……那个……她还在生气吗？”省吾没有回答。虽然只是个孩子，但他眼中满是对父亲的同情，默默望着敬之进。

“哎呀！手怎么这么冷啊？”敬之进握起省吾的手，“这些钱给你，去买点柿子吃。可别让母亲和阿进知道噢！就这样了，早点回去吧！把我刚说的转告一遍就行了，知道吗？明白吧？”

省吾低着头，垂头丧气地走了出去。

“你听我说啊！”敬之进又开始诉说。

“你搬到莲华寺的时候，我不是也跟到大门前吗？因为是你，我才会说，我做了很对不起那寺院的事，住持很愤怒。他说如果我继续喝酒，就不再与我来往了。说来惭愧，因为这个原因，我现在连去见女儿一面也不敢。哎！入莲华寺的志保啦、省吾啦、去世的总领，他们三个不是现在这个老婆的孩子。前妻也是藩士的女儿，嫁过来时正是我们家境不错之时，过世时家里也不像现在这般没落。因此，一想起她，总不由自主想起自己这一生当中最快乐的年代。只要喝上一杯，就会不自觉地想起从前，人一旦上了年纪，再没有比回忆更美好的事了。哎！前妻还真选对了时间死呢！她个性不若现在老婆精明，为人也较传统，凡事以丈夫为主，对我深信不疑。莲华寺的志保……跟她母亲最像，连眼神都一模一样。一看到她的脸，简直就像看到她母亲。不只是我，其他人也都这么说，随着就怀念起从前，相较之下，现在的老婆就无趣多了。老实说，我也不想让女儿到莲华寺去，但是她待在家里，又会委屈她，这样她会过得很可怜；再则莲华寺很想收养她，加上夫人膝下无子；还有，饭山不同于别处，寺院的地位很崇高，几经考虑，我才决定让志保去的。”

丑松愈听愈是不忍。原来如此，听他这么一说，在他那落魄模样里，还真可寻得些许武士的威严。

“那年，正是她十三岁之时。”敬之进随即补充说。

6

“啊！我这辈子还真是庸庸碌碌。”敬之进又叹了口气。

“不过，濑川君，你想想！这庸庸碌碌的字眼里，隐藏了多少辛酸呢！或许有人说，我是贪杯才穷的，但对我而言，我是因为穷才喝酒。一天不喝都不行。哎！一开始的我是为了忘掉痛苦才喝的，现在则是为了感受痛苦才喝酒。哈哈哈……我这么说你或许觉得奇怪，但要是一整晚没酒，就会觉得好寂寞、好寂寞，身体不由自主地发抖，辗转难眠，连带整个人也无精打采了。你应该看得出来，喝了酒而痛苦挣扎的我，才是最充满活力的。说起这些丢脸的事还多得很，我在饭山小学任职之前，也在下高井乡下工作一段时间。与现在的老婆认识，也刚好是在下高井的那段时间里。毕竟生在乡下，现在的老婆工作起来特别勤快，抓霜割稻之类的事，不是我做得来的……要我做这种事，肯定马上病倒。然而，她全忍下来了。对贫苦日子的忍耐力，她可比我强，走到这步田地，也顾不得什么羞耻、体面了，她一说要种田，就开始耕作了。从以前就常与我家往来的农民音作，那对夫妇说是要报答前代的恩情，要求一同帮忙，我说啊，事情也不会那么简单的，她却始终听不进去。我本是士族，一反[1]有几坪？

① 一町的十分之一，约三百坪，又为九百九十一点七平方米。

一束[1]要缴纳多少斗的年贡？播种一升可有多少包稻谷的收获？一年要施多少肥？我一窍不通，甚至连老婆现在借了几坪在耕作都不知道。按我老婆的想法，她似乎打算让孩子们练习耕作，慢慢变成真正的农民。我和她冲突不断。像她那种没受教育的女人根本不懂如何教育孩子。其实，我们家的冲突原因都是出在孩子身上。孩子是我们夫妻争吵的原因，又因为夫妻争吵而有了孩子。啊！真是够了！再这么生下去如何是好！多一个孩子就会更贫苦，但既然生了又能如何？现在的老婆生第三个女儿时，取名阿末，叫阿末就是表示最后了吧！才这么想着……你看吧！马上又第四个！没办法，这次就取名留吉。你试想五个孩子在身旁哭闹的情形吧！那可是很难消受的。悲惨呀！悲惨！我每次看到自己那子女众多的贫穷家庭，就更深切感受到那种悲惨。要养活五个孩子已经不易，再多一个的话，真不知这个家会变成如何呢？”

敬之进说着笑了起来，热泪不由得夺眶而出，把破旧的袖口给沾湿了。

“尽管如此，我还是很认真的。”顾不得额头、脸颊或下巴，敬之进两手在自己脸上乱抹。

“怎么样？省吾那家伙也给你带来麻烦了吧？那副德性还可以教吗？要是再活泼点就好了。总之，他是个扭捏的家伙，爱哭的个性叫人受不了。平常就老受他弟弟欺负。手心手背都是肉，谈不上疼哪个、讨

① 指约三百坪面积内，稻谷的收获量。

厌哪个，但话虽如此，我就是无法不疼那个省吾。他看来那么弱小，疼惜的心也多了点吧！我老婆又较偏袒阿进。总之，她就是觉得省吾碍眼，没事老爱骂他出气。我要是一开口，就说我只疼前妻的孩子，对阿进一点都不关心，这简直就是歪论。所以，我再也不多话，一切随她，只是默默在旁看着，尽量避她远远的。偷偷逃出家，到这里来喝点小酒，可说是我最好的慰藉。偶尔想说她两句，她便说自己可不是光着身子嫁过来的，经她这么一说，我可真是哑口无言。因为她所带来的嫁妆，全给我喝光了。呵呵！在你们眼里，我的一生或许就像一出闹剧吧！”

这番倾诉反而让敬之进放下了胸口的石头。那夜他比往常醉得早，说起话来也更絮絮叨叨，最后连话也说不清了。

二人后来离开火炉边，丑松付完账，走出昆屋已经八点多了。夜色黑漆漆地将城镇笼罩在其中，往来的人也跟着少了。

在街上疯言疯语的女人、醉不知途的男人，偶与他们俩相撞。敬之进脚步蹒跚，差点就要倒在路中央，醉眼蒙眬的样子，似乎连星光也照不进他眼里。

不得已，丑松只好送他回家，有时用右手撑着敬之进的身子，有时以手环抱着他走。好不容易将敬之进带回家时，太太和音作夫妇都还在做事。三人在冰凉夜露中，仍在屋外工作着。丑松一走近，太太马上开口说话。

“哎呀！真是麻烦你了。”

第五章

1

十一月三日，难得降大霜。那正代表着漫长的山国寒冬即将来临。当天早上，丑松房间的窗外像被白烟覆盖一般。为了参加饭山学校庆祝第二十四届天长节的典礼，丑松从柳条包里取出外褂和服，去年穿过的外套今年仍能派上用场。

走下幽暗的楼梯，往朝北的走廊前去，绚丽的朝阳便迎面照来，像溶化的霜一样，在阳光下后院里的树叶也多脱离了枝头。其中最为脆弱的，就属枝干上早已不留一叶黄的银杏，在他眺望院中霜叶飘落的景象时，看到靠在廊下古墙旁的志保。丑松想起敬之进，在深切感叹他落魄生涯的同时，也开始注意志保。

“志保小姐。”丑松出声叫道，“麻烦你跟夫人说一声，我今天值班，请她帮我准备晚上便当，稍后我会请学校的工友来拿，好吗？”

志保一听，马上离开古墙。少女时代的志保，往往会有种莫名的恐惧心理，像是很怕丑松的样子。

到底是哪里像敬之进呢？丑松心想着，有意无意地寻找敬之进的影子，只见那乌黑亮丽的秀发、额头的模样……总之，省吾像父亲，而志保大概是像她过世的母亲吧！

“连眼神都一模一样……”敬之进也说过。

“请问，”志保泛红的脸问道，“前几天晚上，我父亲好像给您添了不少麻烦。”

“不，倒是我麻烦他了。”丑松淡淡回答。

“昨天，弟弟来这里跟我说了这件事。”

“噢，是吗？”

“真是麻烦你了……父亲就是那个样子，老是给大家添麻烦。”

看来，志保小小的心灵里，一直不曾忘记敬之进。柔顺的黑眸深处透着深深的忧虑，红红的脸颊也像哭肿的。二人说完话，丑松拉起衣领，戴上帽子，走出莲华寺。

在某条街道转角处，丑松将手伸进外套暗袋一看，是双老旧又皱巴巴的手套。里面是黑色的针织毛，拉平皱折套上去后有点太小过紧的感觉，但手心十分暖和。把手套凑上鼻头，一股潮湿的霉味冲上，昔日天长节的情景突然闪过脑海。

去年……前年……大前年……啊！在涉世未深时，都抱着一种好玩、愉快的心情，来庆祝这个大节日。

手套还是旧的那双，颜色褪去却还是原来模样。那以后所见的，是人们内心世界的物换星移。自己未来的人生又将变成如何？有谁知道呢？明年的天长节……算了，先不管明年的事，就连明天的事又有谁可以预知呢？

想着想着，丑松的心情也跟着阴晴不定了。

果然是大节日。街道上家家户户无不挂满国旗，怀着安静严肃的心情度过这值得纪念的一天。

少年们在兴奋的叫声中，走过霜雪后湿漉漉的街道，快步往学校方面前进。喜欢恶作剧的男学生们，一反常态地扮起大人样，身上穿着外褂和服，一脸严谨的表情，说有多怪就有多怪。女学生们则穿上绛紫色或紫色的裙子。

2

为了庆祝日本天皇诞辰，男女学生步伐一致，登上通往二楼的会场。

银之助是高等二年级，文平是高等一年级，丑松是高等四年级，三人各自带着自己教授的班级学生。退职的敬之进虽成了宾客身份，却似乎心有留恋地随以前的学生上楼。

在这个大庆典的欢愉气氛中，突如其来发生新的悲痛让丑松内心惊愕不已。

东京的某家报纸报道了有关猪子莲太郎病情加重的消息。丑松看到这消息是在典礼开始前，因为没时间细读，一直把报纸藏在怀中。在这世上，有人是在短暂的时日中度过漫长的一生，匆忙结束自己人生。或许莲太郎也是其中之一。报上所登，他这次病愈的机会渺茫。啊！莫非前辈胸口燃烧的那把火，在燃烧世人之前，先将自己烧尽了。这份感慨在丑松内心久久无法释怀。虽然很想再仔细阅读，但不被现在的场合允许。

当天同时表扬了红十字会会员。聚在会场上的每个人胸前，都很有意思地佩上一个闪闪发亮的红织带银色勋章。

靠东那面墙边，有二十多位寺院的住持，不过，今年少了莲华寺住持，多少有点遗憾，真可说是此处不同于其他地方的特色。其中风采最受瞩目的，当推一位名叫高柳利三郎的新进政务家，这人已进入国会大展身手了，今年也是代议士候选人。银之助、文平及其他男女教师都聚到风琴旁边。

“大家注意！”丑松庄严的声音响起。

仪式正式开始。

身为主座教师的丑松，反而比校长更受男女学生的景仰。

丑松的一声“敬礼”，带给他们幼小心灵无以言喻的撼动。最后，在《君之代》[1]的歌声中，校长掀开明治天皇、皇后肖像，朗读敕语。人人高喊“万岁！万岁”，声如雷鸣。

---

① 日本国歌，选自《和汉朗咏集》，一首歌颂天皇治世的歌。

校长当天的演讲以忠孝为题，那面金牌就悬挂在胸前，为他增添几分教育者的风范。“天长节”的歌声结束后，还有来宾代表高柳的致辞，说来头头是道，得心应手。性喜雄辩是信州人的特色，这么一场简单致辞，足以捉住每个人心思。

会场处处洋溢着平和喜悦之情。

散会后，高等四年级的学生轮流围着丑松，问东问西，蹦蹦跳跳。有人拉他的手，有人闹着在他的袖子底下穿过，就是不让丑松离开。

有位名叫仙太的三年级学生，是新平民的少年。

这个学生老受排挤。今天他仍状似寂寞地靠在墙边，远远眺望着大伙儿嬉笑喧闹的样子。可怜的仙太，居然连这天长节也不能同其他少年一样祝贺。

丑松暗地咬着唇，真想跟他说句“拿出勇气！不要害怕”！

因为还有其他教师在场，丑松逃开似的赶紧离开学生们。

今晨的大霜雪，大概把学校后庭的树木叶子全吹落了吧！只剩下樱花树还保留着些微的秋意。

丑松选了那树荫的位置，偶尔如耳语般，穿过枝头吹来的微风声，也让心头千头万绪，他从怀中取出那份报纸摊开一看，上头报道莲太郎的身体状况似乎相当危急。

记者虽然不完全赞同莲太郎所有的观念，但对他出身新平民，仍能努力不懈求上进的这份意气却不得不佩服。和大多数在惋惜中逝去的名人一样，如今又听闻此人也遭受同样的病痛所苦，真是叫人不胜感叹。

其中虽不乏引人省思的地方，或许是他流畅有力的真诚笔触中所挟带的悲哀吧！文中提及该记者也是因此病而药罐缠身的人。

地面晃动的影子不时叫丑松感到心惊。

阳光在秋风的传送下，将樱花树上的干枯霜叶映照得分外美丽。萧瑟的草木凋零更让人不由得想起前辈的不幸遭遇。

3

为敬之进所举办的茶会约十一点开始。那天一早，离开莲华寺时，丑松在廊下遇见志保，又想起她那不幸的父亲；现在看到端坐在会场正前方的敬之进，反倒想起了那倚靠在古墙边的女儿。敬之进的致辞是一连串有关出身的感叹。正因心存怜惜，丑松一直都是低着头倾听，否则，有谁会专心听个老头反复说些牢骚。

茶会结束后，正准备出外打网球的文平被校长叫住，二人一起走进某个房间。二人面对面坐着的地方，正好是靠运动场的窗边，热爱网球的银之助等人的叫闹声，隔着玻璃窗震动，清清楚楚传来。

“胜野君啊，你别一个劲儿沉迷运动，我们来聊聊吧！”校长一副熟络的模样，“我说啊，今天的演说，觉得怎么样？”

“老师您的致辞吗？”文平把球拍搁放在膝上，“不错呀，真是受益匪浅。”

“是吗？有值得一听的地方吗？”

“我不是奉承、客套，但算是我所听过最好的吧！”

“真高兴有人能这么说。”校长面露微笑，“其实，我为了那场演说，昨天花了整晚时间准备。忠孝二字要如何解释？对我来说，可是绞尽脑汁了，参考许多字典，够折腾我了。”

“无论如何，查过后的东西就不只是过眼云烟了。”

“但是肯认真听的大概只有你。镇上的人都是浑浑噩噩的……应该说都是些从不带耳朵的人吧！竟然有人对高柳的话特别信服呢。把我的话和那种专说样板话的人相提并论，真令人无法忍受。”

“反正不懂的人就是不懂嘛。”

听文平这么一说，愤愤不平的校长脸色和缓许多。

到目前为止，校长像是有话要说却不直说，一直扯到别的地方，接着总算切入正题了。他之所以叫住文平，特地带到这个房间来，其实是想和他商谈对付丑松的办法。

“其实，我是想……”校长压低声调，“像濑川君、土屋君这类的异议分子一直留在此的话，恐怕学校永远无法统一。不过，土屋君即将到农科大学担任助教一职，应该很快就会请辞，即使放着不管，这人还是会自行离开。较难缠的是濑川君。只要濑川君不在，以后就是我们的天下了。想办法把濑川君支开，他的位置就非你莫属了。其实，你叔叔也给过不少意见，他也赞成这个作法。不知你可有什么不错的想法？”

“这个嘛……”一时之间，文平也不知如何响应。

“你看看那些学生，一天到晚只会濑川老师、濑川老师地叫个不停。之所以会这样，只不过是濑川君会讨好学生吧？既是讨好学生，一定是有什么理由吧？胜野君，不知你是怎么想的？”

“我不太懂您话中的意思。”

“那么，我这么说吧！这话可是只在这里说的噢，濑川君一定是对学校抱有相当大的野心。”

“哈哈哈……我实在不这么认为。”文平看着校长笑说。

“是吗？”校长深感疑虑，“你不这样认为吗？”

“还不到考虑这种事的年龄吧！不管是濑川君或是土屋君，他们都还年轻啊！”

这句“年轻”可叫校长叹息不已。

庭院中的清脆网球声在玻璃窗上响起，似乎才刚开始第一回合。文平不由自主地竖起耳朵。望着文平那充满朝气的脸庞，校长又叹了口气。

“濑川君他们心里到底在想些什么啊？”

“您的意思是？”文平不可思议地问道。

“最近，濑川君看来相当消沉，究竟有什么值得如此深思呢？对新时代真的需要如此费神吗？我无法理解。”

“不过，濑川君所想的应该是别的事……不会是您现在所说的事吧！”

“这么一说，更令我无法释怀了。和我们的时代相较之下，濑川君的想法实在不同。我们认为有趣的，濑川君总是一副兴趣缺缺的模样。我们觉得无趣的，他反倒兴致勃勃的。我们之所以无法共事，是因为年代的鸿沟吗？新时代的人和我们的思想真有那么大的差异吗？”

“话虽如此，我可不这么想。”

“这就是你值得信赖的地方。你可千万不要染上那种恶习才好啊！虽然我的力量有限，但我会尽己所能来帮助你。这世上，本来就是你帮我、我帮你的。胜野君，你说是吧！我也不是现在就要对他们那些异议分子采取行动。所以说，你要是有什么好办法，就先行准备着。若是听到任何有关濑川君的事，一定要记得来通知我。”

4

玩得正热闹的球赛叫嚷声又在窗外响起。文平拿起球拍往外走去。校长从座椅上起身拉开窗子。

眼前正好面对着运动场上的网球比赛。外表老成的校长，其实也还未到筋肉衰退的年龄，却意外地讨厌运动，尤其是谈到年轻人喜欢的网球之类的，便会习惯性地表现出昔日日本人的轻蔑神情。因此，他总是露出一种像是在说“玩什么小孩子的玩意儿”的眼神，眺望着热衷其中的人们的模样。

大地因阳光照射而干涸，人们因对运动的热情而燃烧。不一会儿工夫，文平便已来到运动场中，加入打球的行列中。银之助现在正以文平的一组为对手，准备展开一决胜负的比赛。即使是像他这种网球狂，也不免节节败退下来，最后还是和同组的学生一起丢下球拍下场了。对手胜利的叫嚣声交杂着拍手声，回荡在屋外的空气中，久久不散。

东边教室窗口也探出几个女教师的脸，跟着一起鼓起掌来。这时，分成几组在一旁见习的学生们也开始一争长短，其中的一个少年飞快地拿起球拍。一见是新平民的仙太，别的学生从他旁边挤进，硬是要拿掉他手中的球拍。仙太紧紧地握着，一副难以置信的表情。他继续坚持着，但却总是不见同组的人出来。

“喂！怎么没人出来啊？”对方生气地催促着。少年们你看我，我看你，冷笑着看着手足无措的仙太。任谁也不可能会去和秽多的孩子一起打球。

突然，只见丑松脱掉外褂，一把抓起旁边的球拍。人们见状莫名笑了起来。在一旁看热闹的女教师也带着微笑。偏袒文平的校长大概是不希望丑松那组获胜，开始热心地在窗口观看起来。午后的日照正好落在背后，文平这一组一开始便占了地利之便。

“一比零。”

出声喊数的，是站在网栏旁，担任裁判的银之助。丑松、仙太开头便丢了一球。观战的学生们无不露出冷笑，欣赏着仙太败阵的模样。

“二比零。”银之助高声喊道。

丑松一组又输掉一球。

“二比零。”一旁的学生故意重复地叫喊着。

说到对手，除了年轻的准教员，便是丑松到莲华寺找空房间时，在回家路上碰到的那男人，还有文平，对丑松来说，这二人是很难应付的组合。和敌方的坚强实力相较之下，搭档的仙太的练习仍显不足。

“三比零。”

听到这个比数，丑松开始有点焦躁。人种和人种间的竞争，决不想在此败下阵来的丑松的意气，不知不觉地也在这场比赛中显现出来，“不能输！不能输！”他不断地激励着沮丧的仙太。丑松是发球的人。为了打到最后一球，站在外围线的一角。 他对准摆出一副“尽管来吧”的架势，意图明确的文平，击出的球轻轻碰触到球网。

“触网！”银之助叫道。

丑松又开出第二球。用力过度，球越过线。啊！“落空！”现在的丑松也带着怒气，全身的力量全集中到右臂，像是把胜负寄予这命运的一球，摆出勇往直前的打击之势。就如同年轻人常有的一种迷思，往往把自己一生的命运赌在一时的输赢上。担任受方的文平也不是省油的灯，他故意避开丑松的方位，专挑慌了手脚的仙太进攻。

烈日迎面射来，仙太根本连正面飞来的球都看不见。

“得分！”众人异口同声地喊着。

刚刚想从仙太手中夺取球拍的少年们，更是高兴得拍着手，在一旁雀跃不已。冷不防也传来校长的叫好声，看来是为文平的胜利而高兴。

“濑川，挂零真是太惨了！”

对银之助的话置若罔闻，丑松拾起一旁的外褂，垂头丧气地离开球场。

待他从运动场来到后院一个不见任何人影的地方，便突然像是想到什么似的停住脚步。丑松没办法不去责怪自己。莲太郎、大财主，还有仙太，一想到这里，他忍不住因猜疑和恐怖而全身打起哆嗦来。

啊！这种讨厌的念头总在最后出现。

第六章

1

天长节当晚适巧要值班，丑松和银之助二人就留在学校。

敬之进忐忑不安，还依依不忍离去。

晚饭过后，他还待在值班室闲聊，就在两个前程似锦的年轻人笑他爱发牢骚的个性时，墙上的钟敲了八响，一会儿又九点了。在这可预见隔日清晨的大霜雪夜晚，和白天不同，气温显著下降。丑松巡视外出后，敬之进仍窝在火盆边，继续对银之助苦口婆心地劝说着。

大约二十分钟过后，丑松从外面回来，吹熄手上的油灯，快步往火盆旁靠，“外面实在冷得不知如何是好，手全冻僵了，像今晚这种天气今年还是头一遭。就像这样。”丑松伸出冻得似冰的手，碰了银之助一下。

“哇！手怎么这么冰呀！”银之助抽开自己的手，不可思议地看着丑松。

“脸色好差噢，你……是不是哪里不舒服？”他不由得脱口而出。

敬之进也同样感到不对劲，“我也正想这么说。”

丑松想起什么似的打了个哆嗦。说还是不说，他有点犹豫，却因二人关注的眼神，终于忍不住全盘托出。

“其实啊……有件不可思议的事。”

“什么不可思议的事？”银之助皱起眉头。

“是这样……我提着油灯在校舍外绕了一圈，走到运动场的木马边，好像听到谁在喊我。一看，根本没人嘛！结果啊，觉得那声音好像在哪儿听过，仔细一想，是我老爸的声音！”

“咦？还真是怪事。”敬之进一脸狐疑，“接下来怎么样，那声音是怎么叫你的？”

“就是一直叫‘丑松、丑松’。”

“噢，叫你的名字？”敬之进睁大了双眼。

“哈哈哈……”银之助大笑出声，“胡说八道！濑川，你脑袋坏了吗？”

“不，是真的。”丑松的表情认真。

“哪有这种事？一定是听错了！”

“土屋，虽然你这么笑我，但的确是有人叫我的名字。不是风声，也不是鸟叫。那个声音，我不可能听错。那肯定是我老爸的声音。”

“你来真的吗？别开玩笑？骗人！”

“你这个人就是这样。我可是很认真的噢。真的是我亲耳听到的。”

“你的耳朵根本不可能听到！你父亲不是人在西乃入牧场吗？不是在那个乌帽子的山谷间吗？没错吧！父亲居然会喊相隔遥远的你的名字！胡说八道！”

“所以我才说不可思议嘛！”

“不可思议？啐！不可思议是古人说的故事。哈哈，文明进步的现今，根本不可能有这种事。”

“但，土屋君。”敬之进接着说，“也不能一概而论噢！”

“哈哈哈，就是有你们这种老旧思想的人会这么想。”银之助嘲讽笑说。

丑松突然竖起耳朵，像是听到什么似的，脸色一变，露出无以言喻的恐怖表情。从他认真的眼神中，可以知道那并不是在演戏。

“啊……又听到了。好像是从窗外传来。”丑松彻耳倾听，“真的很怪异。我稍微离开一下……再到那里看看。”丑松飞也似的跑出去。

这下子，银之助开始担心丑松了。敬之进则是心惊不已，直觉那是某种预兆。首先，父亲的叫喊就是一种不可思议的事，他心想着。

“就这么吧！”敬之进像是想到什么，“我们二人躲在火盆边也很担心，不如一道去看看吧！”

“嗯，说得也是。”银之助也离开火盆站起身。

“濑川是真的有点不太对劲。我看，一定是他太神经质了！总之，你在这里等会儿，我去点盏灯过来。”

2

若有所思的丑松沿着声音传来的方向走去。

只见值班室窗口流泻出的光线，照着校园某个角落。校舍、树木隐于黑夜中，四周陷入沁凉的空气中，犹如藏身于黑暗之中。寂静无风的夜里，透着刺骨严寒。不曾领教过山城气候的人，大概无法想象出这样的信浓之夜吧！

耳边又传来父亲的叫声。丑松驻足聆听，灿烂星光下环顾四周，不见任何身影。一片静寂，连狗叫声也没有的寒夜，到底是什么声音瞒骗了丑松的耳朵？

“丑松……丑松……”

呼唤又起。丑松不自觉地害怕地抖了起来。

内心极度不安。那的确是父亲的声音呀……沙哑中带有威严的父亲的声音，像是从那乌帽子的深山中，呼叫着远在饭山的丑松一样。

抬头望天，一如大地般无声无息。

风静、鸟隐、星光满天。银河光线如淡薄轻烟飘流在遥远天际，给人莫大的感动。

在微光反射下，一如湛蓝大海，仿佛可以从那里窥见另个世界般的错觉。声音……父亲的叫声，就像划过星夜寒空，直传入丑松耳中一样。丑松确实听到搜寻着孩子灵魂的父亲声音。但是，这又意味着什么？丑松内心慌乱不已，就这么在校园中来回寻觅。

啊！为什么会有这样的呼喊呢？

丑松想起自己一生的戒律，想起父亲所说的话。莫非父亲内心深处的苦痛，加上思子之情，自然而然与他亲心神相通？它是要提醒自己得隐瞒真相，不可辜负双亲的苦心吧！于是，父亲走出牧场小屋，带着对丑松的思念喊出那个声音，透过溪谷飘送。抑或只是自己内心的迷茫呢？他左想右想，深陷恐怖与猜疑中，只能“老爸！老爸”漫无目的的回应着。

“啊，原来你在这里呀？”

银之助走了过来，敬之进随之在后。他们俩频频举起油灯照向丑松，又照照他身边，然后环顾郁黑的四周，丑松又提到父亲的呼唤。

“土屋君，你看！”

敬之进因寒冷和恐惧浑身发抖。银之助笑了笑，“再怎么说也绝不可能。一定是心理作用。濑川莫名瞎猜，才会听到这些乱七八糟的声音。”

“真是这样吗？真的是因心理作用吗？”丑松自问着。

“你想想嘛！在伸手不见五指的地方看见东西，在四方寂静处听见声音，这不正代表疑心病过重吗？声音、物体不过是你疑心下的幻觉。”

"幻觉？"

"正所谓疑心生暗鬼。耳朵听到的幻觉！这种说法或许有点奇怪，若真有这种事，便是你今晚所听到的声音。"

"或许真是如此吧！"

瞬间，三人都静默不语。天地间一片死寂。突然，父亲的呼喊声划破星夜的寂静，又再度在丑松耳中响起。

"丑松……丑松……"

声音渐小，如划过夜空的鸟鸣，渐远渐细，终致消失于寂静中。

"濑川，"银之助举起油灯，不可置信地望着脸色骤变的丑松，"你……怎么啦？"

"刚刚，我又听到了老爸的声音。"

"刚刚？哪有什么声音！"

"噢，是吗？"

"什么是吗！根本就没有听到什么声音呀！"说着，银之助望向敬之进，"风见先生，怎么样？你可有听到什么声音？"

"没有……"敬之进也跟着强调说。

"我就说嘛！风见先生没听到，我也没听到。听到的只有你一人。心理作用、心理作用啦……我说的没错！"说着说着，银之助在黑暗中到处照着。

天空仿若一面映照着星光的镜子，大地一片漆黑。但任何可能有声音的东西，也不见显现于油灯亮光下。

“哈哈哈……”银之助笑了起来，“即使耳朵听到、眼睛看到，我也不信。我只相信自己手中所碰触的。看样子，如我所察，你只是生理反应地听到那种声音罢了。哈哈哈……不会是给天气冻傻了吧！我可是再也待不下去了，快走吧！”

3

那个晚上，上了床的丑松脑海里，不断想着父亲与前辈的事，完全无法入睡。

银之助早已鼾声大作。丑松望着身旁朋友那熟睡的脸庞，不知有多羡慕他那沉稳、安详的睡眠。夜深时分，他倏地跳下床，将渐细的油灯火蕊重新点亮，开始写起要给莲太郎的信。如今，连写封慰问信函都得如此避人耳目了。

丑松不时歇笔，看看朋友油灯下的睡容，只见银之助张着死鱼般的大嘴，睡得昏天暗地。

对于莲太郎，丑松并非一无所知。

二人曾透过他人介绍见过面，今年也有过两三次书信往返，彼此多少有点心意相通。然而，莲太郎只当丑松是位热心的知己，却从不知他竟是与自己同样出身的青年。丑松也对这个秘密的坦白与否踌躇不已。于是，如齿缝塞入东西般，丑松在那晚所写的信里也无法畅所欲言。

只要写下为何自己会如此崇拜他的原因，不需再写其他的事。啊！要是能写的话，丑松早写了。写不出来，正是丑松的致命伤，结果还是写成一般探病慰问信。

确认过“……东京的猪子莲太郎。濑川丑松敬上”的字样无误后，丑松突然深觉违背良心的罪恶感。丢下笔，他叹了口气，再度回到冰冷的被窝里，才开始出现些许睡意，便马上噩梦连连。

隔天一早，莲华寺的笨庄跑到学校来，说一定要见丑松。工友问他有什么事，只听他回答：“有个东西一定要亲手转交。”在走出玄关处见到丑松，笨庄递上一封电报。

他打开一看，上面简短的片假名文字，写的是父亲去世的通知。事出突然，忽闻惊愕的他半信半疑地又看上几遍。

那确实是去世的通知函。发信人是根津的叔叔。电报中要他“马上返家”。

“这真是令人意外，还请节哀顺变……我现在马上回去，也通报夫人一声。”笨庄这么说了。小孩对死亡的恐惧之情，在那憨厚的眼神中表露无遗。

提及丑松的父亲，平日身强体壮，即使严酷的天气也从未生过病，是位体格强健不输年轻人的隐士。放牧生涯听来有趣，其实非一般人所能忍受，尤其西乃入的牧场，甚至有人会说：“只有他才做得来。”不光是要知道牛性，如果无法长年住在乌帽子的深山中是不行的，即便能忍受那里的气候，寂寥的日子仍令人难以消受。

温暖阳光下所孕育的南国人们，天生就欠缺忍耐力，根本不适合山上的放牧生活。而北部的信州人最是适合，尤其丑松的父亲为人朴实、勤勉，人又健壮，除了不辞辛劳外，更有着不为人知的隐遁理由。

思虑深远的父亲不只教导丑松一生遵守戒律，自己更特意避开人群，如此用心，只因孩子的出世是他唯一的希望及慰藉。

为了丑松——因为这份疼惜之心，他情愿远离尘世，来到罕见人迹的深山中，朝夕眺望煤烟袅袅，过着与牛群相依为伴的寂寞生活。用每月丑松寄回来的钱买自己喜欢的酒，是这位放牧者至高的乐趣。劳苦、寂寥全都因此消失无踪。如此的老爸——如钢铁般强壮的老爸，居然在没任何病痛前兆下，突然就这么死去了。

实情如何，碍于电报过于简短，自然无从得知。

父亲初到牧场小屋，是春雪初融、山谷间仍白雪茫茫之时，下山来到根津村家是他每年的习惯。又即将冬眠的季节了。仔细一想，他过世的地方在西乃入还是根津呢？电报中连这点都无法得知。

就在这时，丑松想起昨夜的事。他记起那时父亲的呼喊。那呼声逐渐变远、变细，听来竟像是在告别一样。

银之助看到这电报，也感到十分诧异，好一阵子愣住不动，反复望着丑松，又看看那封死讯。终于，银之助像是想起什么似的说：

“你提过根津有你叔叔在是吧？有叔叔在，凡事应该有人料理了。不过，真是令人难过。不管如何，还是早点回去处理后事吧！学校方面，先搁一旁吧！”

语带关怀的朋友脸上，尽是真诚动人的光芒。不过，银之助绝口不提昨晚的事。

“死去是个事实……没什么好惊讶。”这位年轻人以植物学家的眼神诉说着。

校长准时到校。丑松立刻向他提出报告，希望能马上动身回家，请校长在他请假期间多多关照，原先的授课则全权委由银之助代理。

“你肯定吓坏了吧！”校长亲切安慰道。

“至于学校方面，有土屋君，还有胜野君，你不用担心。老实说，你父亲的死也真令我吓一跳。总之，家里的事办完，等服丧期结束，学校还得多方倚仗你呢。学校运作之所以如此顺利，多亏了你的全心投入。你的存在，对我们十分重要。前阵子听说诸多对你的称许，叫我这个校长与有荣焉。我是很重视你。”突然语气一变，“话虽如此，一说到出远门，总要花不少钱。我身上还有点钱，可以先借你周转，不知是否有此需要？如果困难的话，请务必要开口。钱若不够，可是很伤脑筋的事呢！”

校长一番话，听来十分圆融周到。但丑松听来，却很虚伪。

“濑川君，记得办完手续再离开……一切还是得照规矩来。”校长又附带说。

4

丑松急忙赶回莲华寺时，夫人和志保都跑了出来，关切询问电报的事。

二人望着丑松的脸，心里想着那个悲痛的讯息。二人都听说了昨晚的怪事，内心更是恐惧不安啊！

她们想起世上许多关于这类的例子，如预知死讯的前兆、前来相会的熟悉面孔及深夜黑影等有关人类灵魂等迷信，都是无法压抑的巧合，于是更令人惊愕不已。

“不管如何，”夫人突然想起，“你还没吃早餐吧？”

“咦，好像是吧！”志保也附和着说。

“既然如此，濑川先生你还是赶快准备出门吧！我现在马上就去拿饭菜来。你待会儿就要出门了，不巧又没什么吃的东西……这样吧，我帮你煎块腌渍鲑鱼吧！”夫人早已双眼噙泪，在厨房忙着。长年的寺院生活，使这女人变得敏感而性急。

“南无阿弥陀佛。”这个带发的尼姑喃喃唱诵着。

丑松爬上二楼，迅速打包。在这时候，礼物免了，行李也不需要，尽可能轻便装束，只把婶婶织的绵衣从箱底拿出来穿上。正当他伸出脚打着绑腿时，女佣袈裟治端来饭菜，随后而来的是志保。

不同于以往只端出饭桶，三餐全靠自己动手，像这样让人服侍，虽欢喜，但也有几分不自在。随意坐在饭菜前，丑松领受了有志保服侍的一餐。那一天，与志保之间多了几分融洽。志保也不似先前，对丑松感到害怕。自从知道丑松对敬之进的遭遇有着深深的同情后，之前的猜疑逐渐释怀，这顿饭二人聊了许多。

志保问起丑松母亲的事。

“我母亲吗？”丑松坦然地回答，“在我八岁时便去世了。我还是小孩子呢。对母亲的事并不太有记忆。说实在的，我从不知有母亲是何种感觉。甚至连父亲也是，六七年来从未长住一起。久而久之，我们父子也习以为常了。其实，我父亲年纪也大了。对了，应该比你父亲大几岁吧！或许平时看来健壮的人，反倒经不起生病吧！像我这种人，大概是与双亲无缘的人。志保小姐，我们也算同病相怜吧！”

这话不禁让志保泪眼潸潸。

与父亲——自从十三岁春天被寺院所收养，就再也没一起生活了。然后，亲生母亲——更是早在孩提时便生死两相别。和双亲缘浅，正是志保身世的最佳写照。志保像是想起自己家道中落，脸颊有点泛红，默不作声低下头来。

仔细看看志保，大概可以想象得到她死去的母亲。

“一看到她的脸，简直就像看到她母亲。”他回想起敬之进说过的话，“为人较传统，凡事以丈夫为主，对我深信不疑。”这样的女人，年轻时肯定与眼前的志保一样，深情、容易掉泪，凡事总以他人为重，行事处处配合他人。

如同眼前的志保，有时丑，有时美，有时是苍白干黄、如死人般的脸，有时又像朵花，白皙中透着几分自然红晕，表情年轻、干净、充满生气。

这就是他透过志保所想象出的她母亲年轻时的模样。活泼、自然的信州北部女子的美与特色，还是得像丑松这种信州北部的男子最能体会。

做好外出准备后，丑松走下二楼，和大家在居室大厅喝茶。新的木制念珠，是夫人的饯别礼。最后，丑松套上笨庄亲手做的草鞋，在大伙儿的安慰声中走出莲华寺大门。

第七章

1

真是一趟令人难忘的孤寂之旅。相较于前年夏天回乡探亲，如今沿着千曲川河岸，阔别故乡已久的丑松，内心感触竟像个毫不相干的人。

三年了，说来不算漫长的岁月里，却是丑松一生变迁的开始，人们本来就会因际遇不同而变化无常，虽然偶尔难免会有与世隔绝的感觉，那种内心深层的革命在丑松身上猛烈爆发，而且影响深远。现在的他不再惧怕任何人。

大口呼吸着干燥的空气，既悲叹自己诡谲的命运，又惊恐于生涯的转变，在无限感慨中踏出脚步。千曲川的水是混浊的黄绿色，静悄悄流向远方大海，看似盘踞岸边的枯柳。

啊！一如往昔的山河远景，加深了丑松眼里的哀愁。丑松偶尔会停下脚步，甚至想倒卧在没人注意的路边枯草上放声大哭。或许这么做，他内心难以承受的苦痛可稍获减轻。但这样不行，愈想哭愈哭不出来，内心愈沉重、黯淡而紧闭。

漂泊的旅人成群从丑松身旁走过。

其中，有人脸上满是落魄的泪水，如饿犬般步履蹒跚。有人带着找寻工作的焦急，身上披着污渍斑斑的衣物，赤足踩在泥土上。有唱着悲歌，手拿摇铃，带着晒黑的赎罪神情，进行长途艰辛的修行，想借此消除业障的朝圣父子。还有自我放逐，头戴斗笠，一派离世索居模样，坦然、放肆地弹唱一曲《恋慕》，以乞得钱财的卑微艺人。

丑松看傻了。

他看着，并与自己身世相较。一想到自己现今遭遇的无奈，不禁羡慕起自在漂泊的旅人。

愈远离饭山，丑松内心愈感到自在。踩在北国街道的灰土上，沉浸在绚丽的阳光下，有时登上山丘，有时走在桑田，有时行经街道两侧的住家，汗流浃背、口干舌燥，待布袜和绑脚全脏成灰白色时，才稍有活过来的感觉。

路旁垂悬的柿子树可见粒粒金黄，饱满谷穗低垂，豆荚颗颗滚圆，收割完毕的田间是新绿麦芽，农夫歌声和鸟叫声远近可闻。

啊！正是山野人家所谓的“小六月”[1]。那天高社山附近的山脉也出奇地露了脸，只见山间深谷扬起青色煤烟。

---

① 指阴历十月。

走出蟹泽，一辆人力车载着打扮入时的绅士尾随丑松之后，原来是天长节早上在会场演说的高柳利三郎。身为代议士的有力候选人，正是发表政见的繁忙时节。想必此人迟早也要为选举而四处走动、拉票。

高柳意气昂扬，满脸瞧不起人的神情，视而不见地从丑松身旁经过。经过两三个街口，车上的人突然想起什么似的回头一望，却丝毫没注意到丑松的存在。

太阳渐渐升高，水内的田野映入眼帘。在这片宽广的千曲川流域，由上游冲刷下来的泥沙堆积程度，可见河水泛滥时的可怕。放眼所及尽是绵延不绝的田园风光，山毛榉群处处可见，一如受到十一月山野空气的滋润，枯枝叶尖仍见生气的自然景致。快点！往这河川的上游前进，经过小县山谷，然后抵达根津村，就像是寻求光明大海般，急切望向故乡的天空。

当他来到丰野换搭火车处，已是下午两点左右。乘车赶来的高柳，也等着同班列车，快到发车时间才从休息茶馆走出来。

“这个男人，究竟要去哪儿啊？”丑松想着，不由得偷偷盯着高柳看，没想到对方似乎也注意到丑松。难以置信地，对方竟莫名回避着丑松，不去和他打照面。二人并未因一面之缘而互报姓名，甚至没说一句话。

发车铃声终于响起。乘客们都涌进检票口的栅栏。喷着浓浓黑烟，从直江津驶进的列车，在丰野月台前停下来。高柳迅速冲出人群，开门上了车。丑松选择了靠车头旁的一个车厢，无意中与早坐其中的绅士四目相接，不禁为此奇遇激动不已。

"啊！猪子老师。"丑松脱帽致意。

绅士似乎也因此巧合惊喜万分。

"哎呀！濑川君！"

2

自己敬仰已久的人，现在居然就坐在自己面前。莲太郎也感叹着健康，带着怀念的眼神望向丑松。

丑松心存敬重，难掩兴奋之情地诉说着自己的返乡缘由。这场突如其来的邂逅，没有一丝虚伪、修饰，打从心底流露的情感，呈现出一种男人间难得一见的友谊之美。

坐在莲太郎右边的是位瘦高的脸色有点苍白的女人，放下手中正在阅读的报纸，望向丑松；原本隔着玻璃窗眺望群山风景的肥胖老绅士，也靠在窗边，转头望着二人。

在报纸上得知莲太郎近况而寄出慰问信的丑松，眼见前辈精神奕奕地坐在面前，真是又喜又惊。

完全不见先前令人担心、疑虑的衰弱病体，刻画着坚强意志的宽额、日渐隆起的颧骨、眼中散发着一股神经质的光芒，充分反映悲壮的内心深处。偶尔出现的好脸色是那种病的特征，或许是因此缘故，想象中的模样总与现实有所落差，令人无法联想他是病重得吐血的病人。

“我在报纸上得知。”丑松提起此事，“我还写了封信寄到东京给您。”

“咦！报纸连这种事都写了？”莲太郎面露微笑，“听错了吧！八成是将过去病况当作现在报道吧！报纸常常出这种错。如你现在所见，我已经可以出外旅行了，你大可放心。到底是谁写出这种大惊小怪的事啊！哈哈哈……”

据莲太郎表示，他去赤仓的温泉调养身体，现在正在回家途中。这时，他介绍起同行的人，右侧那位气质高雅的女性是莲太郎的夫人，那位肥胖的绅士是大名鼎鼎的信州政客，打算在冬天角逐代议士的候选人，是个以雄辩和义气闻名的律师。

“啊，你就是濑川君啊？”律师笑容满面，语气爽朗磊落。“我是市村，现住在长野，以后还请多关照。”

“市村先生和我呢……”莲太郎望着丑松说，“是在很偶然的机会下结成好友，现在受到他不少照顾。对于我的著作，市村先生尤其费心。”

“没那回事！”律师挪了挪肥大的身躯，“我才受了他很多照顾呢！哎！只有年龄方面大过猪子君许多，哈哈哈，不过，说到其他事，他可是我的前辈。”说着叹了口气，“最近所见的人物，个个是年少气锐之士！到了我这把年纪，还这般庸庸碌碌，真是说来惭愧。”

这些话里，尽是老大徒伤悲的感叹，看不出对拥有创意与才华者的嫉妒。

他生于佐渡，至此山国定居，算算也有十年了。

他的个性善恶分明，历经种种人间艰难，长期的政治经验、权势争夺、党派荣枯交替，以及身为政治犯的牢狱之灾，为许多诉讼人和罪人进行辩护，几乎尝遍社会的辛酸甘甜，如今是位维护贫弱、易受感动掉泪的人。

天意更是不可思议的让这位政客在晚年结交了这么一位才学兼备的秽多友人。

深入交谈得知，市村律师从现在起将由上田开始，在小诸、岩村田和臼田等处进行游说，往他政见发表的旅程前进。

他针对熟悉的佐久小县地方的当权者进行拜访，并以草鞋主义[①]为诉求，展现他想在选举中一较长短的决心。莲太郎也为了声援这位朋友，又为了自己研究之便，决定造访许久不见的信州土地，今晚在上田过夜，这两三天将一直与律师同行，更想顺道至丑松故乡的根津村看看。他"顺道去根津村"的想法，着实让丑松兴奋不已。

"对了，濑川先生现在在饭山任公职吧？"律师向丑松询问。

"饭山……那地方也有候选人吧？你知道吗？是位叫高柳利三郎的男人。"

真是隔行如隔山。

律师马上就提起这事。丑松谈起在丰野车站的偶遇，以及同乘这辆

① 四处游走拜访。

列车的巧合。“到底要去哪里呢？”律师若有所思地歪着头念着。

“不过，正因这样，这趟火车之旅才显得有趣。尽管大家坐在同一列车，却彼此不知道。”这么说着，律师笑了起来。

再没有比久病缠身者更能体验出人情真伪了。

对于大多数说些违心之语来安慰病人的那些健康幸福的人们，莲太郎总能遇见这些打从内心关心自己的人。尤其是丑松的关怀更在字句中表露无遗，这对莲太郎来说，是多么令他感动啊！

这时，莲太郎夫人从篮子中拿出柿子。那是在火车窗口买来的，熟透的红色外皮，看来香甜无比，夫人便要丑松和律师一起尝尝。莲太郎也拿了一颗，嗅着秋日果实的芳香，说着各种赤仓温泉的故事。又提及去越后海岸旅行的事。接着，莲太郎谈起东京市场上卖的水果，相较之下，大赞信浓路的柿子新鲜甘甜。

每到一个车站，就涌进许多农夫。车厢内也处处充塞着肆意的笑声和无所顾忌的闲聊。

不同于东海道沿岸的铁路，在这荒凉的信浓路上，连火车都是老旧、粗糙、山野的。随着火车上坡，车窗玻璃猛烈震动着，甚至说话声都听不清楚，犹如热油般浸蚀饭山附近河岸的千曲川的河水，瞬间化成巨大溪流，激起白色水波往谷底冲刷而下。浓郁青翠又清澈的山间空气由窗口沁入，让人感受到高原渐近。

火车总算抵达上田。许多旅人都在此站下车。莲太郎、夫人和律师也是。

“濑川君，那我们就在根津见面了。告辞！”丑松依依不舍地目送着与自己订下相约之期的前辈身影。

车厢内顿时安静不少，丑松靠在冰冷铁柱上，闭起眼睛回想这次意外邂逅，总觉得意犹未尽，尽管对方坦然以对，如此亲切的言语招呼，丑松还是觉得有种冷淡客套的感觉，对于自己的敬慕之情无法充分传达给前辈知道，不禁觉得悲哀又丢脸。这不是嫉妒，但那位老绅士的和善也着实让人羡慕不已。

这时的丑松，清楚知道自己所处的位置。无论是敬慕、同情，都是因那位前辈而涌上心头的抑郁不安！自己同样是“秽多”这个悲惨而隐秘的事实，只要存在着，即使对其他事情高谈阔论，前辈仍无法了解自己的内心。这不难想象。

啊！只要说出真相，心中的重担不知会轻松多少呀！无论前辈怎么讶异，他还是会握住我的手，诚心欢喜地说：“你也是啊！”如此一来，二人就能心意相通，为彼此悲哀的命运感慨，相互扶持安慰了。

对了！至少也要对前辈说真话。心中这么一想，丑松开始期待愉快的再会之日。

3

抵达田中车站已是日暮时分。要到根津村，必须由此往下走，再爬过一里之远的小斜坡。

丑松下车时，只见高柳也飞快下了车。不愧是代议士候选人，确实是一表人才。

那饥渴于权势和奢靡的模样，总让人有种沉沦之感，他不时窥伺丑松，尽量躲开丑松，避免四目相接。

“这男人，到底要去哪里呢？”正狐疑着，高柳已迅速穿过栅栏，像是急欲寻求一处隐藏之处，交杂于旅人群。对方将自己深裹于外套里，仿佛要避开其他人的注意似的，在送迎往来的人群中，朝着与丑松同个方向前去。

在北国的街道左转，来到田中小径时，已不见高柳一行人。往石墙堆砌而成的田埂和田埂间的坡道上走去，只见乌帽子山脉的大斜坡就在眼前展开。广野、汤之丸、笼之塔，以及三峰、浅间的诸山，还有散布各地的村落、松林，无不引起回忆。千曲川流过遥远谷底，在日光照射下显得闪烁耀眼。

那一天，灰紫色的云朵笼罩了整个西边天空，飞驒的山脉都难以看见。这个千古人迹罕至的地方，若是没有暮霭遮掩，那皑皑白雪搭配着落日的天地奇观，将会令人多么震撼啊！

爱山是丑松的天性，眺望着这高山巨壑，想起山间信州人的纯朴民情生活，走在岩石崎岖的道路上，浑身充满活力的血气恍若涌上胸口。如今饭山的天空在遥远的那一方。

丑松贪婪地吸吮着山林吐出的空气，总算暂时取回那忘我的愉悦心情。

山上的美丽夕阳映入丑松眼帘。在逐渐褪去的落日余晖反射下，群山颜色瞬息万变，红转紫，紫变灰。

慢慢地连田野和丘陵也黯淡下来，黑影接连覆盖的山谷，只留下一抹光亮在山巅处闪烁。就在天空一角，浅间的烟带点微黄，燃烧的灰色云朵随风摆动。

尽管如此，这种愉悦心境却是短暂的。走过荒谷，望见前方山腰边的小村落，笼罩在暮色里的白土墙壁，那屋檐和屋檐间的黑影应是柿子树梢。

啊！根津到了。耳边传来的农夫歌声，令归途中的丑松激动得无以言喻。一想到由小诸的向町来到这里隐居的父亲，便再也没有远眺黄昏的闲情逸致。心酸交杂着怀念的心情，令双脚不由自主地颤抖起来。啊，自然美景也不过是一时的慰藉。愈接近根津，自己是秽多、调里[①]的感觉又逐渐压迫过来。

他踏入天色已暗的第二故乡。父亲当初之所以举家迁居至此，除了考虑通往牧场的便利外，还因为能以便宜的价钱租到一丁点土地。

现在叔叔耕作的正是那块地。经多方考虑，谨慎小心的父亲选择了远离众人的村外，距离根津的西町约八条街道远的这个小山丘顶居住。

① 秽多和调里都是新平民的别称。

长野县小县郡根津村大字姬子泽——丑松的第二故乡，就是这么一个只有五十户人家的小部落。

4

父亲去世之处不是根津村的家中，而是西乃入牧场的小屋。

叔叔打算等丑松到了之后，再一起动身到牧场，他先让丑松坐到火炉边稍作休息，再用他惯有的不带任何杂念的亲切语调，开始诉说死者的事。

炉火炽热地烧着，婶婶啜泣聆听着。听着叔叔娓娓道来，才知道父亲的死因既非老迈也非病痛，说来应算是因工作意外殉职吧！

父亲生性喜爱动物，又因畜牧经验丰富，不仅受到众人信赖，更获得牧场所有人的安心托付。

他深谙牛性，但令人意外的是，如此资格老练的人也有失误。这便是人生难测之处，没想到因为托寄的种牛，竟引发这样的意外。种牛一向不好掌控，可以想象一大群母牛中放入一头公牛，即便平常温顺的种牛也不免抓狂。

种牛的脾气本就变化无常，更别提原本脾气不好的杂种牛了。

广阔又恣意的自由牧场，再加上母牛的叫声，怎能不叫种牛发狂乱奔呢！最后甚至忘了被人豢养形成的习惯，恢复到狂暴的野兽本性，行径不受掌控。跑了的种牛过了三天也不见回来，四天后还是没有踪影。父亲不禁担心起来，每天在水草中穿梭搜寻，有时更走过深渊沼泽，找到夜幕低垂，有时又由这山到那山地呼喊着，却没半点踪影。

昨天一早，父亲动身寻找种牛。

每次出远门，他一定带着午饭，放进那“山猫”[1]里面。然而，昨天他却没带那袋子。时间已晚仍不见他回来。

他的男助手也正觉得奇怪，为了拿盐给他而来到养牛的小屋，看到母牛群兴奋地聚在一起，中间的那头种牛一脸恍惚。仔细一看，那牛角沾满鲜血。

助手又惊又怕，和来帮忙的人们一起合力将它制服，大概是已经疲累，种牛并没有任何抵抗。助手四处搜寻父亲踪影。好不容易才在暗处的山白竹林中找到倒地呻吟的父亲，助手搀扶父亲回到小屋内，不料伤口过深，无法医治。叔叔接获通知赶到时，父亲意识还算清楚。

昨晚十点多，父亲咽下最后一口气。今天，大家全到牧场，决定在小屋中守夜，一切就等着丑松归来。

“所以，”叔叔望着丑松，“我问大哥有什么要交代？即使痛苦万分，他还是精神奕奕地挺直腰杆说：‘我是牧人，为牛而死也算死得其所。事到如今，我也没什么好说的。唯一挂念的就是丑松了。我至今所有的努力，全是为了他。有件事，平时我就再三叮咛他了。请务必在丑

① 装镰刀、柴刀和锯子等工具的容器。

松回来后，再帮我提醒他一声。’”

丑松低着头，默默听取父亲的遗言。

叔叔又继续说道：“‘还有，我希望化成这块牧场的泥土，葬礼不要在寺院举行，可以的话就在山上办吧！我去世一事，请不要跟小诸向町通报……一切拜托你了。’他既然这么说，当时的我也只好回应着说：‘嗯，知道，我知道。’大哥一听，很欣慰的笑着，然后望着我，落下两行清泪，便不再说话了。”

这段父亲临终前的话语，令丑松有说不出的感激。

说自己要化成牧场的泥土，在山上办葬礼，不要通知小诸向町的人，说穿了都是为了丑松。

丑松感念父亲的那种精神，体会到他行事谨慎的同时，不禁要佩服父亲想到做到，非达目的决不放弃的刚烈气魄。

其实，对于丑松，父亲严格的程度简直近乎残酷。

即使在他死后，丑松还是对他敬畏不已。

于是，丑松与叔叔动身前往西乃入牧场。诸事皆在叔叔安排下完成，验尸已毕，棺木也准时送抵，守夜式僧人则委托根津定津院的长老担任，所有人都早已在小屋内等候。

明天的葬礼准备全由叔叔一手张罗完毕，丑松只要出面即可。

从这里到乌帽子山岳山脚下至少有二十町远。其间还得爬过田泽的山顶，走过荒凉的山道。

那晚伸手不见五指，连脚底也踏得不实在。丑松走在前面，一面用手上的灯火照亮夜路，一面引领叔叔往山上走。

愈离开村镇，路变得愈窄，到最后只剩下在枯黄落叶中踩出的一排脚印。这里，是丑松在少年时代常跟着父亲来来回回的地方。在来到养牛小屋所在的高原前，二人又翻过好几座小山。

5

走下山谷便可看到小屋，狭小的屋内挤满了人。

明亮的灯光映照在墙上，木鱼声响彻山间空气，搭配着顺流而下的细谷川流水的唏嘘低语，更增添一份寂寥。

那是一间造来遮风挡雨、有顶盖有墙围的独栋小屋。除了偶尔有经由殿城山的小路要到鹿泽温泉的旅人造访外，几乎人烟罕至、与世隔绝。烧炭、山林看守与牧牛的生活……尽是荒凉的山居景象。丑松吹熄手上灯火，和叔叔一起推开小屋的门。

除了定津院的长老、前来帮忙的姬子泽人们，还有一些与父亲生前交好的农家男女……丑松感受到这些人亲切的安慰。

屋内被佛前明灯照亮，夜晚的空气中夹杂着线香烟雾，顿时显得拥挤起来。收纳父亲遗骸的是个很粗糙的棺木。周边围着白布，前方放着新牌位，除了茶水、糯米丸子，还供有菊花、芥草的绿叶。

诵经告一段落，在僧人的监督下，大家轮流站在棺木前，以瞻仰老牧人最后一面。死别的泪水挂在每个人脸上。

丑松也在叔叔引领下，稍稍弯下身子，在微暗的烛光中进行最后的告别。父亲看来像是结束自己孤独的牧人生涯，正等着躺进牧场底层的泥土中一般。冰冷的脸孔显得苍白，不带一点血色。

叔叔沿用旧习，为父亲这趟黄泉之旅准备了斗笠、草鞋和竹环等用具，还在棺盖上放有避邪用的利刃。这时，诵经声又起，跟着敲起木鱼，缅怀的闲谈交织着无邪的笑声，再加上吃东西的声音，在哀恸的气氛下，还多了份喧嚷的热络，丑松虽旅途疲惫却无法好好休息。

这一夜就这样过了。因为父亲遗言而没通知小诸向町，再加上彼此自搬迁后已有十七年多不曾往来，我方不主动告知，对方是不可能来的。

听说昔日的“头目”去世，万一来了不该来的人反倒是个麻烦，叔叔心中担心的就只是这件事。依叔叔所言，墓地之所以选在牧场，是父亲生前心愿。

原因是若能带进根津的寺院，照一般农家仪式进行便罢，否则可能遭到断然拒绝的凄惨待遇。秽多不具有埋葬在普通墓地的权利，是习俗上的悲哀。父亲很明白这点。为了孩子，生前的父亲也在这深山里忍耐着。即使死后，他也希望自己能为了孩子长眠在这牧场中。

“这场葬礼总算顺利结束……不过，丑松，我还是有些心神不宁。”

有这种忧虑的，不只是叔叔一人。

翌日午后，参加下葬仪式的男女聚在小屋内外。除了牧场主人、平时寄养母牛的牛奶商家等，凡被告知的人都来了。

父亲的墓地预定在丘陵上的小松树旁，送葬时刻一到，棺木被抬出父亲熟悉的小屋。棺木后面是定津院的长老，跟着是脸蛋白皙的两个小和尚，丑松和叔叔都穿着草鞋，女人们则全戴着白色棉帽。各人按照各人的习俗，有人穿着花纹或手织条纹外褂，但大多数人则依循山野人家习惯，没有穿上和服裤裙。

这毫无任何修饰的一行人，倒是和朴实的放牛生涯相当匹配，没有顺序，没有礼仪，有的只是真心，父亲就在这一颗颗真心的护送下，静静地跨过山丘。

仪式很简短。单一音调的敲钟、太鼓、钹声，听在这满是回忆的耳中，竟也如此哀戚，机械般的诵经声，在悲叹的心中就如同哀悼至深的挽歌。

膜拜、合掌、点香，一行人渐渐离去。

棺木不一会儿就搬到墓地预定处，挖掘的红土高高堆在一旁，盛开的野菊散落一地。大家抓起一把土，丢向洞穴中。叔叔和丑松也各丢下一把。最后，当铁锄头开始将土往下拨，山崖崩坍般的巨响猛烈撞击着棺盖。一股土壤湿气瞬间而上，顿时令人难以招架。土堆越堆越高，丑松只是若有所思地凝望着那逐渐成形的馒头小山。

一旁的叔叔也沉默不语。为丑松留下一句“谨记”，至死不渝地坚持的父亲，就这么长眠牧场的深深地下——他不在这个人世了。

6

总之，葬礼顺利结束了。

以后一切将全权委托牧场主人，小屋则交由男助手，大家一起到姬子泽办理交接。

小屋里饲养的一只黑猫，算是父亲的遗物，他们便热心地要丑松一起带走，但就家畜认住处的习性而言，实在不适合将它带走。喂它东西不吃，叫它也不见现身，只是游走在屋檐走廊发出悲伤的叫声。即使是畜生，也知道思念死去的主人，众人也觉不忍，不免担心那猫在接下来的雪季，非得吃点什么才能在山中存活。

“真可怜，大概要变成山猫了。”叔叔这么说着。

众人一一离去。看守小屋的人带着盐，一直送到山丘上。

十一月上旬的阳光显得有点寂寞，为这西乃入牧场增添一份苍凉的萧瑟。放眼一看，小松树处处可见。

山杜鹃因不为牛只所爱，反倒在众多草木中呈现一片茂盛景象，如今却因为霜冻，什么也看不见。眼前所见，尽是勾起对父亲逝去的回想。丑松面带愁容地走在小山间的羊肠小道上。他想起，父亲来到这牧场时，正是三年前的五月下旬。那时正是牛角开始生长的时候，记忆中这片凋萎干枯的山杜鹃曾经是红黄怒放的花海。

这时不禁又让他想起摘山蕨菜的小孩们。想起山鸠的啼声。想起那舒服的微风飘过铃兰[1]花丛，初夏气息扑鼻而来。

想起父亲指着山丘上的鲜绿，告诉自己西乃入肥沃的草有益于牛只生长。想起他说过只要吃了青叶，舔了盐巴，喝了溪谷的水，牛只的病大多可以痊愈的话。想起父亲又解说各种畜牧的经验，物以类聚的牛只习性，对首次加入的牛只进行顶角测试[2]，虽是畜生却有制裁同伴的能力，还有一头像女王般支配着牧场的母牛的故事，一切都是那么新奇有趣的美好回忆。

父亲虽潜身于乌帽子山岳的山下，求取功名的野心却始终如烈火般，一生未曾熄灭过。

这是他和无欲无求的叔叔最大的不同，因为这份无法抑制的刚烈个性，既然身份不允许自己在俗世中一争长短，索性就躲进深山里，这种悲愤的心情从不曾平息过。自己无法如愿，至少也得让子孙有所发挥。自己所追求的，期盼子孙能帮他达成。纵使太阳有从西边升起、东边落下的一天，这个理想也绝不因此改变。去吧！奋战到底！要出人头地呀！父亲的精神蕴藏其中。

如今的丑松，在缅怀父亲孤独一生的同时，更强烈感受到遗言中所含的希望和热情。

不能忘记那终其一生的教训，那像喘气般急促的男性灵魂，流传到

① 又称君影草、山谷间的姬百合。

② 新旧牛只顶角争斗。

儿子心中的至亲血潮……一切的一切，都随父亲逝去，为丑松内心带来深深撼动。啊！死是静默的，对现在的丑松而言，却是比千言万语，让他更加深省自己一生的动力。

来到牛栏小屋前，丑松目睹父亲遗留下的事业。

方圆二十里的天然大牧场，处处可见在小松树旁或坐或站的母牛群。牛栏小屋位于高原东边的角落上，粗糙的栅栏里还养着几头尚未长角的小牛。那个看管小屋的男人正招呼着大家，一面焚烧着枯草，一面集各种引柴。

叔叔也正好在那里等着丑松。凡是聚集在这火堆旁的男女，都是昨夜一晚未曾合眼的人，再加上今天的辛劳，其中更有因过度疲累，而在半梦半醒间嗅着落叶焚烧的香味。

叔叔穿梭在牛群中，将两合[1]盐巴分别洒在每个石块上。一想到那是父亲养大的，丑松也不由得心存怀念地在一旁望着。

只见一头黑色母牛摇着尾巴，往盐巴的地方靠来。除了眉间和腹部呈白色，全身茶褐色的牛只也摆着耳朵走近来。哞哞叫着的斑点小牛也过来了。果然还是对陌生人有所惧怕，每一头都只是蠕动了一下鼻子，不敢再靠近一步。其中也不乏摆出又想舔又怕我们这些可疑者的表情，偏偏又步步向这边逼近的牛只。

见到这副光景，叔叔和丑松都忍不住笑了。

① 零点三六升。

有这么可爱的家伙相伴，再怎么无趣的深山也住得下去，大伙儿全笑了开来。最后，大家一起起身告辞，向这块父亲长眠的土地致意后便陆续离去。乌帽子、角间、四阿和白根等群山，如今都隐藏在后。经过富士神社时，丑松不禁回头望向父亲的墓地，那时的牛栏小屋早已不见踪影。只是，在萧瑟高原遥远的那一头，依稀可见一缕攀升的烟丝。

第八章

1

葬在西乃入牧场的老牧人的传言，马上传到根津村中。加油添醋是人之常情，加上种牛伤人之事，更是牵动了不少好奇者的心，在各处都成了人们茶余饭后的话题。

肯定是前世种下什么可怕的罪孽吧！

迷信的人一开口便如此断言。关于老牧人的来历，有人说是来自南佐久的牧场，有的说是甲州出身，还有的则认为是会津的武士之后，各种臆测推论满天飞。不过，唯独小诸的秽多町的“头目”这个事实，却没有一人猜中。

“慰劳会”[1]的翌日，丑松外出向参与此次葬礼的人致谢。叔叔也一

① 招待曾来帮忙过的人的一种习惯。

起。姬子泽的家中只留婶婶一人看家。

吃完茶泡饭，天气更加温暖，日光从后院的葱田射进晒南瓜的屋檐下的走廊，给人一种悠闲午后的慵懒。既然没什么事做，鸡只也就肆无忌惮地或啄食篱笆旁的小花，或大声鸣叫，有的干脆跳上房间的榻榻米上玩耍。就在婶婶走出屋外、弯着身子在河流边洗锅子时，眼前出现一个前来问路的举止有礼的绅士。

“这里是濑川先生的家吗？”婶婶一听，露出一副出乎意料的表情。突然想到对方是位陌生人，赶紧拿下头上的包头巾走向前示礼。

“是的，前面是濑川家。对不起，请问您是哪位？”

“我吗？敝姓猪子。”莲太郎居然在丑松不在时来了。

“现在追也追不上了噢！”听婶婶这样说，他当下决定，反正人都来了，还是叨扰一下，先休息一会儿吧！于是，在濑川婶婶的引领下，走进了茅草屋内。

平时就对农民生活深感兴趣的莲太郎，对于能这样坐在火炉边谈话显得兴奋无比，贪恋地望着熏黑的屋顶下的一切。农家生活习惯的代表，是由屋外直通后门的庭院。装木炭的稻草包、腌渍桶和耕作的农具零乱地摆放其中。角落边还有沾满泥巴的马铃薯堆得像座小山。炉子就放在屋前，焚烧的烟雾闻起来也相当愉快。和每年的年历一起贴在壁上的彩色版画也因历时已久而有点褪色。

“真不巧今天刚好不在……哎！因为家里有事发生，所以外出向大家致谢。”婶婶说着，便把丑松父亲的最后情形说给莲太郎听。

炉火烧得很旺，木制的炉钩上悬挂的铁壶里的热水也煮得滚烫，婶婶正想泡茶招待客人，可记忆这东西还真是奇妙，她突然记起遗忘好久好久以前的习惯。

一般说来，不给普通客人端茶是穆多家庭的习俗。甚至连点香烟火也多有顾虑。濑川家以前也是如此作法，至于违背习俗开始进行普通的交际，则是迁居到这个姬子泽以后的事。

在如此长一段时间里，他们熟悉了这种新的交际方式，习于随意进出的人们，自然地端上茶水，也知道互赠物品，春天是草糕，秋天则收到荞麦粉，这厢既然不觉得有什么不妥，对方当然也欣然接受。

婶婶的心境回到从前是近来从未发生的事，这是可以理解的，眼前的可是不同于姬子泽居民的、来得如此唐突、令人浑身不自在的稀客。婶婶居然可以感觉到自己沏茶的手在颤抖。莲太郎一点也没察觉到，只是仿佛美味万分地让茶水润泽过干涸的咽喉，高兴地谈论着各种话题。其中，又以丑松还在玩放风筝、甩陀螺时候的事最引起他的兴趣。

“那个，”莲太郎若有所思，“冒昧请教一个问题，听说这个根津的向町里，有个叫六左卫门的大财主。”

“啊，有呀！”婶婶望着眼前的客人。

“你可曾听说过吗？那户人家最近似乎有喜事。”莲太郎漫不经心地问着。

向町是这个根津村里的一个穆多部落。和姬子泽距离八个町远，就位于西町的郊区。住在那里的六左卫门，是个很有名的穆多富豪。

“咦，我不曾听说过噢！真是这样的话，那不就有女婿了，那家的女儿可是待字闺中呢！”

“你认识吗？关于那家女儿的事。”

“大家公认的美女噢。皮肤白皙，亭亭玉立……哎！人们总是替她惋惜出生在那种人家。都长到二十四五岁看起来还很年轻，仿若十九、二十岁左右。”

在说着话的当儿，莲太郎仍像是想到什么似的。

等了好一会儿，还是不见丑松归来，莲太郎于是说要到外头走走，起身往田圃的方向观赏山野风光去了，临走时还恳切地拜托婶婶，说是务必见丑松一面。

2

“对了，丑松啊，有个叫猪子的客人来找你噢！”婶婶急忙赶上前去。

“猪子老师？”丑松两眼放出喜悦的光彩。

“他等了好久，就是不见你回来。”婶婶望着丑松，“现在暂时到前面去了，说是想到田圃那边看看。”说着说着突然语气一转，“那位先生究竟是谁呀？”

“他是我的老师。”丑松回答说。

“咦，原来如此啊。”婶婶呆了半晌，“既然这样，可要跟人家好好道谢。我还以为是你的朋友呢，因为他一直说自己是你朋友。”

丑松想追去找莲太郎，正想往田圃方向走去，适巧遇上叔叔也回来，便一起坐在屋前稍作休息。

叔叔看来很疲惫，早早进了屋内，直念着：“还好！终于松了口气！”总之，今天算是诸事圆满结束了。葬礼如此，出外致谢亦然。可想象的是叔叔对这样的结果有多满意。

“啊！一切安然顺利。”说着，松了口气。“这都是老天爷的帮忙！”叔叔又接着说。

平静的姬子泽家中的光景，以及守旧的叔叔夫妻，引发了丑松的怀旧情愫。

后院交相鸣叫的鸡啼声，响彻整个午后干燥的空气，让人们多了一份悠闲感。

在勤劳、健壮、好脾气又膝下无子的婶婶眼中，丑松永远是个孩子，这举动不由得又把丑松给逗笑了。

“看！那个动作简直跟老爹没两样。”这么说笑的当儿，婶婶也不自觉流下泪来。

叔叔也跟着笑成一团。那时，婶婶所沏的涩茶真的好甘美。还有招待用的乡下小馒头，这种熟悉的黑砂糖馅点心，令他怀念起少年时代。最让人体会到回家之感的此时此景，让丑松内心暗潮汹涌。

“那么，我这就过去看看。”说完，他便起身走出家门。

叔叔马上跟着出去。像是有什么事地开口叫住丑松，丑松赶忙回头，只见叔叔站在枯叶落尽的柿子树下，压低音调，“没别的事，只是我想起猪子这个人了。以前的师范学校有位猪子老师，今天的客人是那一位吗？”

“是呀！就是那位猪子老师。”丑松望着叔叔的脸说道。

“嗯……原来如此，真是那人啊！”叔叔看看四周，缓缓伸出食指，“你不会想跟那人说那件事吧……小心点！”

“哈哈哈……”丑松看似愉快地大笑，“叔叔，您别担心。”说完，他急急向前走去。

3

虽说“别担心”，其实，丑松还是想对莲太郎坦白。前辈和自己，只有他们二人……像这样真是机不可失。一想到此，丑松的内心激烈翻搅。

在干枯的草埂田上，丑松找到了莲太郎。一问之下，才知道前辈将太太留在上田，当天一早便来到根津村。

同行者只有市村律师。律师先生因忙于拜访当权人士，两人便在旅馆分手，莲太郎一人前往姬子泽来找丑松。演讲因某种缘故取消。因此，这个村子也就无缘听到律师先生的政论发表，不过，莲太郎却因此有了充分的时间和丑松一叙。换句话说，他们可以在信浓山上，天南地北地度过这半天温暖的小阳春。

那一天的愉快经验——对丑松来说，这样的感觉实在太珍贵了。平时仰慕的老师就在身旁，可以听到他的声音，看到他的笑容，还可以与他呼吸着故乡同样的空气。丑松不只觉得谈话愉快，连二人沉默不语时也有种说不出的兴奋。再加上莲太郎这个人说起话来给人一种不同于写作的感觉，外表看似严谨且一丝不苟，其实为人敦厚又和善，换言之，是个相当平民化的人。正因如此，对晚辈丑松也没有任何架子。放纵大笑，发自内心的叹息，把脚伸向日照充足的草埂上，也不忌讳谈论自己生病的事。

他告诉丑松，有一次曾经被抬上车送往医院，一阵剧烈干咳后，严重咯血一事。也诉说了自己如今的身体状况，就如同不曾有过胸痛及任何病痛一般的安好，但若再多几次像上回那样的咯血，就真的不行了。

即使二人如此亲昵交谈着，丑松仍旧无法完全尽兴。

“找个时间说出那件事。”这种烦躁的心情反复不定，内心一刻不得平静。

“啊，不会传染吗？”有时候，不知怎的想到这种事，对前辈的病总有几分畏惧。丑松内心嘲笑过自己无数次。

那些散落各地，代表千曲川沿岸的风俗、民情、武士道和佛教的中世纪古迹，伴随着信越线铁道山上都会的兴衰，北国昔日街道的繁华，今日废站的凋零，二人现在的谈话，包括了信浓路的种种。眼前蓼科、八之岳、保福寺及御射山、和田和大门等群山绵延，横在那山腰前的倾斜远景，呈东西方向展开。闪着淡淡蓝光的谷底，是流向远方的千曲川的河水。

丑松把自己从少年时代所感受到的自然洗礼，再搭配详尽的风土介绍，一一为莲太郎解说。莲太郎则专心聆听，热心眺望一切。

对岸的八重原高原上，住家们炊烟升起的景象，似乎尤其令莲太郎好奇。丑松又指着谷底平地的日照处，说明那沿着水流分布的，分别是依田洼、长濑、丸子等村落。

笼罩在深蓝炊烟的山谷背光处，有灵泉寺、田泽、别所等处温泉，是农民们群聚山上时的欢乐场所，往往在荞麦花绽放的时节，大家也为忘却疲惫而来到这附近。

对莲太郎而言，他也曾有过对这样的山野风景毫无感觉的时代。若把信州的景色当作是个立体全景图，或许它只是众多描绘大自然的画作中，被评为平凡无奇的那一种吧！景幅虽广，可惜缺乏情趣。不过，却缺少一些令人玩味的地方——起起伏伏如波涛般的群山，除了不安与拥塞，没给人任何感觉。面对如此景致，徒叫人心思混乱。莲太郎曾这么认为。

不可思议的是，这样的观点在这次旅行中完全被推翻，他第一次知道何谓真正的山。全新的自然在他眼前展现开来。烟雾弥漫的气息，飘缈深远的空谷回音，生死枯荣的森林的呼吸，其间夹带有暗影、光和热的云彩的出没也相当动人，让人不自觉地想起“平野是自然的静息，山岳是自然的活动”那句话。

老是被贬为平凡的信州风景，经由“山气”的洗涤，竟能让人如此回味无穷。

莲太郎的观察，令喜爱山水的丑松喜悦无比。

那天，西方天空一片晴朗，飞驒山脉可以看得好清楚。远眺这个大溪河，在层层重叠的山峦与山峦上方，更连上一列长长的白壁。

今年的雪早已不知下过几回。这连绵群山在午后温煦阳光的映照下，在蓝天中闪烁发亮，壮丽的气势几乎要夺人魂魄。线条生动、有力的山块轮廓，带点深紫色的山谷阴影，更为这份远眺增添些许崇高的情趣。针木岭、白马岳、烧岳、枪之岳，还有乘鞍岳、蝶之岳等许多险峻山岳争相耸立于此。

梓川、大白川等水源在此处。

雷鸟孤寂地飞翔着，可以见到冰河遗迹。千古人迹罕至的地方是这里。啊！无言地耸立着的飞驒山脉的模样，像座永恒、庄严的自然殿堂——愈看，莲太郎和丑松愈是感受到那崇高的气象。

尤其那天的空气混浊带点黄沙，交错在十一月上旬的光影下，让整座宽广的峡谷看起来雾茫茫的。

二人就这么望了许久。一面看，一面谈着山的种种。

4

啊！丑松好几次想将自己的身份向莲太郎坦白。

昨晚深夜一直待在油灯下想这件事，如果和前辈二人单独一起时，推敲着各种说法，丑松就这么沉溺在各种想象中。如今莲太郎就在丑松旁边。见了面反倒说不出话，说来说去尽是些风景的话题，重要的话一句也没提。丑松忽然觉得，明明说了好多话，却像是未曾对莲太郎说过什么。

受到事先预约了晚餐的莲太郎的邀请，丑松便一道来到根津的旅馆。一路上，丑松主动找话题，一直想把事情说出来。

只要把它说出来，自己的心意必定能直达前辈的心，便能和前辈有更深的交流，但想着想着，却又说不出口，不时停下脚步频频叹气。

秘密——一个攸关生死的真正秘密。即便知道对方也是相同出身，却无法简单说出口。开口则犹豫不决，犹豫之后又自责不已。丑松内心害怕、迷茫又烦闷。

二人终于走出根津西町的郊区。石头地藏伫立处的附近，向町——所谓的秽多町，茅草屋檐沿着日照良好的斜坡，不规则地并排着。其中尤其引人注目，建造得像座城堡般华丽的独栋房子，雪白的墙壁在阳光下闪闪发亮的，便是众所皆知的六左卫门的住家。农业和衬麻[1]制造，是这部落每个人的工作，就像那个小诸的秽多町中，没有人从事鞋子、三味线、太鼓等兽皮相关物品的制造，以及暴毙马匹买卖的。

衬麻是每户秽多人家都做的，一种称作“空杆”、用在草鞋表面的

① 麻质的漩涡状草鞋底。

漂亮稻秆摆在每面墙角旁晒着。丑松见到那东西，不由得想起昔日的濑川家，想起小诸时代，想起死去的母亲，以及现在的婶婶常常会编着那种“空杆”。也想起小时候的自己，把户隐的“干草”（草鞋里的麻）当作玩具、在父亲身旁学着人家做衬麻玩的事。

六左卫门在那时也成了二人谈论的对象。

莲太郎频频追问那位秽多的个性和行为。被问的丑松虽然无法回答得完全周详，却也知无不言，言无不尽。六左卫门的财富是凭他一手打造出来的。人们对于他成为暴发户，都感到不屑。除了欲念深、虚荣心强之外，只要能用钱换得的事都不择手段，一心想求得“绅士”称号。上流社会多彩多姿的交际，大概是他朝思暮想的吧！

假扮孔雀的乌鸦六左卫门，他之所以在东京盖别墅的用意亦在此。成为红十字会的特别会员是如此，赞助慈善事业是如此，身边摆满书画古董也全因此目的。那么没学识，却又拥有那么多藏书的人实在少见吧！因此成为附近人们口中闲聊的话题。

二人就这么闲聊地逛着，来到了六左卫门家门前。正好是午后日照正烈时，雄伟的白壁看起来像火烧般炽热。

数栋建筑物被长长的围墙结实地圈围住。一群新平民小孩模样的孩子，在一个七八岁孩子的带领下，聚集在长墙外玩着“打纸牌”之类的游戏。其中有双颊通红、眼神惹人怜爱的孩子，看起来和普通人家的小孩没什么不同。也有些长得卑微又愚蠢，怎么看都像见不得人似的。

这么看来，秽多部落居然也可分成好几个阶级。一个面貌和善的男人牵了匹马走过，还向一旁小孩们招呼着，一位姐姐模样的妙龄女子绑着细腰带，兴冲冲地从二人身旁飞快而过。

呼吸着如此无知的、甚至不知凋零为何物的秽多町空气，既让人不忍直视，又觉得可耻与愤怒，一股莫名的激情顿时涌上心头。

“你们可知道自己是谁？”丑松内心怜悯不已，只想早点走过这里。

“老师……我们走吧！”丑松提醒站在原地看得兴致勃勃的莲太郎。

“你看！六左卫门的家。”莲太郎回头，“一砖一瓦都充分展现主人的个性吧！就在这两三天前，这家才办过婚礼呢，你可知道这事？”

“婚礼？”丑松追问。

“那婚礼可不是一般的婚礼，大概可以称作政治婚姻吧！哈哈哈。政治家做的事还真是与众不同呢！”

“老师说的话，我真的不太懂。”

“新娘呢，是这家的女儿。新郎则是代议士候选人，有趣吧！”

“噢，代议士候选人？不会是那个和我们一起坐火车来的人吧？”

“没错！就是那位绅士。”

“咦……”丑松瞪大了眼，“原来如此，世上还真是无奇不有啊！”

“说得对，连我也觉得意外。”莲太郎脸上闪着光彩。

“不过，老师是在哪里听到这事的？”

“我们到旅馆再说吧！”

第九章

1

在根津一个叫冢洼的地方，有一户尚未前去致谢的人家，刚好顺道碰上，丑松便在中途与莲太郎分手。莲太郎先行往旅馆去。

约好事后立刻前去相聚，丑松便往田间的小路走去。来到冢洼的斜坡下，只见一户农家前有位卖糖人，正逗趣地吹着小喇叭，邀集年幼的小客人，还有些老主顾模样的人，以及从四面八方大叫着飞奔而来的小男孩、小女孩。

啊！为少年带来无尽想象的糖果摊的声音，是多么令这些无知孩童的耳朵深感愉悦啊！不只聚来买糖的孩子，连丑松也不由自主停下脚步倾听。说也奇怪，每次听到这种声音，丑松总会想起自己的少年时代。

他想隐瞒什么——丑松现在要前往的这户冢洼人家，有他的一位青梅竹马下嫁于此。阿妻，是这女孩的名字。阿妻的娘家在姬子泽，和丑松家是隔了个苹果园的邻居。

丑松和阿妻玩在一起，是在他九岁左右时，正是濑川一家搬来不久的事。

阿妻的父亲原是从上田乡下过来的养子，是个出身贫苦的人，也是个外来者，或许因此自然而然地成为濑川家的支持者。他十分疼爱丑松，外出到伊势神宫参拜回来时，总会为丑松买点东西。像这样的邻居家的孩子，会玩在一起也不奇怪。不仅如此，二人又是同年龄。

快乐回忆的怀念之情，在听到小喇叭声的同时，一股脑儿涌上丑松胸口。虽然有点模糊，丑松从不曾忘记小阿妻的模样。

难以忘怀的是，那是自己第一次感受到少女的娇柔可爱。难以忘怀的是，在那苹果花盛开时，二人穿梭在低垂枝叶中，彼此间纯真无邪的初恋呢喃。年仅九岁的昔日，如梦的时光，其他许多事或许早已不复记忆，唯有那份无垢的心情无法遗忘。

不过，年幼的二人的交往并没有维持太久。丑松突然和阿妻的哥哥愈走愈近，便不再和阿妻玩在一起了。

阿妻嫁来冢洼是在她十六岁的春天。嫁的丈夫也是丑松小学时代的朋友，三人同年龄。即便是按乡下习俗，这对夫妻也算早婚了。就在丑松还在师范学校的窗下专心研读历史和语言学时，这对年轻夫妻早已儿女成群，成天被叫着“父亲、母亲”。

回顾这些陈年往事，心情激动不已的丑松爬上坡道。来自山里的根津川支流，清澈地浅浅流经每户人家门前。路旁栗子树梢早已干枯，不留一片树叶。只有水草还是一派翠绿，浸泡在水中的水草根自在漂浮着。准备过冬的忙碌时节，大家都聚到河岸。

一群专心清洗芜菁的女人们中，那一位包着头巾遮日，伸出双白皙的手，奋力工作着的女人……开口一叫，果然是阿妻，丑松很惊讶这位青梅竹马玩伴的改变。阿妻似乎也一样。

那一天，阿妻的丈夫和小叔都不在，只剩婆婆在家。

听说她生了五个子女，却一点也不显老，大概因为活泼好动吧！三个女娃儿紧黏着母亲，害羞得连招呼都不会打。

最大的孩子五岁，有的好奇地望着客人的脸，有的躲在母亲背后，才刚会走路的小儿子，或许是看到陌生的丑松，竟抽抽噎噎地哭了起来。

见到这种光景，婆婆笑了，阿妻也跟着笑起来："哎！这个孩子，真是奇怪了。"说着，便掏出乳房来。孩子含住乳头后，还是抽抽噎噎地，但不时回头偷看丑松的模样真是可爱极了。

话多的婆婆自顾自地说着。阿妻给丑松泡了杯茶，不禁想起从前。

"话虽如此，丑松还真是大稀客呢！"阿妻说着，看看客人，不由得羞红了脸。

道过谢后，丑松匆匆离开。阿妻和婆婆站在门口，目送客人离去。丑松走上冢洼坡道，仿佛到现在才惊觉彼此的变迁。深受那户人家的影响，个性和善、总令人怀念的阿妻和心中一直无法忘怀的那位初恋情人相比，竟像是完全陌生的人。和自己同年，而且还有五个孩子——那真的是自己青梅竹马的阿妻吗？丑松不时停下脚步叹息着。

虽然只是回忆，却也深深伤了丑松的心。平常就疑神疑鬼，深受痛苦折磨的自己与现在的心思相比，那时可算是少年昔日的欢乐时光。

啊，那个不知自己身份、整天和可爱少女一起徜徉在苹果园的快乐时光已逝。丑松好想回到那个时代，好想再次遗忘自己是秽多的事实，好想和昔日那位少年一样，自由自在吸吮世上的欢愉甘甜。想着想着，锥心的欲念如春潮涌上心头。

身为秽多的悲痛绝望与爱的愉悦思想，两相交杂之下，让年轻的生命更添光彩。最后，他甚至想起莲华寺的志保。让动人的情愫激起满怀热情的丑松，朝着莲太郎寄住的旅馆急急走去。

2

门前招牌灯上写着“住宿・吉田屋”的字样，不愧是古老街道的遗址。来往各地商人变少，昔日的民宿转成今日的农家，如今的根津村就剩两三间旅店店家。吉田屋便是其中之一，动不动就休息关门，如今客房早已沦为饲养秋蚕的场所。

话虽如此，在此寂寥中另有一番风情的乡间古老旅馆里，门口成排曝晒的豆子，庭院里的鸡群鸣叫，扛水进出澡堂的男人也叫人费疑。火炉中的干枝愈烧愈旺，四周响起天真无邪的笑声。

“对了……要说那件事！”丑松喃喃说道。

踏进吉田屋门口的一刹那，那个想法又在内心挣扎。

丑松在带领下来到房间时，只见到莲太郎一人，律师还未回来。匾额画框、隔扇，一切都流露着昔日风情，室内景象虽老旧，却是谈心的好场所。火盆中添上木炭，旁边有坐垫，只剩二人独处时的心情可贵又欣喜，莲太郎亲手所沏的茶水滋味更是特别。

这时丑松细数自己平时喜欢的前辈著作，谈起第一次看的那本大作《现代的思潮和下层社会》，又说着《贫困者的慰藉》《劳动》《平凡的人》等许许多多有趣内容。

丑松述说了自己看到《忏悔录》广告时的喜悦，然后在饭山的书店手抱着书，边想象书中内容边走回住处时的心情；沉浸在书中，内心深受感动，见识到社会现实及书中表现的观点所带来的新冲击。

莲太郎内心的喜悦难以言喻。后来，被通知澡堂热水已滚，二人一起走进澡堂时，莲太郎还一直念念不忘，将他视为知己，压根没想到有人会对自己的著作如此清楚，对丑松的热心自是感激万分。但有病毕竟有病，莲太郎显得有点顾虑，那种健康者无法体会，不愿连累他人的用心，一直表现在他的举止行为中。如此一来，反倒叫丑松觉得抱歉，先前害怕前辈有病的心情，早已烟消云散。结果，话说得愈多，原先心中的害怕渐渐转变成怜悯之情。

澡堂的窗外，可以听到穿过岩石往下流的清脆水声。清澈见底的热水温暖了身体，让耳朵接受了清流回音的洗礼。入暮时分的日光滑进窗口，在烟雾弥漫的澡堂里显得朦胧迷离。泡足热水走出来到冲洗台的莲太郎，浑身恍如着火般热气直冒。丑松也是满脸通红，滑过脸庞的汗水暂时将俗世的烦恼隔离了。

“老师，我来帮您搓背吧！”丑松抱起小木桶，特地绕到莲太郎背后。

“噢，你要帮我吗？”莲太郎显得很开心，“那就麻烦你了。来，大胆地冲水吧！”

就这样，丑松有缘亲近这位自己平时倾慕的人，知道他的思考方式，明白他的说话方式，了解他的行事作风，可以见到些许有关莲太郎的生活点滴，都是一种快乐。丑松突然觉得，二人的距离如此接近。

“接下来换我了。”莲太郎舀出一桶水说道。丑松连连推辞。

“昨天是昨天，今天是今天。”莲太郎笑说，“哎呀，你就别客气了，让我也来帮你搓搓背。”

“那就麻烦您了。”

“如何？濑川君，我的技术真的不错吧！哈哈哈……”莲太郎笑道，接着将肥皂沾水往丑松背后抹，“当我还在长野时，有次校外教学旅行，和学生一起来到上州。我记得自己当时还是大家公认的大胃王噢。不过，因为被称作大胃王，那时的我可真是健壮呢。从那以后，我的人生中可是发生过许多事。像我这样的人，居然还能活到现在。”

“老师，可以了。”

“怎么会？现在才开始呀！看，你身上的污垢都还没洗掉呢！”

莲太郎细心地刷洗着丑松的背，最后再把小木桶里的热水冲下。冲洗下来的热水和着肥皂泡泡，白白滑滑地流过铺板上。

“因为是你，我才说出来的。”莲太郎像是想起什么似的。

“每次我想起伙伴这件事，总会觉得难为情。说来真丢脸，所谓的思想世界的大门，其实从未对我们那些伙伴开启过。当我离开师范学校时，一想到这事，着实度过一段相当惨淡的岁月。我之所以会生病，也是因这个缘故。但因这场病，我反而获得了救赎。所以呀，你不要光是想，要动作才行。就拿你读过的《现代的思潮和下层社会》来说，在写那本书时，我根本没有过过健康的一天。心中想着，新平民后代也出现了有趣的人物，那个叫猪子的男人居然可以写出这种东西，因此，只要看看我所写的书，便觉得心满意足了。嗯，我就是想成为那个踏板啊！这就是我的人生，也是我的希望。”

3

一直想说话，又像是被什么塞住嘴巴，丑松一言不发地走出澡堂。律师仍旧没有回来。晚餐依照莲太郎吩咐准备的千曲川的桃花鱼，是从上田回来途中买来的，料理成鱼田乐（烧烤鱼肉串），准备和丑松一起品尝初冬河鱼的滋味。料理时，可以听到从厨房传来的研钵声。火炉边阵阵烤桃花鱼香味，掺杂着滴落的灼烫鱼油熏烟，直传到这房里来。

莲太郎从皮包中取出药包。刚泡完澡红通通的脸色，一点也看不出病容。嗅了嗅难闻的“木馏油[1]”，终于提起高柳的事。

“这么看来，濑川君与那男人一起离开饭山的。”

“我实在觉得很出乎意料。”丑松笑说，“因为对方好像一直躲我。”

“那就代表他心中有鬼。”

“现在回想起来，那用外套包裹身体，躲躲藏藏的模样仿佛就在眼前。”

“哈哈哈……所以呀，坏事是做不得的。”莲太郎便把自己听来的，一五一十地告诉丑松知道。

高柳秘密迎娶六左卫门女儿一事，是从一个意想不到的地方听来的。经过些许调查，莲太郎造访了信州最古老的秋叶村的秽多町（位于上田乡下），并从一位和六左卫门交恶的亲戚口中获知此事。莲太郎和律师今早一起进入根津村时，说巧不巧地，正好撞上高柳夫妻要出外度蜜月的当儿。当然，对方并不知情，莲太郎二人还目送他们离开。

“很惊人吧！”莲太郎叹口气。

“濑川君，你认为如何？那男人居心何在呀？当你稍后回到饭山，那男人八成会一副若无其事的样子举行婚礼，将那女孩伪装成从哪里来的名门迎娶为夫人——那就再也不能称作新平民的女儿了。”就在说话的当时，侍女端来饭菜。

---

① 结核病治疗物。

盘中桃花鱼散发出刚烤熟的香味直扑饥肠辘辘的二人。

银色的背，白桦纹的鱼腹，新鲜的鱼被烤成茶褐色，有些地方没沾好味噌。尾尾肥美，用竹串串起。一只小猫可爱地躲在侍女身后窥探着，果然是嗅觉灵敏。担心妨碍用餐，侍女将小猫带了出去。

“老师，我为您添饭吧！”丑松拉过饭锅，将热呼呼的白米饭盛入碗中。

“真是麻烦你了。大家动手吧！看着这些饭菜，不由得回想起师范学校的餐厅。”莲太郎笑着，边说话边吃了起来。丑松夹了容易吃的桃花鱼肉，闻着烤得香喷喷的味噌香应对着。

“啊！”莲太郎放下拿着筷子的手，“真是佩服现代绅士的行事！只要是为了钱，什么事都可以忍。濑川君，你仔细听着。那高柳的外表虽光鲜，其实他经济拮据，债台高筑，钱愈借愈多，因为被高利贷追讨，尽做些不合乎世间利益的事，听说今年选举的胜算也没有。不过，再怎么陷入绝境，为了钱结婚，本性岂不卑贱！抑或是六左卫门受到那男人的教唆，想借由迎娶女儿的关系，利用岳婿获得对方的资助。既是这样也不无可能。如果有愿意打破阶级，求娶心仪女人的决心，那就有趣多了。为什么要如此偷偷摸摸进行仪式，躲来闪去的，没有男子气概呢？可笑的是，那竟是仪表堂堂的代议士候选人。舌灿莲花翻弄天下政治，看看那人的一生，又做何感想？不需什么借口，简直就是戴着绅士面具的小人。丢不丢脸啊！这世间啊，为了钱什么事都有人做，有人买，自然有人连自己的一生都卖，这种观念的人处处可见。但是，那男人却是得了便宜还卖乖，所以更是个中翘楚。哎！站在我们的立场想想，再没比这事更污辱新平民的了。”二人静默了一会儿，低头吃着饭。

接着莲太郎一副感慨万千的模样，似乎早已忘掉病痛这回事，“那男人有错，六左卫门也有错。把女儿送到那种地方有何意义？难不成想以后上东京，到处跟人吹嘘自己的女婿是政治家吗？这可不是什么道德的事呀！虚荣心也要有所节制！到底有没有考虑过女儿的幸福啊！”说完，莲太郎目光深邃，陷入沉思。

听得愈多愈惊讶于那位政治家的内幕，同时也为前辈体贴同族的热情所感动。丑松一想到在前辈那瘦弱身躯里燃烧的炽热精神，不禁升起一股悲壮的情感。其实，莲太郎的谈话中蕴藏着撼动丑松内心的力量。

说真的，若非病痛在身，是无法感受到内心伤悲的，每当想起这句话，就好像可以听到莲太郎的那些话一样。

4

结果，丑松还是没说出来。走出吉田屋已是深夜时分，途中回想此事，不禁难过得想哭。

为什么不说呢？丑松自问着。死去父亲的遗言、叔叔的警告，万一秘密从自己口中说出，说不定不知何时会传到谁的耳中。

前辈若同他的夫人说，夫人毕竟是女人，秘密终究守不住，如此一来，就再也没有挽回的余地。首先，像今天这样的场合，丑松根本不愿想起自己秽多的身份，至今一直以普通人的身份生活着，将来自然也希望保持下去，这是理所当然。

各种辩解浮现脑中。但是，这种辩解不过都是事后补上的，无法令人信服。令人悲哀的是丑松居然开始感到自欺欺人。连莲太郎也欺骗是丑松无法原谅的。

啊！究竟在想什么？在烦恼什么呢？这不是任何人都能说的，能说的只有前辈。

明明只能和自己平时就很倾慕，又与自己同为新平民身份的莲太郎坦白，但又为什么感到莫名危险和恐惧呢？

“坚决不说是虚伪。”为此丑松内心感到无比羞愧和悲伤。

不仅如此。勇往直前的青春意气也深深刺激丑松的心。丑松正如霜雪下萌生的嫩芽，虽有等待暖春的心，却受猜疑和恐惧所困，而无法伸展内部生命。

啊，霜雪溶于日照下，是多么不可思议的事呀！青年将敬慕之情全数献给前辈，充满活力地往前，又是多么不可思议啊！看得愈多，听得愈多，丑松更受莲太郎感化，对精神自由崇尚不已。说吧！说了！这不正是自己该走的路吗？如此稚嫩的生命激励着丑松。

“决定了！明天见到老师，要将所有的话都说出来。”丑松下定决心，便急忙回姬子泽的家。

当天晚上，阿妻的父亲来了，一起在火炉边聊到好晚。对于莲太郎的事，叔叔一点也不想追问。就在丑松回房就寝时，叔叔提出这样的问题。

“丑松……你没有对今天的客人说出自己的事吧！”被这么一问，丑松望着叔叔的脸，“谁会去说那种事啊！”回答是回答了，却不是出自真心的答案。

即使上了床，丑松依然久久无法入睡。

他做了个奇怪的梦，有人从眼前掠过。

那人有张像是告别礼上父亲冰冷的脸；又像是莲太郎，为病痛折磨而苍白黯淡的莲太郎的脸；有时看来又像阿妻，那晶莹清澈的眸子，一开口就露出的皓齿，容易泛红的双颊——一想起那在真情外所流露出来，令人忍不住多看一眼的女人味，曾几何时，丑松开始描绘起志保的容貌。然而，这些梦幻没有持续太久。黎明之际就散得无影无踪，连做过什么梦都不记得了。

第十章

1

痛苦的重担终于可以放下了。

莲太郎正好与律师一起，二人准备回去上田，丑松约好同行。那天早上，伤害父亲的那头种牛就要被送到上田屠宰场。叔叔和丑松照例都应在场监看。

昨晚丑松已下定决心，这次同行正是实行那件事的绝佳机会，否则再见不知何时。一定得找个叔叔和律师都听不到的地方，和前辈二人单独在一起之时。心意已定，丑松和叔叔便相偕出门了。

来到上田街道，在那里等着与二人会合。丑松将叔叔介绍给律师认识，接着又引见给莲太郎。

“老师，这是我叔叔。”

叔叔一听，像个乡下农夫搓搓大手说道：“丑松这小子似乎给老师添了不少麻烦。昨天听说您来访，碰巧我不在家。”打过招呼后，莲太郎礼貌地说了些吊慰死者的话。

四人早早出发。当他们踏上晨露沾湿的街道，走入一片浓雾之中，又听到远近传来鸡鸣声。那天的天气如初春温暖，甚至连路旁枯草也舒活起来。

灰色水蒸气盘踞在低处，一旁林木树梢显得深远飘缈。四人或前或后，边聊边走。律师爽朗的笑声响彻清晨的空气，几人脚步格外轻巧，路走起来也顺畅许多。

东上田就在眼前，莲太郎和丑松二人走在稍后。街道慢慢亮了起来，一抬头处处可见蓝天，夹带着白光，迅速飘过头顶上方晨霭的云团。目的地村落的模样也逐渐成形，铺着稻草的屋顶炊烟升起的景象映入眼帘。前方的雾气如今奇迹似的散去。

莲太郎看起来一点也不觉得累。老师走在这种多石块的路上是否吃得消？丑松心中一直挂念着，不时停下来等莲太郎，再一起慢慢走向前，不过，老师看来没什么特别的异状，丑松才安下心来，终于注意到前面边说边走远的二人，这时正好隔了一条街道之远。太阳突然升起，湿湿的街道也显得闪闪发亮。温煦舒爽的晨曦顿时铺满整个小县的田野。

啊！要说就趁现在吧！

对丑松来说，自己不可能一辈子不破戒的。若是要其他人知道，才真的是把昔日心血付诸流水呢！能说的，只有眼前这个人。就像与亲兄弟开口一样。一点顾忌也没有。他就这样自我说服。丑松并非是一个没大脑的人，更不可能将父亲的遗言抛诸脑后，做出这种陷自己于绝境的蠢事来。

“绝对别说！”这时，严峻的声音在心底响起。

突然，他全身颤抖，冷汗直冒。丑松开始有点迟疑了。

“老师、老师。”他心中喊着，挣扎不已，背后却像有股看不见的力量，硬是将自己心中那股冲动压抑住。

“别忘了！”声音又在心底响起。

2

“濑川君，你想什么想得出神了。”莲太郎回头看着丑松。

“我们已经落后太多了。怎么样？走快点吧！”丑松一听，赶紧跟在后面。

不一会儿，二人追上律师与叔叔。如飞鸟稍纵即逝的机会，终究落空了。反正还有和前辈二人一起的机会吧！丑松只好这么自我安慰。

旭日冉冉高升。天空蔚蓝清澈。南方的天空，飘来断断续续的云团。

温暖阳光的照耀下，眼前的田野被蒸得一片朦胧，山丘规律地呼吸着，灰色街道中散发的干燥气息也让人神清气爽。初露绿芽的麦田，在路的两侧展开，让人感受到它们是如何急切地期待春天来临。

乡间景致尽收四人眼底，心情却各有不同。

律师思索的是小佃农和地主间的争斗；莲太郎想的是劳动阶级的苦痛和慰藉；叔叔则是从为“惠胡”“山牛蒡”“天王草”和“水泽泻”等杂草所苦的耕作经验和收获有密切关系的土质比较，相较于住在上州地方平原的农夫，山上人们的粗懒习性……三人谈话果然三句不离本行，同样的乡间风光，透过丑松年轻思想的诠释，并不以乡间与劳动画上等号的心情视之。四人热衷于这种种不同观点的谈话，不自觉地忘却疲累，抵达上田的街道。

上田也设有律师办事处。莲太郎夫人便在那里等待丈夫归来。莲太郎和律师因各自有事，约好事后在屠宰场碰头，一起观看那头种牛的下场，二人就此分手了。丑松和叔叔先行往屠宰场出发。

愈接近屠宰场，就愈想起死去的牧人。二人谈话中尽是对逝者的追忆。既然没外人，说话也就没什么好顾虑。

“喂，丑松。”叔叔叹了口气说道，“今天是第六天。大哥去世，你回来。出殡、宴请参加者、答谢致意，至今刚好是第六天。啊，明天就是初七了。经过许多天，魂魄将会逐渐散尽。终于到了和大哥分离的时候。一切仿佛是昨天才发生的。”丑松沉思不语，只是静静跟在后面。叔叔接着说：

“世上不如意之事，十有八九。大哥也是，眼看就要可以享福了，竟遇上这种事。唉！既没钱，也没留名，终其一生劳苦奔波，究竟为了谁？说穿了，是为了你和我。我年轻时常与大哥争吵打架，弄得他泪流满面，如今回想起来，再也没有比亲兄弟的情分更珍贵的东西了。即使全世界的人都放弃你，只有亲兄弟不会舍你而去。大哥之所以令人难忘，原因在此。”二人静了一会儿。

“不要忘了噢！你知道大哥有多为你操心吗？有时候，他会对我说：‘丑松现在是最危险的时候。待在山中时想的，和在外面所看到的是不同的，这就是我所担心的事。要在人群中闯荡，不露出破绽可不是件简单的事。总之，凡事顺利便罢，只要不学到一些不好的，起了要不得的想法就好。哎！在丑松长成三十岁之前，实在无法安心呀。’我对他说：‘你放心吧！丑松的事，我可以向你保证。’但是，大哥还是摇摇头，‘小孩子啊，似乎总会遗传到父母亲不好的地方。丑松也还算谨慎，不过，太过谨慎反倒会惹人起疑吧？’他老是这样跟我说。那时，我还笑着说：‘我看你这心是操不完啰。’哈哈哈……”想起从前，叔叔憨憨地笑了，接着态度一转，“不过，也难得你能撑到现在。应该没问题了。这也全是靠你自己。总之，小心为上策。不管是怎么好的老师，具备同样出身的人也好，都绝不能掉以轻心。毕竟，旁人不比亲兄弟啊！哎！大哥还活着时，每回自牧场下来，一见到我和你婶婶，马上就说起你的事。替我想想吧！我也没孩子，除了你也没别人可倚靠了。”

3

那头种牛一早就被送来屠宰场。种牛主人早早来到这里，等着叔叔和丑松。

二人跟在拉着空车往前跑的肉店学徒后面，抵达屠宰场时，站在门外的种牛主人，开口便一直感谢他们二人的前来。衷心惋惜老牧人逝去的忧伤之情，表现在这位先生的脸上。

“不。”叔叔打断对方，“全是我们的疏忽所引起，一点都没有怪您的意思。”这话一说，对方显得痛苦万分，一再说：“我呀，实在丢人，没脸见你们。哎！既是这畜生的作为，就请当它是一场灾难，多多包涵吧！”这里是上田的郊区，近太郎山麓下，有五栋新盖的平房。门外有五六只眼神锐利的狗，频频嗅着二人的气味，不时发出低吼声，像是丑松二人只要轻举妄动，便会放声狂吠的模样。

在那位先生的引领下，二人走进一道黑门。里面隔着庭院，北边是检验室，东边则是屠宰的小房间。

一个年约五十岁、肥嘟嘟的男人在现场发号口令，举止老练，一见便知是屠夫头子。

在此担任屠夫的年轻人约有十来个，清一色全是新平民，外表低贱，肤色醒目，看在眼里便心知肚明。一张张赤红的脸，就像烙上了印。其中，有人用下层新平民常见的愚钝眼神回头往这边瞧，有的则畏首畏尾，胆怯地偷偷望着来客。眼尖的叔叔马上察觉，右手肘轻撞丑松。无论如何，丑松都必须平静以对。叔叔的手肘有意无意的暗示，宛如电流般直抵丑松身上。所幸害怕的事并未发生，二人松了口气，随即加入其他话题的谈论。

系留场中，除了那头种牛，还绑了两头公牛，就像被宣判死刑的罪人被监禁在狱中，等着逐步逼近的生命终点。丑松和叔叔、种牛主人一起站在这个系留场栅栏前。虽不是种牛主人的借口，但一想到那句“畜生的作为”，并不会特别感到生气，但却记起可怜的父亲临终时，淌在牧场草地的鲜血，难以承受的追忆之情涌上丑松内心。

仔细一看，其他的是一种佐渡牛种，一头黑色，一头红色，像是除了满足人类口欲外，再也没有活下去的价值而消瘦憔悴。相较之下，种牛不仅体格高大，骨架也显得壮硕，是有着黑亮毛发的漂亮杂种。那男人隔着栅栏横木，拍拍它的鼻头，沿着咽喉往下抚摸，“你这家伙给我闯下大祸了。否则我又怎会把你拖来这地方，这也算得上是自食恶果，你就别再挣扎了吧！”像是在跟自己孩子解说因果循环之道，更表现出依依不舍的离情。

“站在这里的是濑川先生的儿子。快！快跟人家道歉。像你们这些畜生，也不是全没灵性。好好记住我的话，下辈子生做更聪明的东西。”

说完这些话，男人跟二人说起牛的来历。他现在养了很多，但论起血统，没有一头可以胜过这头牛。父亲是美国种，母亲是……如此这般……要是性情好一点，或许称得上是西乃入牧场的名牛吧！

说着叹起气来。男人接着说道，卖掉这头种牛的一部分所得，将供奉死去的牧人，这样些许告慰牧人的在天之灵。

这时，兽医走进来，头戴鸭舌帽，跟每个人打着招呼。接着，牛肉店的老板也进来了，为的是来买宰杀后的牛肉。不一会儿，莲太郎和律师二人也赶来和叔叔、丑松会合，四人站在院子里边看边聊着。

“噢，那就是出事的种牛啊！”莲太郎小声地说。大家准备好动手，个个套上罩衣，脱掉草鞋光着脚，又撩起和服的衣襟。笑声、窃窃私语，再加上狗吠声，屋里不知怎的显得嘈杂不堪。

终于，种牛被牵了出来。大家的眼光全往那集中。一直静静待在原地的两头佐渡牛，突然开始焦躁不安，牛头左右晃个不停。

一个屠夫压住红牛的鼻头，厉声地制止、斥喝。畜生是畜生，但总能凭本能得知，看得出它死命想逃掉。黑色佐渡牛拖着绳子沿着柱子绕着圈。相较之下，准备赴死的种牛反倒显得冷静异常，既不像其他两头牛那样拼命挣扎，也不见有悲鸣响起，只见到轻微的白色气息，不慌不忙地走向兽医。

紫色温润的大眼像是睥睨着在旁围观的众人。它虽是在西乃入牧场四处放肆、杀害丑松父亲的万恶之牛，如此静洁的临终场面，却又叫众人感到哀怜不已。就连叔叔和丑松也不由得内心一揪。兽医到处走动，又是抓起种牛的皮查看，又是扼住牛的咽喉检查，用手敲敲牛角，最后再拉高牛尾巴，检查即告结束。

屠夫全员集合过来，“嘘、嘘”地大声叫着，粗鲁地把种牛拖进屠宰的小房间。

屠夫头子为防有错，早早丢出细绳套住。一声巨响，整只牛被抛往地板上，因它双脚被细绳缠住了。种牛主人一脸茫然。

丑松也沉浸在自己思虑之中。最后，一个屠夫望向种牛眉间，手抓起斧头就要挥落，这畜生的一生就快结束。

种牛只剩下微弱呻吟声，马上断了气。因为这一击，种牛再也起不来了。

4

阳光照射在这小房间，在倒卧那里的断气种牛及忙得不可开交的众人白色外罩上。屠夫头子挥动锐利的屠刀，一刀切开牛的咽喉。牵着牛尾的把牛尾丢了，拿着细绳的甩掉细绳，所有人爬上牛身上。一堆年轻人用着蛮力，随意践踏，鲜血从割开的咽喉流下将地板染得猩红。咽喉到腹部，腹部到脚，黑色毛皮一一被剥去。油脂和血水的气味弥漫整座屠宰场。

其他两头佐渡牛被拖进小房间击杀，是在不久之后的事。即使见到如此悲惨的光景，丑松脑中浮现的仍是死去的父亲。丑松眼神深沉，反复想着父亲的死，这时种牛的毛皮已全剥除，牛角也打落，甚至可以看到脂肪包住的肉身散发着热蒸气般的气息。屠夫头子的双手和屠刀沾满鲜血，在小房间内四处走动，指挥人力。接着，有人开始拿起竹扫把扫起牛脂块，还有人搬出磨刀石磨起屠刀来。红色佐渡牛被用锯开的方式，从腰骨左右分开，在牛骨和牛骨间放块横木，被反方向拉高了起来。

“喂！吊起来啰。”一个屠夫抬头望着天花板的滑轮说道。

眼看小房间中央，吊着一只巨大的公牛的肉身。叔叔、莲太郎和律师三人面面相觑，屠夫取出锯子，将肋骨一分为二。

内心正在祈福的种牛主人双眼，一刻未曾离开种牛。种牛的四肢也被切离。踩踏着牧场草地的四只蹄，如今被丢到小房间外的土堆上。包在灰紫色薄膜里的内脏，宛若大包巾包裹，就这么黏乎乎地弃置在地上。三个屠夫各切入一刀，贴着骨头把肉切开。

强烈的回忆，又在丑松胸口来回激荡。

“别忘记！”啊，这炽热的临终呼吸，竟化成深深回响，直达丑松骨里。一想到这里，死去的父亲在丑松心中复活过来。此时，突然从身子底层传出声响，听来像是对丑松的警告。

“丑松，你想将双亲丢弃吗？”声音像在责备自己。

“你想将双亲丢弃吗？”丑松反复问自己。

原来如此，自己变了。没错，自己已不再是机械性地对父亲言听计从的那个孩子。是的，自己的内心已不再是只有父亲存在的世界。一想到父亲严谨的个性，自己反而会反向操作，希望可以变成哭笑自在的那种人。

啊！愤慨世间无情的前辈的心情及教导自己顺从世俗的父亲的心情，这二人究竟有什么不同？想着想着，丑松突然感到自己的迷失。

等他回过神，发现莲太郎就站在身边。不知何时，警察也来了，和兽医站在一旁观看。这时种牛正好从大腿到身躯被切成四大块。右大腿的肉，已被天花板垂下的细绳吊起，一个手拿海绵的屠夫反复地擦洗着血渍。

如此巨大的种牛身躯就这么被轻易地解体了。

屠夫头子拿出图章，往每块肉上盖去，另一方面，来批肉的牛肉店学徒，把铺有编席的箱子搬上车子，精神抖擞地往小房间里拉。

“十二贯五百[①]。”小房间角落声音响起。

“十一贯七百。”又有声音响起。

屠宰完的种牛肉，如今就挂在大秤上，屠夫每读一次称量的数字，肉店老板就舔舔铅笔，把它记在本子上。

当天会同监督结束了，跟种牛主人告别后，四人准备与众人一起离开屠宰场，丑松又回头看看小房间。有的屠夫整理着剩余的内脏，有的则把脚放进水桶，刷洗着鲜红的牛血，种牛的一边大腿还吊着，油黄的膏脂和白色的脂肪还曝晒在日光下。

此时，对于先前悲惨的画面片断，丑松再也没什么感觉，眼前只见大块大块的肉块。

---

① 一贯是一千刃，约三点七五公斤。

第十一章

1

“总之，真是太好了。”叔叔踏出屠宰场大门时，拍拍丑松肩膀说。

“这下子算是了却一桩心事。”

“啊，叔叔太大声了。”正要出面阻止的丑松，突然想到什么直盯着走在前面的莲太郎和律师先生。

“声音太大？”叔叔笑着说，“呼呼，谁会听到我这种沙哑的声音呀？不过，丑松啊，这下可以放心了。好不容易走到这步田地，应该没问题了。再怎么说，我就是很担心！从今晚开始，我们三人终于可以好好睡了。”

载满牛肉的车子从二人旁边经过。开在枯干的桑田间，哗啦哗啦的车子声在空气中回荡，跟在车后头的狗叫声听来兴奋莫名。善良的叔叔没来由地庆祝安然度过，脸上的青春痘痕也因喜悦而淡去。是怎样一种思想会如此影响现代年轻人的想法呢？这种事叔叔是不会明白的。传统作风的叔叔，只希望家族就像现在的天气一样好。然后，他催促着陷入沉思的丑松，急着回去准备午饭。

午饭过后，丑松告别了叔叔，一个人来到律师先生的办事处。莲太郎和夫人一道在那里等着丑松前来。不过，一起快乐谈话的时间只有三小时。一问之下，才知夫人要回东京的家，莲太郎和律师先生则相偕要到小诸的旅馆，三人打算搭当天4：03的火车离开上田。

夫人看来很担心丈夫的身体，希望夫妻能一起回东京，但是莲太郎并未接受。朋友和后辈优先，家庭置后，是莲太郎一贯的行事主义，此番会停留在信州，也是为了律师先生的事。这一点，夫人很清楚。依照丈夫作风想当然尔。但是，万一丈夫在这山上病发如何是好？担心之情清楚地写在夫人脸上。

“夫人，别担心了，我会照顾好猪子先生的。”律师先生拍着胸脯保证，夫人也不好再坚持。

对前辈的尊崇，连同夫人也一样敬重。丑松更是加深如此心意。

打一开始在火车上碰面，就觉得真是一位气质高雅的夫人，聊开来后，发现她既不奉承，也不故意装作不在乎，总算了解到她真是一位为人淡泊、不拘泥事物的女性。这么一位不刻意讲究的人，待会儿都要搭车了，也不见她有任何打扮。即使有男人在场，也只是轻挽秀发，手提袋里带些简单衣物。丑松突然想起，那本《忏悔录》里写过她的事，总之，从书中可以想象出身在普通好人家的她，下嫁给不同种族的前辈的二人历史。

等待火车的两三个小时转眼即逝，不知不觉到了该去车站的时候。律师先生果然是个大忙人，大家刚要出门便被客人逮个正着，于是站在原地边看手表边解决来客的诉讼问题。莲太郎跟夫人于是先走一步。

“哎！不知何时才能再见到老师了！”丑松喃喃自语，跟在后面目送他们。

心想至少要尽点心力，帮他们提了手提包。这种事对丑松来说，既高兴又值得纪念。

初冬阳光洒满街道，照得三人睁不开眼。来到上田城池遗迹，走下人烟稀疏的斜坡，丑松听到前辈和夫人的对话。

“没问题，你不用这么操心吧！”莲太郎指责似的口气。

“因为你的没问题不是真的没问题啊！”夫人边走边叹气，“你那么不重视自己身体。我要是不在，又不知你会怎么折腾自己。再说，这山上天气……唉！光想就叫我害怕。”

“这当然不比海边啰。”莲太郎笑了笑，“不过，今年很暖和。信州这种地方算是难得的。这样的空气吸了也没事。看！来了信州后一次感冒都没患过不是最好的证明吗？”

“看吧！身体状况好多了吧！所以才说你要更小心自己啊！总之，还是赶快好起来，要是再恶化就……”

“呵呵，这么宝贝自己，不就什么工作都做不成了吗？”

“工作？身体养好了想做多少工作都行。啊，要是能一起回东京就好了。”

“真是搞不懂你！又说这种话。为什么女人这么难懂呀？知道我多会照顾市村先生吗？你大概也不会想到吧！那个人还在，我岂能回去……稍微有点头脑的话，就不该说出这种话！你说出这种话，根本完全没为我着想。而且，这次也有我自己想研究的事。要将我现在脑海中的思想整理写成东西，非得自己亲自走过这山上，观察过这里的田园生活才行。其实，这真是个很难得的机会。”说着，莲太郎口气转缓，“啊！天气真好。真是小春日和。这次旅行实在有趣极了……你就回家好好等着，我会带点信州名产回去的。”二人沉默地走了一会儿。

丑松把右手的提袋换到左手，静静地跟在后面。这时，三人来到有着高大白墙的仓库旁。

“啊，”夫人一脸沮丧，“为什么我一定要你回去呢？理由还没跟你说过吧！”

“噢，有什么理由吗？”莲太郎追问着。

“其实不为别的，”夫人想起什么似的全身发颤，“昨晚的梦太可怕了……那感觉直叫我内心慌乱，整晚睡不着呢。无论如何，我真的没办法不担心你。因为，我不该做出这种梦。再说，那真的不是个普通的梦啊！”

“别乱说话了！因为这样，你便要我一起回东京？哈哈哈……”莲太郎露出爽朗的笑容。

“这事可没你说的那么简单噢。不是常说未来的事常会出现在梦中吗？我就是无法安心。”

“啐，梦又哪会成真！”

“但是……这世上无奇不有。更何况是梦到你死去的事。”

“真是个老古板！”

2

丑松只当听到一段看似不平常的对话，并没有特别在意。

个性如此淡泊、爽朗的夫人，居然会相信这种事！哎！梦就像小孩子的世界，没时间和场所的差别，出现在眼前的尽是毫无道理可循的东西。前辈的死。夫人怎么会做这种莫名其妙的梦呢？不过，会去在意这种事的只有女人。一想到敏感的异性心思，更是觉得奇怪。

“女人这种生物，大多是这个样子。”就在他喃喃自语时，不由自主地想起执着迷信的莲华寺的夫人，还有志保。

过了桥，车站就在眼前。夫人尾随在后。

丑松左手拿着提袋再度换到右手，边走边和莲太郎道别。

“那么，老师……”丑松有点依依不舍地问道，“打算在信州待到什么时候呢？”

“我吗？”莲太郎微微一笑。

“这个嘛……至少也要等到市村的选举结束吧！其实啊，内人既然这么说了，我也想过要先回一趟东京。这要是普通的选举，我肯定二话不说就回去。反正我待在这里，也起不了什么作用。不过，一旦设身处地为市村想想，我自己也有觉悟，既身为候选人，政敌的树立便是无可避免的。哈哈哈！市村君会胜，还是高柳利三郎会赢呢？对我们而言，或许有点不同吧！”丑松默默跟在后面。莲太郎像想起什么，回头望向正走上来的夫人，随后又继续往前行。

“你想想看！想想高柳的作为吧！啊，就算我们再怎么愚蠢、卑微，侮辱也该有限度。无论如何，就是不想让那种男人胜利。总之，我一定要尽力帮市村忙。高柳的事不知便罢，既然听闻知晓，默默摸着鼻子回家，岂不显得新平民太懦弱！”

“那么，老师打算怎么做呢？”

“怎么做？”

“您不是说不能默默摸着鼻子回家吗？”

“只不过是要给点打击罢了。哈哈哈！再怎么说，对方可是有六左卫门这个大金主撑腰，贿赂和打手运作肯定少不了。那时，我们却还只有草鞋一双，舌头一只……好玩、有趣！敌人除了财力，再也没有可以倚仗的啰。哈哈哈……哈哈哈……”

“不过，事情要真是能顺利就好了。”

“哈哈哈……哈哈哈……”

就在谈话间，二人抵达了上田车站。

离往上野的北上火车到站还有些时间。许多旅客早已挤满候车室。夫人马上赶上他们，一起等着律师先生。

莲太郎拿出香烟，向丑松劝烟后为自己点了火，抽着抽着就说，“啊，信州还真是个有趣的地方呢。我们在其他地方可不会有如此待遇。”突然住口，望望丑松，看看夫人，又环顾所有旅客，“濑川君，我的为人你清楚吧！因为选举，我根本起不了任何作用。万一做出伤害候选人的事，反倒我自寻苦恼了。因此，本想暂缓演讲。然而，信州这地方的习性很奇怪，居然执意要我去演讲……哈！今晚，我就要和市村一起在小诸举办演讲了。”说着，又像想起什么地笑开来，“我们在上田地方的演讲，就聚集了至少七百人。那些听众个个听得十分认真。长野的报社记者说的‘再也没有比信州更适合举办演讲的地方了’，真是完全正确。充满求知的欲望，正是这山国人们的特色吧！即使别的地方也是如此，却不可能同我们这种人为伍。来到信州，我就是‘老师’了。哈哈哈……”夫人苦笑聆听着。

终于，车票开始贩卖。所有人蠢蠢欲动。律师先生在这时晃着他肥大的身躯，满脸笑容地赶来，一打过招呼便立刻跟着莲太郎夫妇往栅栏里移动。丑松也带着月台票跟了进去。

四号月台北上列车整整慢了二十分钟，等待的旅客全聚在月台上。

夫人在大挂钟前坐下，茫然望向前方，律师先生在人群中四处走动，丑松紧跟在莲太郎身边，在这离别前夕的最后一刻，仍一心想将自己心意传达给莲太郎知道。

不知如何是好的丑松，用脚下踩着的晴天穿的矮木屐在干土上画着。莲太郎靠在柱子旁，专注望着地上画着，不知是文字还是记号的涂鸦。

“火车好慢啊！”

听到莲太郎的话，丑松赶紧抹去矮木屐留下来的痕迹。看着站在不远处的中学生，稍后转过身莫名笑了起来。

“啊，濑川君，你把饭山的住处告诉我吧！”莲太郎说。

“在饭山我已搬到爱宕町的莲华寺了。”丑松回答。

“莲华寺？”

“只要说是下水内郡饭山町的莲华寺，就可以知道了。”

“嗯，原来如此。还有，或许以后不会再有机会……”莲太郎面带微笑，“但也说不定，我会到你那里走一趟噢！”

“到饭山？”丑松双眼发亮。

“嗯……本来要等绕过佐久小县地方，先到长野之后再做打算，所以还不是很确定，如果到了饭山，我一定会去找你。”

这时，汽笛声响起。回头一看，长长的列车扬着黑烟，从直江津方向开进来。满身满脸脏兮兮的车站勤务人员纷纷跑过来。接着，站长也出现了。火车也缓缓停在众人面前。车内许多乘客都靠在车窗上眺望。夫人和律师先生也在告别过丑松后，急急地跳上车去。

“那么，我这就告辞了。”留下这句话，莲太郎走进车厢，勤务人员马上走过来谨慎地关上车门。

站在丑松旁边的站长举高右手，刚要吹响知会的哨子声，火车早已滑出线路。夫人从窗口探出头来，再次向丑松招手，本来就不太好的脸色显得更加苍白。眼看着乘客开始晃动，由甲到乙，如影子般一闪即过。丑松像被掏空了心，在原地，动也不动地站了好久。

啊，前辈走了。想到这里，丑松抬头望去，早已不见火车的踪影。只看到还留在后方，如白云般的烟群，一团团沿着低低的地面飘浮着。突然刮起一阵风，烟一下子被吹得四散分离，最后消失在初冬的天空中。

3

人的情感为什么总是那么难以启齿呢？就在那一天，心中一直不断想对前辈说出的话，一次次为自己打气，最后还是没开口就分开了。内心挣扎许久的强烈恐惧和痛苦带给丑松多大的折磨啊！可以想象往回程根津村方向走去的丑松心中，是如何孤寂落寞啊！

头七顺利度过了。扫过墓，法事也做完了，一切形式在婶婶的素食料理中告一段落，就在大家开始感到疲惫时，叔叔、婶婶总算松了口气。

一直独自承受内心煎熬的丑松，受到莲太郎离去的新刺激，再看莲太郎的书也只是徒增心中的懊恼。有时，丑松会徘徊在小县斜坡上，思考自己的一生。踏过根津的山丘，姬子泽的溪谷，以及鸟啼声四起的田边枯黄的杂草堆，就在他驻足远眺这注满十一月上旬的山野上的阳光时，鲜明地感受到自己体内所窜流的血潮。

没错！自己是有力量的。丑松这么告诉自己。只不过，那股力量被深深地封锁在里面，又找不到抒发的途径。丑松一遍又一遍想着同样的问题，在山中来回游走着。啊！如今只能靠大自然来安慰、鼓励自己。但是，它却不会教人该往左或往右。

丑松想要的答案，山野、丘陵和溪谷都无法回答。

某日午后，丑松接到两封信。两封都来自饭山，一封来自作者的朋友银之助。不变的工整笔画，一样喜欢拉得老长，就像他说话的模样，字里行间尽是诚意的安慰，有关饭山的消息，有校长的传闻，文平的坏话，甚至连“不幸的我，居然没有一位做郡督学的叔叔”之类的话都冒了出来，洋洋洒洒，毫无忌惮，又埋怨一般教育者的处境，为有志青年无法立足于现今教育界而愤愤不平。信中又提及他经过在长野师范学校的博物科的讲师周旋，总算获得农科大学助教一职，不久就可以专攻植物研究工作，希望丑松能一起分享他的喜悦。

追求功名的热情，在看到这封来自朋友的信的同时，猛烈撞击着丑松内心。

毕竟，丑松之所以进入师范学校，和大多数的校友一样，为的是取得谋生之路，于是，他立志成为小学老师，和大家处于相同的境遇中。话虽如此，丑松当然也不可能安于现在的位置。但是，银之助的例子比较特殊，除了再上高等师范外，就只能去小学教书了。

否则，谁又愿意接受这十年的漫长公职生活。在这段时间，工作是遭到限制的。因此，丑松也打算再上高等师范。他也不是没这么想过。只要有意愿，他早就被选上了。这正是身为秽多的悲哀之处，莫名地就是无法这么做。

对丑松来说，即使读完高等师范，成为中学或师范学校的教师，若发生和莲太郎相同遭遇时，又当如何？走到哪里都无法安下心。与其如此，不如藏身在饭山附近乡下，耐心静待这十年义务终了。在这期间，再继续学习试找其他出路吧！出身虽然无法改变，却从未有离弃朋友的想法。丑松叹了口气，不由得更加羡慕银之助的经历。

另一封署名高等四年级学生的总代表。

信是出自省吾之手，看得出对信中文句没什么把握，活脱就是一篇作文时间教过的慰问信，格式则是“给在根津的濑川老师……风见省吾敬上”的公式化写法。写着“此外”的小小角落上，是“莲华寺的姐姐也向你问好”的字样。

“姐姐也向你问好！”丑松一再念着，心中兴起一股无可言喻的情怀。想着志保的事，丑松不自觉往屋里走去。

4

回忆中的苹果园，昔日的年轻果树，如今也长成粗壮枝干，其中还有些被虫蛀光的，也侥幸存活下来。

小树林看来干枯萧瑟，细细长长的下垂枝条间左右交结，各自延伸，映出一派初冬情趣。裸露树干根部，伸出发着嫩芽的分枝，还有处处仍绿意残留的枯叶，投射在地上的果树模样就出现在丑松脚下。散在果树下的公鸡、母鸡，动也不动地蹲在地上，大概是等着抓虫子吧！隔着这座苹果园，便可以望见前方的茅草屋顶。啊！那就是阿妻的娘家。

小时候常常一起玩耍的那个家。透过那片土墙缓缓升起的缕缕青烟，让人好生怀念。

“姐姐也向你问好！”丑松反复念着，穿梭在树林里来回游走。

令人愉快的事，不知不觉占据了丑松整个心。在这里，好久、好久以前的少年丑松和青梅竹马的阿妻一起游玩。在这里，二人躲开众人，相偕躲到闪闪发亮的嫩绿树荫下。在这里，他们彼此互吐初恋的情愫。在这里，纯真无邪的爱恋在二人心中燃起，沉醉其中而不自知。

过去就像这样一幕幕浮现在脑海里，阿妻变作志保，志保一下子又换成阿妻，二人的容貌交替着不断出现。并非她们二人长得相似。年龄不同、个性不同、长得也不一样。阿妻不像姐姐，志保也不是妹妹。但是想起一位，肯定就会记起另一位的事，还真奇怪。

啊！要是没有所谓秽多的悲哀，或许对人就不会有如此深的怀念，不会对年轻生命有如此深刻的感叹，也不会那么憧憬世间的欢乐，更不至于会感受到相较于多数年轻人多好几倍的那种苦痛吧！命运愈坎坷，丑松内心愈如潮水般汹涌澎湃。

没错，那个阿妻就是因为不知道自己真正的出身，昔日才会徜徉在这座苹果园，彼此互诉情怀。任谁知道自己是卑微的秽多之子后，还会笑脸相迎呢！自己的身份一旦公开，光想想，就觉得悲哀又愤慨。怀念交错着痛苦，让丑松内心好生混乱。

就在他沉思着漫步在树下时，突然听见一阵鸡鸣，响彻幽静的园中空气。

“姐姐也向你问好！”丑松又重复一遍，便离开了这个地方。

那天晚上，他想着志保入睡。有一必有二。隔天晚上如此，再隔天晚上仍是，睡前躺在枕头上，一定会想起志保。

第二天一觉醒来，早将这种事忘得一干二净，“要如何工作，如何过活……自己的将来要如何打算……”这些成了丑松每天烦心的一大课题。父亲的服丧期有一半是这么度过的，等到该有个结论时，却始终拿不出一个明确的答案。在这四五天里，丑松原想好好思索；然而，结果尽是茫无头绪。也就是说，回到饭山后，还是得过着和现在一样的生活。

哎！年纪轻，经验少，身边没钱，又被义务年限给绑住……丑松想起自己黑暗的前途，不禁内心急躁得浑身发颤。

第十二章

1

二七的祭祀过后，丑松决定离开姬子泽。

这下子叔叔夫妻操心不已，一会儿翻月历看日子，一会儿准备草鞋，三个就足够的饭团，婶婶一做便是五个，用竹皮包裹，还附上味噌腌的瓜子。

阿妻的父亲还特地过来，和丑松在火炉边畅谈过往。连见到熏黑旧墙上悬挂的那个“山猫”，也总会想起死去老牧人的事来。婶婶沏上送别的茶水，喝下一口颜色浓郁又香醇的茶，叫丑松深深感受到那股温暖浓烈的血缘亲情。叔叔一直送他来到立有道祖神的故乡出口。

那天，灰色云层聚在低处，荒凉的小县峡谷显得更加黯淡。

乌帽子一带的山脉也躲得不见踪影。父亲墓地所在的西乃入一带，或许已飘起雪了吧！还可以看到因昨天的寒风突然变得枯黄的树林，树梢光秃一片，这山野景致一下子变得如此孤寂，一副萧瑟寒冬的模样。漫长，好漫长，光想就觉得厌烦的信州冬季，终于即将来到。人们早将那橙黄色的棉帽子戴出门了。

载着货物经过的马匹呼出的白色鼻息，也让人感受到这山上气候的多变。丑松呼吸着冰冷空气，沿着多岩石的坡道往下走。来到荒凉的郊外山谷，手指头已冻得红肿，冷得几乎叫人没了知觉。

坐上田中到直江津的火车，抵达丰野正过中午时分。丑松在车站前的茶馆里吃了婶婶做的饭团。肚子虽饿，终究吃不了五个。剩下的不能丢掉，喂狗又嫌浪费，只好包上原来的竹子皮，放进外套的暗袋内。填饱肚子后，便重新绑好草鞋，前往河船渡口的蟹泽。其间约有一公里的路程。

本以为来回一公里应该不远，丑松一个人走在北国平坦长街上，不一会儿就到了广阔的千曲川河畔。急忙来到蟹泽的渡口，经询问船班航次，才知道往饭山的船刚开出。临时又无处可去，只好在这个地方等候下班船。尽管如此，丑松心想，还是别出去乱走比较好，便待在茶馆的入口处休息。

雨夹带着雪飘下来。天色黯淡，半边掩上一片灰紫。

要这样枯等一个多小时，对现在的丑松而言，可是最难以忍受的折磨。而且，因为急着赶路，身体燥热得十分不舒服。衬衫贴背的地方，早已是湿透的热汗。

摸摸额头，汗湿的头发相当难受。胸口一阵郁抑难耐，稍事休息后，就在他喝下浓茶滋润干涸的喉咙时，坐船的乘客一个个聚集过来。有的窝在里面的暖炉边，有的在火炉边烘烤沾湿的外褂，还有人把手插在怀里，一脸茫然地听着旁人说话。女老板在屋里仍戴着小毛巾，身上像龟壳般穿着蓝染真棉防寒衣，又是端茶，又是拿出坐垫，把糖果放在旧盘子里招待大家。

两辆人力车停在前面。看来似乎是冒着这场雪雨，急着来搭船的客人。

所有人的注意力全集中在那里。车夫湿得像条落水狗，或许赚了不少酒钱，精神抖擞地先拿掉雨篷，接着又将各种行李往茶馆搬。跟着客人也进来了。

2

也难怪丑松会如此惊愕。因为，进来的是高柳一行人。

没想到来的时候一起，连回程也凑在一起。而且，还是搭乘同一艘船。只不过，来的时候是高柳一人，回去时则带着太太同行。

女人将浅色的皱绸高祖头巾盖至眉头，走过丑松坐的地方。见到那崭新发亮的和服外套下包裹着的曼妙背影，马上就知道这女人的身份。丑松想起莲太郎的话，更因那件传闻的证实而震惊不已。

在老板娘的带领下，二人直往最里面的房间。那里有暖炉，已坐有一名客人，是位五十几岁的和尚，那和尚马上熟稔地打着招呼，或许是以前就有交情的朋友吧！

那边随即扬起愉快的笑声。丑松装作不知情，望向屋外寂静的雪雨天空，不知不觉又在意起后方动静。不想刻意去听，却又忍不住竖起耳朵。房间里正因这样的谈话而笑着。

“怪不得啊……这阵子老见不到你的人。”说话的是世故的和尚，“我还以为你是因忙于选举，四处拉票呢。嘿，原来如此，还真是一点都不知道你有这喜事呢！”

“不，我可是来忙事情的噢。”听高柳带着笑意的声音，似乎挺得意。

“咦？”

这个“咦”倒叫丑松觉得好笑。

听他们谈话的意思，高柳夫妇似乎想前往东京，先到江之岛、镰仓一带观光，再回到饭山似的。正因他是个谨慎且点子多的男人，为了不想从根津直接回去，便特意在回程绕远路。他抓住了和尚，开始吹嘘自己那些可笑的事迹。一旁听着的丑松对他那虚伪的内心可是愈听愈明白，最后甚至连坐也坐不下去了。

“真是可怕的世间！”丑松心想，那对夫妇不可告人的秘密和自己的事相比较，便不由得担心起来。于是，丑松开始装着漫不经心的模样，缓缓起身往屋外去看看。雪雨仍下个不停。打这越后路到饭山一带，天空的模样看来像是大雪的前兆。灰色的云层聚在对岸飘游不去，让宽广的千曲川流域更添朦胧。上高井的山脉、菅平的高原及重重叠叠的诸山也被埋进雪云里若隐若现。

丑松就这样站在屋外，呆望着千曲川半晌，心思不知不觉又往后方飞去。好几次回头看看二人的样子。心想着不看，却终究还是看了。正好船票开始出售，所有人抢着购买。不一会儿，船也来了。夹在混乱的乘客中，方才二人似乎也不时偷偷注意这里，或许主观意识作祟，但至少丑松这么认为。女方知道丑松吗？这一点不太清楚，不过，丑松的确是知道她。

发型和新婚的人有点不同，但那的确是六左卫门的女儿，在白脸涂抹上艳丽的色彩以遮掩住耻辱的外表，紧跟在野心勃勃的丈夫身边，正沿着崖上斜坡，往搭船的地方走去。

“到底在想些什么呢？那两个人。”丑松想着跟在大家后面，一起走向那崖下。

3

渡船是奇怪的屋形造型，还设有窗子，船舷以下全漆得雪白，还画了两道红线。船尾边有一半用板门隔离起来，做载货用，客人坐的地方便成了细长的榻榻米房间。一站起来就要撞到头似的狭隘。每个人都在这狭窄的屋形空间里彼此挤靠。

总算听到船篙拍打水面的声响。船底开始在砂上滑行。现在正用船橹划离岸边。丑松坐在角落伸直双腿，孤寂地抽着香烟，陷入沉思。

映照在河面上的光线反射倒让窗外显得明亮无比，眺望飘落的雪雨更是别有一番风情。轻碰船舷如耳语般晃动的波涛声，听起来仿佛近在身边，船橹声令人昏昏欲睡。啊！就在这片宁静的水面上，岸边萧瑟的杨柳处处可见。

有时那冬木就像影子般划过，有时又像从枯枝下方穿过般。以后，自己的人生将变成怎样？丑松也曾问过自己。又有谁会知道这种事呢？

他探出头远眺饭山天空，低沉又严重闭塞的雪云颜色深深触痛孤独的秽多之子的心。一种残酷而令人怀念的情绪搅乱了丑松内心。现在学校的那些人都怎么了？朋友银之助怎么了呢？那不幸又老朽的敬之进又怎么了？莲华寺的夫人呢？志保呢？瞬间，他又想起省吾信中的文句，其实，也不是没有那种即将再见到心中想见之人的兴奋之情。每当丑松想起寺中的古墙，在空虚孤寂中仍可感到血脉澎湃的一刻。

“莲华寺……莲华寺……”船橹击水声仿佛也配合着这节奏。

雪雨逐渐转变成雪。大家在无趣的船上闲聊着。其中又以与高柳一起的和尚，正用着茶余饭后的轻松语调，谈论着不合身份的政事传闻，尽是些说三道四、吹毛求疵的话，听得旁人又气又好笑。对这和尚来说，选举只是种游戏，所有政治家都不过是演员，我们只需在旁看戏取乐即可。

听到这话，大家又笑了，这时就有好事者出现，开始接着说些有的没有的。

“市村也马上要进攻了呢！”其中一人这么说，便有人立刻上前搅和：“说这话的你，不正是他的头号前锋？”律师名号反复出现好几次。每听到一次，高柳就一脸不愉快。不是轻蔑地嗤之以鼻，便是嘲弄似的歪斜着嘴角。

这些人谈话时，女人依旧倚在高柳身边，专注聆听企图讨丈夫欢心。仔细一看，确实是位美女，尤其是那奢华的新婚风情吸引许多人的目光。

梳成椭圆形的发髻，系条深红色的发带，粉红色的细致肌肤带点丰腴，惹人怜的嘴角，笑时便掩口遮羞的模样，更说明她是位尚不知家族辛劳的女孩，内心总是难以掩藏，水汪汪的大眼睛中，不时浮现出不安，有时又像凝视着什么似的深沉难捉摸。偶尔，女人会在高柳耳边低语，偷偷说些什么；偶尔瞄向丑松，眼神诉说着：“啊呀，那个人……好像在哪里见过。”

同族的怜悯之情，即便见到这美丽的秽多女子，仍在丑松心中油然而生。若非种族不同，以她出众的容貌，富有的家庭出身，肯定会有个不错的归宿。根本不需要落到成为野心家的诱饵。真是可怜！一想到这里，突然觉得这女人或许也和自己有着同样的秘密，不由得更加挂心起来。纵使她知道自己，那又如何，丑松自问着。

不管是被当成根津的人，抑或是姬子泽的人，对他来说根本都没什么好怕的。该害怕的，应该是对方才是。他如此安慰自己。

首先，在这四五年来，自己回乡的次数屈指可数。毕业时的一次，离这次回乡足足有三年之久。啊！已经尽量避免经过向町，偶尔经过也应该不致惹人注意，即使被看到也不会知道是哪里人，没关系，他仔细推敲过。换言之，因为自己知道了他们二人不为人知的秘密，才会感到如此内疚吧！刚才的耳语应该没什么吧！特意回避的行径应该只是害怕生人吧！那个眼神也是吧！

尽管如此，莫名的不安一直在他内心深处。丑松努力让自己不去看高柳夫妇。

4

乘着千曲川的急流一下便是五里远。

其间停靠于每个渡口，还经过一碰上洪水便会四处漂流的粗糙浮桥，就因这些费时举动，使得这趟船旅大约花了三小时。抵达饭山时已经快五点。那一天，因为船的因素，所有乘客全在上游的渡口下船。

丑松也和众人一起在那里上岸，只见河岸、浮桥上都铺上了白雪。天色在小雪中渐渐暗去，仍可见微微发白的雪中街道。家家都早已点上了灯。这时，莲华寺的钟声响遍整个黄昏的天际。啊！是笨庄撞的钟！他还是一如往常爬上那个钟楼，为大家通报冬天一天的终了。听到这钟声，丑松内心不由得生起一股莫名的怀念情愫。踏上饭山的土地让他找到了久违的亲切感。

仅仅相隔半个月，家家户户已准备好过冬，配合檐高年年必做的粗糙芦苇帘制的防雪篱笆已然完成。和越后路同样的雪国景致在丑松眼前展开。

来到新町的街道，漆黑笔直的小镇中心的雪道上，忙碌的男女来来往往。尽是赶着回家的人。

丑松左闪右避，正急忙往爱宕町走去时，却在半路上遇到一个少年。走近一看，原来是省吾，手上像是提着一个酒坛子，冻得身体直打哆嗦地走过来。

“咦，濑川老师？”省吾兴奋地跑上前，“真是吓我一跳……不过，老师回来得真早。我还以为您不会这么快回来呢！”好窝心的一番话。望着这个纯真少年惊喜万分的表情，丑松突然好想早点见到志保。

“你……出来买东西？”

“嗯。”省吾抱起那黑酒坛，咧嘴一笑。看来是帮父亲买完酒的归途中。

“谢谢你前些时候寄的信。”丑松向他道谢，又问了些有关学校的事。询问他自己不在时是谁每天来代课的。接着又问了敬之进的事。

“我父亲？”省吾寂寞地笑了笑，“那个，现在父亲在家噢！”

看来像是颇难启齿，如此回答，充分表现出这孩子对父亲的疼惜。低头一看，发现省吾连袜子都没穿。看着手提酒坛孤零零的少年模样，大概就可猜想得出来那个失业的敬之进如何度日了。

"回家后，帮我跟你父亲问声好。"

省吾一听，向丑松行了个礼，便飞也似的跑开了。

丑松在雪中加紧了脚步。

5

晚课告一段落，耳边传来小和尚当当的敲钟声，丑松踏进莲华寺的山门。从上渡口回到这里，早已是一身的雪，连外褂的衣角和袖子都一片雪白。夫人一看，飞快地跑出来，像是自己孩子远行回来般的高兴。大家都出来欢迎他。

女佣袈裟治拿出掸子，替他拍落背上的白雪。

笨庄则为他端出洗脚的热水。丑松一脸疲惫、垂头丧气地在寺院居室的门槛边坐了下来，脱掉草鞋，把双脚浸泡在热水中，那时的心情是如何地感动啊！只是……为何独不见志保人呢？他感激大家的温情相待，但不见志保对丑松而言，毕竟是种缺憾。

这时候，一个身穿白衣外加袈裟的僧人从里面走出来。经由夫人介绍，丑松第一次见到莲华寺住持。一问之下，才知道他是在丑松不在时，从西京回来的。刚好镇上有个施主家中办法事，正打算出门。住持向丑松打过招呼后，便带着寺里的僧人出门去了。

晚饭就在居室的小房间。大家围着丑松，亲切慰问他旅途的辛劳和回家的事。凭靠在熏黑的古墙上，年轻人的衣物随意挂在昔日的衣架上。那晚学校的朋友结婚，志保也应邀前往参加。

原来如此，仔细一看，果然是她平日穿着的衣物。龟甲图案的碎白道花纹的书生外褂，上头是条纹的唐栈，简单折好挂着，腋下开口处隐约可见长衬衣的红梅图案，一想到那可能是她早晚贴身的衣物，如那面墙一动也不动挂着的衣物，更让他怀念起志保来。不仅如此，五分心的油灯亮光照射着香烟缥缈的室内空气，更增添屋内摆设的典雅气氛。

他开始诉说发生的各种事情。在一脸惊愕哀伤的众人面前，丑松说着自己亲身经历的旅程。为种牛所伤的父亲临终，在山上小屋度过的一晚，牧场的葬礼，山谷后的墓地，还有那群吃草舔盐巴、饮用溪谷流水、在乌帽子山脚下游走的牛只。

丑松还说了上田屠宰场发生的事。描述那间小屋的地板上流满种牛鲜血的情景。只不过，对于和莲太郎夫妇相遇、分离，以及在回到饭山途中一起乘船的高柳夫妇的事……特别是关于那可怜的美丽秽多女子的事，他只字未提。

就在种种回乡经历的谈话中，丑松心中慢慢兴起一种奇妙感觉。那就是丑松原以为对方很认真地在听自己说话，于是热心讲述，却莫名发现夫人不是回答得牛头不对马嘴，就是不专心地“咦”又问了一次，总觉得大半时间是胡乱响应着。到最后发现对方根本没在听。丑松茫然所失直盯着夫人的脸看。

仔细一看，夫人两眼哭得红肿。她平常就是性急的人，更是敏感易动气。见她不时眉头深锁又强颜欢笑，或许是发生了什么想说又无法说的事。

到底是怎么回事？丑松询问，夫人却只说在他不在时并未发生什么特别的事。银之助常会亲切地关心她，文平也常来玩。再说到寺院的事，除了住持回来以外，似乎没什么新鲜话题。尽管如此，寺内的模样还是和平常有点不同。

接着，袈裟治到二楼去点亮房间里的油灯。志保还没回来。

“到底怎么啦？夫人的样子真奇怪。”疑问在心中反复着，丑松爬上黑暗的阶梯。

那一夜他睡得很晚。或许是太过疲惫，反倒没办法睡得好。像平时一样，一碰到枕头，又想起志保的事来。

其实，并不需要刻意描绘，那人的模样就会马上浮现。有时候，她会和阿妻混淆着出现。好几次丑松都白费力气地搜寻着志保的容貌。眼睛、双颊、发型……

啊！不管他怎么找，想到或许可以找到那人的地方，到头来却总是没个准。有时她羞答答的说话，有时她浮现嘴角的年轻笑容……哎！啊！再没有比记忆这件事更模糊的了。现在想起来，一下子又消失了。

丑松无法清楚地记起那人的容貌。

第十三章

1

“请问有人在吗？”

有位绅士来到莲华寺居室询问道。那是丑松回来的隔天一早。

楼下早已用完早饭，却不见丑松下楼来梳洗。

“请问有人在吗？”那人又喊，女佣袈裟治听到，急忙从厨房跑了出来。

“请问一下，”绅士以极为有礼的语调，“濑川先生住处是这里吗？在小学任教的濑川先生的住处。”

“是啊！”女佣脱掉挽和服袖子的布带，向那人点头示意。

“那个，请问他在家吗？”

“啊，他在家。”

“那么，我有事务必见他一面，这是我的名片，还请你帮忙转达。”

说完，绅士递上一张名片给女佣。

女佣收下名片，“请您稍等一下。”说着，便赶忙冲上二楼。

丑松还躺着未起身。女佣在床头叫他，说有客人来访时，还以为自己在做梦，难过地呻吟一番，伸了个大懒腰。好不容易揉了揉惺忪的双眼，一看名片便吓得一跃而起。

“怎么啦？这个人。”

“他说是要来找你的。”

一时之间，丑松像在做梦似的，看看手上的名片，又看看女佣的脸。

“这人怎么会来找我呢？”

他语带疑惑，好几次歪着头苦思不解。

“高柳利三郎？”他又重复念了一遍。

袈裟治手拿布带，动了动微胖的身躯，脸上露出要丑松早点回复的表情。

“不会是弄错了吧？”丑松到底还是说了，“这样的人怎么会有事找我呢？”

“可是，他的确说是要找濑川先生啊！说是在小学任教的濑川先生。”

“这世上真是无奇不有。高柳……高柳利三郎那个男人居然会找我，到底要做什么呢？总之，我就见见他吧！那么，麻烦你请他上来。”

“不过，早饭怎么办？”

“早饭？”

“你不是才刚起床吗？要不要下去吃？味噌汤还热的噢！”

“不了，今天早上没什么胃口。你先请客人在下面房间稍候，我现在立刻将屋内收拾收拾。”袈裟治下楼去了。

丑松急忙环视屋内，换衣服，收拾棉被、睡垫，看见脏乱之物便全塞到置物柜中。排放在地板上的书本中有莲太郎的。他迅速将那些书塞往桌下，不一会儿又取出来，藏到置物柜最里面的阴暗角落。现在，这房间里再也找不出任何一本那位前辈写的东西了。这么一想，总算稍微安心，接着又急忙下楼梳洗。

不过，那男人究竟为什么来找我呢？那个在途中遇到连招呼都不打，看见也当没看见地尽量回避的人。

那人会如此特地前来，在还没让客人踏进房间之前，疑惑和恐惧令丑松不由得全身发抖。

2

“初次见面，我是高柳利三郎。久闻大名，却苦于无机会一见。”

“很高兴见到你。请往这边走。”二人在居室小房间里打过招呼，丑松便带着来客进入二楼房间。

丑松对这位不速之客的用意多有猜疑，二人面对面坐下来之前，总觉得有点尴尬，不敢有丝毫的疏忽。尽管如此，他还是装作若无其事的样子，自己坐在坐垫上，而把白色毯子折成四角形充当客人的坐垫。

“来，请坐。”丑松和颜悦色地招呼，“真是抱歉！昨晚睡得迟，以致睡过了头。”

“不，反倒是我，这时候来打扰你。”高柳得体地应对着。

“昨天在船上，本想上前打声招呼，实在很抱歉！不过，在那种地方打招呼或许反而失礼，明明看到了，实在很失礼。”就像准备交易似的，高柳把话挑明了。

但是，他那笑容可掬、口齿清晰的说话方式，倒也在无意中博人好感。只是望着对方的慑人气势，就不由得想起这一个新进政治家是如何不计手段满足自己的虚荣心。感觉就像富豪身上配个挂在角带[①]上的挂钟锁匙。戒指一戴就是两只，都是闪闪发亮的纯金。

“这男人到底来做什么？”丑松心中不断自问，一想到自己和对方不可告人的秘密，一时之间无法和对方相视。

高柳跪着往前靠去，“听说家中发生不幸。请务必节哀顺变。”

“谢谢。”丑松盯着双手答道，“天外飞来横祸，父亲因此撒手人寰。”

“真是遗憾！”高柳突然想起什么似的，“啊，对了，前些时候在丰野也碰到你，接着我便南下田中，你好像也是……没错吧？你也在

① 男子穿和服时用的一种扁而硬的带子，宽约20厘米，通常为丝织品。

田中下车了。那时的你正在回乡途中吧！这么说来，我们二人不只是去程，连回程也一起呢！哈哈哈，如此难得的缘分，还真是少见呢！”

丑松一时语塞。

“没错！”高柳郑重地说，“正因有缘，我们才能像这样坐在这里谈话，其实，我也曾想过你的心情。”

“咦？”丑松打断对方的话。

“我可以体谅你的感觉，就我而言，也希望你能稍微体谅一下我的处境，因此才冒昧来打扰。”

“我实在无法理解你所说的事。”

“不急，你听我说……”

“可是，我实在不懂你话中的含意。”

“就是希望你能多包涵那件事。”说着说着，高柳又压低声音，“您大概已经听说过，我也受某人多方关照去迎娶了我太太。哎！这世事说巧还真是巧，我老婆对你的事知道得还蛮多。”

“哈哈哈……尊夫人认识我？”丑松脸色微变，“不过，那又有什么关系呢？”

“所以，我有事想和你商量。”

“你的意思是？”

“这是内人说的，究竟如何我并不太清楚。其实，女人的话多是些捕风捉影的传闻。但是，不可思议的是，她家的远房亲戚，似乎和你父亲交情不错。”说着，高柳热切看看丑松的反应，“说实在的，这也没什么大不了，既然我太太说她知道你的事，想必你也无法当作不知情，我自然也是有点不安……其实，为了这件事，我昨晚一夜都无法成眠。”

屋内顿时陷入沉默。二人各自摸索窥探彼此，一语不发地望着对方。

“哎！”高柳突然叹了口气。

“我提出的这件事，希望您能慎重考虑。我们夫妇的事只有您清楚，而您的事也只有我们夫妇二人知道。因此这也是为双方着想，濑川先生难道不这么想吗？”说着语气一转，“你也知道，选举的日子所剩不多。在这时候非得借助你的帮忙不可。如果你不能接受我的提议，我现在就立刻举刀和你互刺而死。哈哈哈，虽不至于取你性命，不过，至少我是抱着这种觉悟来的。”

3

这时，突然传来上楼的脚步声，高柳赶紧住了口。

“濑川老师，有客人噢。”一听是袈裟治的声音，丑松迅速起身前去。拉开纸隔扇一看，只见好友面带微笑地站在那里。

“啊，是土屋呀！”丑松不由得松了口气。

银之助和高柳点头示意，也没特别留意这主客二人的异样，一副有事要谈的模样，自顾自地说起话来，“你是昨晚回来的吧！”

这个人，还是一点不改开朗本性。说起话来一副嬉皮笑脸的模样。再加上即将辞去现职，前往农科大学担任助教，正是对未来充满理想的时候，原本就红通通的脸更显得红光满面。奇怪的是，理得短短的五分头，居然更为他增添一份年轻学者的威严。正因为是朋友，那份感觉更加强烈。丑松不自觉地对他感到服气。

衷心诚挚的真情流露在外，银之助说了些吊唁的话。高柳点上烟，静静地听着二人的对话。

“请假期间多亏你的帮忙。”丑松试图振作自己，“听说学校那边也多靠你在打理。”

“啊，总算勉勉强强还算过得去。兼任两个学级还真不是件好差事。”银之助说着，不由得打心底觉得好笑，“对了，你怎么样？”

“什么怎么样？”

“为你父亲服丧啊，应该可以有四星期左右的休假吧！”

“这可不行。学校有学校该做的事。再说，这也太麻烦你了。”

“不用在意我啦！”

“明天是星期一吧！总之，我明天会到学校去。说到这里，土屋，你总算实现了你的梦想。收到你的来信时，真是为你高兴。没想到可以那么快就成功。”

“呵呵。”提起这事，银之助便不由得笑开来，“托你的福啦！”

“真是太好了。”正当丑松为朋友的成功高兴时，又像泄了气般，“县政府机关已发给辞退命令了吗？”

“不，还没。因为有义务年限这东西，也不可能说走就走。县政府那边也要多加斟酌，或许得缴个不到一百元的钱吧！”

“不到一百元？”

“即使他们要我拿出全部的学费，我也办不到啊！关于这一点，我倒是相当感谢。我马上向老家的父亲求救，父亲非常高兴，说自己要亲自到长野来。总之，最近应该就会通知吧！能和你一起待在饭山的日子，就只剩这个月了。”说着说着，银之助不舍地看着丑松，丑松深深叹了口气。

“另外，”银之助又接着说，“你喜欢的猪子老师……就是那个老师吧，听说他要来信州噢！昨天我在报纸上看到的。”

“报纸？”丑松脸颊殷红发烫。

“啊，是《信州日报》发的消息。虽说患了肺病，这人还真是精力旺盛呢！”莲太郎话题一出，高柳突然用敏锐眼神望向银之助。丑松仍一语不发。

“这个秽多倒是真了得呢。”银之助丝毫不在意，“就他的思想来说嘛，或许有点病态，不过他那积极不退缩的勇气还真是值得敬佩。肺病患者都是他那个样子吗？听说那个老师的演讲，颇能撼动人心噢。”说着口气一变，“不过，濑川你就不用听了，免得听完又要发病！”

“你胡说什么？”

“哈哈哈……”银之助前仰后合大笑起来。

丑松突然安静下来，整个人无精打采的。宛如体内的机关被暂停，甚至忘了自己仍然活着这件事。

“怎么啦？濑川……你的身体还是不舒服吗？”银之助自顾自地说起来。三人就这么沉默相对了好一会儿。

“我先走了。”银之助一开口，丑松也回过神来，不断说着：“嗯，就这么办吧！”

“过些时候再来。”银之助就这么离开了。

4

“刚刚提到了那个叫猪子的人吧！”高柳抖落香烟的烟灰说道，“这是怎么回事？濑川先生和那人有交情吗？”

“不，”丑松有点语塞，“没什么特别交情。”

“那，有什么关系吗？”

“没什么关系。”

“是吗？”

“本来就不可能有什么关系呀，毫不相干的人。”

“你既然这么说，就当是这么回事吧！哈哈哈。那个人好像是市村一伙的，如果你真的认识他，我还想向你请教呢！”

“我不清楚。”

“那个叫市村的律师，不是个好惹的人物。说得冠冕堂皇，结果还不是拉拢那个叫猪子的人，把他当工具在利用吗？一想到那男人说的一些义正词严的话，我就想笑。老实说，搞政治的还不都是些玩弄手段的商人吗？不过，要不这样，又怎会看清那丑陋的内幕？”高柳说着便叹起气来。

“即便是我，也没打算要一辈子在政界浮沉不定。也想过能早日收手就趁早不干。无奈我没有素养，又不像你们受过正规教育，想要在这个竞争激烈的社会立足，势必无法照常理来走。或许在你们的眼中，我的成就很绚丽。不过，那只是表面好看。但是，你可听过像这样表面绚丽，背后悲惨的生涯？啊！和那些家财万贯，把政治当游戏的人不同，像我这种沉迷于政治，打青年时代便一头栽入这行业的人，如今已没有其他选择。首先，今天的政治家有几个是靠政论过活的？其实，我们的内幕是说不得的。不过，即便说了你也不会相信吧！老实说除了当选代议士外，我们根本没有其他存活之道。哈哈哈……不管如何，事实就是事实，真是悲哀。万一我在这次选举中失利，就再也没有翻身之日了。无论如何，这次我一定得成功。所以，务必请你多帮忙。而且，还要拜托你，千万别把我太太的事泄露出去。相对的，我也会把你的事……那件事，大家打个商量，互相为对方保密。总之，就当救我一命，答应这事吧！濑川先生，这是攸关我一生的请求。”

高柳突然坐离白毯子，两手撑在榻榻米上。像只摇尾乞怜的狗，低头跪在丑松面前。

丑松脸色有点发白。

“我似乎没有办法像你这样，什么事都一个人决定。”

“不，请你务必帮我这个忙。”

“也请听听我说的话。我实在不太能同意你的论点。难道不是吗？再说，我根本没有理由把你们的事告诉其他人。因为我和你们是完全没关系的两个世界的人啊！”

“但……”

“这样真的叫我很为难。我既帮不了你们什么忙，也不需要你们的帮助。”

“那么……”

“什么？”

“也就是说，你认为该怎么做呢？”

“我并不打算做什么。你和我没有任何关系。哈哈哈，就只是这样。”

“你认为没有关系吗？”

“因为到目前为止，我不记得有跟任何人提过你的事，现在如此，以后也不会变，根本没有必要去说什么话啊！我本来就不喜欢去谈论别人的事，更何况和你还是今天第一次见面呢！”

“我明白，或许你根本没有必要到处去说我的事。而我也没有必要和别人谈论你的事。没有必要这理由听起来总叫人无法放心。反正我人都已来到这里，在了解你的想法后，希望彼此能有个协议。其实这样子或许对你比较好。”

“不，多谢你的好意，我不觉得自己需要这样的协议。”

“但是，我提出的这样的建议，你应该不会从来没有想过吧？”

“那是你误会了。”

“是误会吗？能说那是误会吗？”

“因为，我什么都不知道。”

“好吧！既然你都这么说了。不过，这件事还是有再商议的必要。这不是在恐吓你，而是为了你我好。绝对不是为任何人。濑川先生，反正我还会再来拜访你，请务必再考虑看看。”

第十四章

1

星期一一大早，校长已经到了学校。他把接待室旁一个房间辟做自己专用，习惯每早上课前关在里面。这是为了准备一天的事务，也是为了避开职员们的抱怨和烟臭味。丑松也在那天早上结束休假开始上班。校长见到丑松，问了有关服丧的事，闲聊一会儿，然后照例把自己关进那房间。

有人敲了这房间的门。校长一听声音，便知道是胜野文平。

校长一直都是以这种形式，从这个他钟爱的教员口中，听取各种秘密的报告。不管是男老师的牢骚还是女老师的闲话，以及其他有关课程表、月薪等大大小小的嫉妒或纷争问题，只需端坐在此即可一手掌握。那天早上一如往常，校长心想八成又有什么紧急报告吧，便打开门叫文平进来。

不知从何时起，二人开始谈起丑松的事来。

“胜野，你刚说的话很值得玩味噢！你是说濑川有什么新秘密被发现了是吧？”校长压低声音问。

“没错。”文平面露微笑。

“我不太明白你说的话。老是一副吊人胃口的神秘模样。”

“校长先生，这可是攸关一个人一生的名誉啊！怎么可以随便拿来乱讲呢？”

“噢，一生的名誉？”

“若我听到的是事实，事情一传遍这个小镇，恐怕濑川就没法再待在这学校了。不仅如此，或许还会被社会给放逐，永无翻身之日。”

“噢！无法待在学校，又被社会放逐，听你这么说来，那可是很严重的事啊！那不等于被宣判死刑一样。”

“反正就是这么回事。其实这也不是我直接查到的，只不过在各方情报收集分析后……呵呵。”

“你光是呵呵笑，我什么也不知道啊！还是把你发现的新秘密说给我听听。”

“但是，校长，我要是说了这事，可能会有点小麻烦。”

“为什么？”

“问我为什么？难道不会吗？我可不希望被认为想取代他而说出这种话来呢！我一点也没这种野心，我可不会为了中伤濑川而说出这事。”

“这事我了解。谁会说这么无聊的话呢！你根本不用担心。你也是从别人那里听来的吧！觉得如何？”

文平装模作样的，嘴角那抹似有含意的微笑，叫校长越看越想问。

“那么，胜野，咱们就这么说定了吧！我就当这话不是从你口中说的。现在又没其他人，快说来听吧！”

说完，校长便把耳朵靠向文平。

文平靠了过来，开始低声说些什么，只见校长的脸色一变。这时，突然传来一阵敲门声。文平马上离开校长走向窗口边。门一开，进来的是丑松，不知该不该进去地有点退缩。

“这两个人在说些什么呀？”丑松带着怀疑的眼神，看着这二人。

“校长，怎么啦？今天好像有点晚。”丑松若无其事地问道。

“是吗？学生都到齐了吗？”校长掏出怀表看了看。

“还没全员到齐。也难怪啦！在这样下雪的天气里。”

“时间已经到了。不管学生到齐了没有，规矩第一。就这么转达工友知道，请他摇铃吧！”

2

像今天早上那样呈现无思考状态的情形，是丑松至今从未经历过的。

其实，那天早上他是在半睡半醒间穿上衣服的。即便在他拿起夫人为他准备好的便当，走在通往学校那条久违的雪道上，接受许多同事的吊唁，甚至被自己负责的高等四年级学生包围询问各种问题时，丑松都是半醒着响应。

开始上课了，他仍是不时对眼前所见失去知觉，机械化地解说课本，以及回答学生问题。那天正好轮到他担任游戏时间的监督，下课铃一响起，男女学生一窝蜂围上来，“老师、老师”叫个不停，自己说了什么，回答了什么，丑松一点记忆也没有，只是像梦游般地走着，赶往四处监督着众多学生。

银之助跑了过来，“濑川君……你的脸色不太好噢！”

这是他唯一记得的，至于其他的话，他是一点也不记得。

尽管如此，只有一件事，那就是他带给省吾，为省吾准备的东西，丑松一点也没忘记过。中午休息时间，高等科到普通科的学生在学校里跑来跑去，好不热闹。有的甚至跑至宽广的大运动场上，玩起丢雪球的游戏。高等四年级教室中正好没人在时，丑松把省吾带来，拿出报纸包的东西。

“这东西是我带来给你的。里面放的，是本笔记本。这东西等你回家再打开来看噢。知道吗？不可以在学校打开……好吗？你拿去吧！”

丑松这么说，是想看看站在自己面前的少年又惊又喜的表情。

意外的是，省吾没有接受这份礼物，只是睁大眼睛，看看丑松又看看那包新闻纸。那表情像是在说：为什么要给我这个东西？然后，就是一连串的问号。

“不用了，我有很多。”省吾推辞了好几次。

“怎么会？像你这样……”丑松望着省吾，“人家说要送你的东西，就该收下来。”

“是的，谢谢。”省吾又推辞了一次。

“真是伤脑筋，总之，这是拿来送你的啊。”

“但是，母亲会骂人。”

“你母亲？不会有事的。只要说是我送的，又怎会骂你……我和你父亲也是好朋友，再说，我又受你姐姐很多照顾，之前就一直想送你点东西了。不是有那种西式装订的笔记本，上面还有画格子的吗？里面放的就是那种。你不要再说不要这种话，把这东西带回家，看是要写作文或什么，随你自己喜欢。”说完，他把东西交到省吾手上，窗外突然传来室内拖鞋的声音。

丑松留下省吾，一个人慌慌张张地走出教室。

3

学校东边的走廊尽头，在通往二楼的楼梯间，是个学生罕至的地方。就在丑松忙于监督男女少年的时候，校长和文平二人就在这个安静的廊下谈话，并排着靠在灰色的墙壁上说话。

“你究竟是从谁那里听到濑川君的事的？”校长问说。

“从一个怪人那里听来的。”文平笑说，“一个相当奇怪的人！”

“我实在想不出来。”

“这本来就是攸关他人名誉的事，因为说出这事而必须报出名号，当事人认为代价未免太大。总之是位即将成为代议士的人物，应该不至于有不负责任的发言吧。”

“即将成为代议士？”

“就是他。”

“那个带着新婚夫人回来的人吗？”

“差不多啰。”

“这么说来……啊，难不成是那位先生在各地方拜票时，从哪里听到这事的。也不是什么坏事！反正是总会碰上一次的怪事。”校长说完叹了口气，“但是，真是叫我吃惊！做梦都没想到，濑川君居然是个秽多！”

“其实，我也觉得意外。”

“你看嘛！皮肤也好，骨架也罢，一点也看不出是个贱民。”

“所以才能瞒过众人嘛！”

“说的也是。真是令人不解。猛一看，还真是叫人无法相信呢。”

“再也没有比一个人的外表更能骗人的了。既然如此，怎么办？个性上如何？”

“个性是无法立即判断的。”

“那么，校长先生，那个人的说话、行为，您看来都没有任何奇怪的地方吗？您仔细注意一下，好好看看濑川丑松这个人，如何？他那看东西时总是疑神疑鬼的眼神。”

“哈哈哈，说到疑神疑鬼，这可没办法当作他是秽多的证据啊！”

“您听我说啊！前些时候，濑川君不是住在鹰匠町的出租公寓吗？那栋房子不是放逐过一个秽多的富豪吗？结果，濑川君突然就搬到莲华寺去了，您说这难道不奇怪吗？”

“关于这事，我也这么觉得。”

“他和猪子莲太郎的关系也是如此。好的作家那么多，实在不需要成天念着一个那么病态的思想家吧！那种秽多写出来的东西，根本不需要那么认真。濑川君的那种偏好，实在和一般的读者有点不同。”

“没错！”

“有件事还没跟校长先生报告过，我的叔叔住在小诸一个叫与良的小镇。那个小镇郊区有条称作蛇土屈川的沙河，过了桥就是向町，那里是所谓的秽多町。依照叔叔的说法，那地方的人用的全是同样的姓。听说那个姓就叫濑川。”

“原来如此。”

“现在的向町里的人也都不叫姓。一般说来，新平民都是只叫名字的。大概是在明治以前，没有姓氏的关系吧！到了制作户籍的时候，整个村子就全叫濑川吧！”

“慢点！濑川君不是小诸的人吧，他是小县的根津地方的人呀！”

“那不准的……总之，我叔叔说啊，凡是叫濑川或是高桥的，大部分都是那种人。”

“听你这么一说，我才觉得有点不对劲。不过，若这是事实，应该不可能到现在都没人知道。不是早该被拆穿了，早在师范学校时代，应该就被识破了吧！”

“说的没错，那就是濑川君厉害的地方。拥有隐满众人至今的超人智慧，不够狡猾的人还真是办不到呢！”

“啊！尽管如此，还真是伪装得很好呢，难怪我一直觉得濑川君的样子有点奇怪。只不过，又没什么理由，实在很难叫人做此联想。”

突然铃声响起。二人急忙站离墙壁，走出长廊。下午的课已经开始，男女学生的室内拖鞋声，迅速通过前面的走廊。丑松也夹在少年群中，不经意地往这里看了一眼。

“胜野君。”校长看着丑松的背影，“果然如你所说的。这是攸关一个人一生的名誉问题。还是再多调查一下濑川君的底细吧！”

“但是，校长先生。”文平强调着说。

“这话是从那个代议士候选人听来的事是绝对不能说。否则，我会很麻烦的。”

“当然。”

4

根据课程表，那天的最后一堂课是唱歌。担任唱歌的老师接下丑松负责的高等四年级学生，让大家排齐了，一起带到自己的教室。

两点到三点间，丑松没课，他突然想起昨天银之助说过的有关莲太郎的报道，于是急着往接待室走去。那边的桌上总是放有报纸。

打开门，前天的《信州日报》还留着，尚未装订散乱地放在桌面上。打开旧报纸的第二面下方，看到前辈的事，丑松内心是何等激动，又惊又喜地在心中直喊：“嗯……有了、有了。”

“找个地方好好看这篇新闻吧！”他心中直觉就是这么想。

“在这个接待室里看吗？有人来了看到不好。教室里如何？工友的房间行吗？——不行！那地方也不能保证没人会去。”实在不知如何是好，索性把报纸塞进怀里，走出接待室。

“干脆到二楼的礼堂去看吧！”丑松心想，便静静地爬上通往二楼的楼梯。

那里是用来作为天长节会场的大房间，里面一列列排得整整齐齐的长条椅，平常很安静，比起在教室的角落，这里可是安全多了。选好椅子坐下，正准备从怀中拿出报纸来看，突然想起和高柳间的对话。

“没什么特别交情，是个毫无相干的人，我什么也不知道！”想起自己曾三次昧着良心，把亦师亦友的恩人莲太郎说成与自己毫不相干的人，丑松心怀愧疚地拿起报纸来。

“老师，请原谅我。”

莫名的恐惧不断刺激着丑松的心，就算读着有关前辈的记事，他还只是不断思考着自己的一生。现在回想，发现自己正站在一个尴尬的位置。总之，非得想办法解决眼前这个大难关不可！没错！如果不好好整理思绪，一切的事都没法着手。

“究竟要如何是好呢？”

当他这样自问时，心中茫无头绪，根本想不出答案。

“濑川君，你在看什么？”突然有人从背后叫了自己。

丑松不由得脸色一变。回头一看，原来是校长，露出像要看穿什么的眼神，不知何时已站在丑松坐的长椅旁。

“我……正在看报纸。”丑松装作若无其事的模样说道。

“报纸？”校长不可思议似的看着丑松，“噢，有什么有趣的报道吗？”

“什么都没有。”

二人沉默了半晌。校长往窗口边走去，隔着玻璃望着天空。

“濑川君，你觉得这天气怎么样？”

“这个嘛……”

就这样一问一答的，二人相偕走出礼堂。

即使在他们并肩走下楼梯时，丑松也总觉得异常不安，心中有种莫名不快感。

不知道是否是自己的胡乱猜想，总觉得校长的态度变了。

变得出奇冷淡。不，不只是冷淡，还有种讨厌的神经质嗅觉，好像可以嗅得出自己秘密的嗅觉。“咦？”心中如此疑神疑鬼地推断对方时，丑松突然觉得，连和校长走在一起也是难以忍受。有时候在下楼梯的节奏上，二人会有肩碰肩的情形发生。这时候，冰凉的寒战便会从丑松的全身窜流直下。

工友摇响的放学铃声，此时在校园内响起。每个教室门一开，少年们一个接一个走出来，挤满整条长长的走廊。丑松赶忙离开校长，加入那群少年们。

学生们纷纷踏上雪道往回家路上走。

他们一个个都是努力学习的天真孩子。有的边走边甩着便当盒，有的把包书本的四方巾顶在头上走。腋下夹着算盘，提着室内拖鞋，或吹着口哨，或唱着歌。呼喊声、叫嚷声再夹杂着狗叫声，把午后的空气弄得好不热闹，其中还有因为木屐绳断掉，干脆光着一双脚飞快离去的女孩儿。

怀抱着不安和恐惧的心情，丑松也跟在学生后面走出学校校门。像这样远眺纯真的少年们，对此刻的丑松来说，竟也成为让他感受到难以承受苦痛的间接原因。

"省吾同学，现在要回家吗？"丑松开口问道。

"嗯。"省吾笑了笑，"我待会儿也要去莲华寺，是姐姐说可以过去的。"

"嗯……今晚有讲经大会啰！"丑松突然想起什么似的说道。

望着迅速离去的省吾的背影半晌，丑松心中感到一股暖意。下雪大道上的光景，就在丑松眼前展开，忙碌的人们来来往往。突然一阵晕眩袭来，丑松差点就这么倒下去。

这时候，也不知是谁从背后追上来，眼看就要抓住自己，突然像听见一句：“喂！调里人！”心中愈想愈害怕，忍不住就回头看……唉！谁会待在这种地方啊！丑松嘲笑着自己，顺便为自己打气。

第十五章

1

严酷、不可侵犯的社会势力，正逐渐逼向丑松。从学校回来，爬上莲华寺二楼时，丑松只能丢出包书的四角巾，脱下外褂和裙子，立刻倒在榻榻米上，将自己淹没在放肆的绝望大海之中。既不想睡，也不想思考，宛如一个不再有感觉的人，整个人一动也不动，好久才坐起身来望着屋内周遭。

愉快的笑声，断断续续从一楼居室的小房间传来。无意中听到的声音，可以知道文平又来了，正使出浑身解数逗笑众人。那个天真、忍又忍不下来的笑声，一听便知是人早已先到的省吾。其间不时混有年轻女人的声音……啊，是志保。侧耳细听之下，丑松开始在自己的房间里四处走动。

“老师。”有人出声，突然闯进来的是省吾。

楼下正在泡茶，问丑松要不要一起过去聊聊，省吾是被派来传话的。一问之下，才知夫人和志保都聚在小房间里，连笨庄也一起加入。笑话开始后，个个笑得前仰后翻，还有人笑得眼泪直流。

“胜野老师也来了噢！”省吾又附加了一句。

“是吗？胜野君也在？”丑松面露微笑地说。瞬间，异样的感觉在内心深处闪过，憎恶的表情浮上丑松脸上。当然，那个表情立刻就不见了。

“快……跟我一道过去吧！”

“我随后就到。”话虽如此，其实丑松压根就不想去。

“快点！”话一说完，省吾便跑得不见踪影。

状似愉快的欢笑声，又再度响起。居室的小房间……只要听这声音，不用看也能想象得出房间里人们的模样。一切的一切，全在丑松的想象之中。想必夫人内心正为某事所苦，为了忘却不快故意装作很好笑，还发出那种男人般的笑声吧！

至于志保，肯定又是在房间进进出出，又是准备泡茶道具，又是沏好茶一一端给众人品尝，然后再挨在夫人身边，边听边露出微笑吧！文平则肯定看女人、小孩好欺负，认为只有自己一个男人，拼命地卖弄着风骚吧！不只如此，想必又是在某人身上大做文章。哎！啊！本性就是本性，谁会去羡慕那种男人的出身呢！

对现世欢愉的倾慕之情，忽地朝现在的丑松胸口一涌而来。被人舍弃，遭人轻蔑，受人排斥，思及无法融入同为人类的寻常人之列，不幸的同族命运，不由得更加珍惜起这个年轻的生命。

“为什么老师还不过来？”省吾叨念着，又再次催促。

少年过于纯真、无邪的催促，叫丑松不禁想干脆怂恿少年一起往正殿去。走出房间，下了楼梯，从居室通往本堂的走道有两条。如果是走靠后院的那条走道，就非得经过那个小房间不可。那里有文平正在发表高论。

丑松选了靠外面的那条通道走。

2

成列的古老僧坊就在廊下右侧，由纸拉窗对面传来的说话声，可知道里头有人寄住。

这寺院建构之宽广复杂，总让人摸不清哪里住了什么样的人。

平常不知用来做什么的阴暗空房间，倒是有好几间。带着省吾走过细长的廊下时，丑松还是不免感到那些老旧腐朽的精舍的气息正朝自己逼近。灰暗的墙壁，熏黑的柱子，装饰大板窗的古画颜料也已斑驳剥落。

这廊下接着里面的走道，就在往正殿的转角处，突然感到背后有人靠近。丑松和省吾猛一回头，一看，原来是志保，像有什么事地往这边跑来，还没见她说句话，整张脸早已通红。

“那个……”志保水汪汪的一双明眸闪闪发亮。

“刚听我弟弟说收了你贵重的礼物。”她一面道谢，嘴角洋溢着愉悦的微笑。

这时传来夫人的呼叫声。志保马上就听到了，再仔细一听，“咦，姐姐，是叫你欸。”省吾也抬头望向姐姐。又听到呼叫声。看着惊恐得转身离去的志保背影渐行渐远，丑松这才带着省吾从正殿大门进去。

啊！精舍的寂静无声……让人宛如置身于古迹之中。除了圆漆柱上悬吊的挂钟秒针的滴答声响，在这高耸阴暗的天花板下，没有任何声音。渗入身体底层的沉默，似乎无所不在，处处可寻。

映入眼中的不是别的，尽是些生锈的金色佛坛，没有生气的人造莲花，以及壁画上引人遐想的天界女子的曼妙姿态，这所有的一切都诉说着逝去年代的灿烂和衰颓。丑松和省吾又一起深入至内阵寺院，直走到佛坛后面，摆放有昔日众圣僧画像的地方。

“省吾同学，”丑松望着少年的侧脸，“你最喜欢家里的什么人呢？父亲，还是母亲？”省吾没有回答。

“我来猜猜看吧！”丑松笑着说，“是父亲对吧？”

“不是。”

“咦？不是父亲吗？”

“谁叫父亲只知道喝酒。”

“那么，你喜欢的是谁呢？”

“嗯，我嘛……最喜欢姐姐。”

“姐姐？是吗？原来你喜欢姐姐。”

“我对姐姐啊，什么话都说，连那些没法跟父亲、母亲说的话。”省吾不知怎的笑了起来。

北边的小房间里挂了一幅古老的涅槃图画。

一般寺院里常见的这种宗教画，大多是模仿的复制画，像戏曲般的组合，毫无意义的色彩，又或是和热带自然没有任何关联背景，除此之外很难找到值得一提的特征。这寺里放的也是一样，不过看得出是出自稍有创意的画家之手，跟那些常见的画作比起来，显然是鲜活多了。虽然看不出任何宗教方面的热情，至少还有点抚慰人心的朴实之美。省吾究竟是个孩子，即便是见了那禽兽的哀伤光景，也像是看着图画故事一般，既没有不可思议的感觉，也不觉得惊讶。天真的少年只是微笑地看着释迦的死。

“唉！”丑松叹了口气，“省吾同学一定没想过死这件事吧！”

“你是说我吗？”省吾抬头看着丑松。

“是的，是在说你。”

“哈哈哈！那种事，当然没有。”

“说的也是。这不是你们这个时候该思考的事。”

“呵呵，”省吾突然想起什么似的笑起来，“志保姐姐也常说起这种事噢。”

“姐姐也？”丑松眼睛一亮。

“嗯，我那姐姐常会说些奇怪的话，像是想死啦，想找个没人的地方放声大哭之类的啦！真不知她为什么会这么想！”说完，省吾歪着头，装作正在吹口哨的模样。

不一会儿，省吾便走了出去。只剩下丑松一人。正殿内突然安静下来，各式意味深远的装饰显得更加沉寂无声。

深深的天花板下，是历久不变的黄铜香炉、花瓶和佛灯盘……竟然连这些不具生命的道具，也像沉浸在这寂寞的冥想中，立在佛坛前的观音雕像，说它是慈悲，反倒更像是尊发光的沉默化身。站在如此寂静、脱离世俗的地方，一想起那个人的事，突然有种用来修饰古迹的花草般的感觉。丑松就这么怀着热血奔腾的心思，游走于圆柱和圆柱之间。

“志保小姐、志保小姐。”

没任何用意，只是随口轻呼着这个名字。

不知不觉中，四周暗下来。傍晚时分的蓝白微弱光线映在纸拉窗上，因为是从正殿正面照进来，把榻榻米上柱子和柱子的影子拉得老长。这厌倦、痛苦和疲累的冬日的一天，终于即将结束。

这时，走进两名身穿白衣的僧人。一个是住持，另一个则是寺内的年轻和尚。

灯火被一一点亮，到处都是。不一会儿，只见六支蜡烛按顺序燃烧起来。端坐在佛坛斜边，在内阵的一个角落处沾有金粉的圆柱边双手合十的，是住持先生。盘坐在较低一边的外阵寺院，正好是相反方向的，则是年轻和尚。庄严的敲钟声在四周响起。耳边传来合唱的声音。

“南无喝罗怛那、哆罗夜耶……”晚课已经开始。

啊！从不知黄昏会是如此凄迷。丑松倚靠在北边房间的柱子前，闭着眼睛，低头陷入深深的思维中。

“万一志保知道了我的出身……”一想到这里，就让他更深刻感受到秽多生命的无奈！模糊不安的死灭思想，掺杂着对人的依恋，在他内心造成不断的冲击。正值青春年华的时代，是否早已领悟到没有这一路走来的经历，便不会有任何希望的俗世苦难呢？不过这么一想，思考这事本身便足以叫人苦闷不已，遍体鳞伤。

冰冷的空气交织着燃香的烟雾味道，为这黄昏更添一层悲凄，心好痛，好难受，莫名的伤痛袭上心头。二位僧人的诵经声突然打住，回头一望，正是结束诵经，唱诵佛号的时候。不一会儿，住持手持念珠离开圆柱旁。年轻和尚则仍留在原地。

丑松看得入神。编调的高祖遗训洪亮的被朗读，聆听过那段文章，年轻和尚站起了身。最后，蜡烛的火也一根根被吹熄，只留下佛前昏暗的灯光继续照着。

3

晚饭后，莲华寺为了说教的准备而忙得不可开交。依照以前的习惯，好几个印有家徽的大提灯被取出。寺内的年轻和尚、笨庄和小和尚全围聚一起，把灯点上后搬到正殿去。三人就这样在长廊下来来去去。

因为聆听讲经而前来的人逐渐聚集到正殿上。住在寺院附近的施主自不待言，还来了不少口耳相传，慕名前来的信徒。不单是那些一生行将到尽头的老爷爷、老奶奶，连从事各种工作的繁忙人们，也为了听讲经而热心地聚集前来，由此可知这个饭山町是个多么富有昔日传统宗教和信仰的土地啊！经典中有名的文句、比喻等，常见于一般人们交谈的话语中。年轻的姑娘们个个怀带着美丽的珠袋，争相来到莲华寺。

这对丑松而言，可说是寺院生活中最愉快也最悲哀的一夜。

一想到可以和志保一起聆听讲经，丑松内心的兴奋是可以预期的。啊，只有在这样的夜晚，才可以不会因为自己秽多的出身而陷入苦闷的思维中。夫人、志保和省吾都已走进正殿，聚在北边房间的角落里。一看，中间的房间到南边的房间，都聚满了男女信徒，各自招呼、闲聊着，虽然大家极力压低音量，不知为什么，就是觉得闹哄哄的吵成一团。

笨庄端正地穿上一件自己最好的短外褂，从人群中招摇走过的模样，着实好笑。见到他那一本正经的样子，夫人笑了，志保也笑了。

丑松坐的地方，正是张贴有永久佛事的捐赠金额和姓名的古墙边，志保就在旁边，可以闻到从她那边飘来的阵阵发香。提灯映照在正殿夜晚空气中的奢华影子，更显出那侧脸的年轻红润。多么亲昵啊！那从背后环抱住省吾，面露微笑的姐姐模样。丑松心想，每回看着志保，就感到一种无以言喻的愉悦。

离讲经开始还有些许时间。文平在这时也来到，先跟夫人问过好，又同志保、省吾打过招呼，最后再向丑松示意。

啊！讨厌的家伙来了，光是想到就叫丑松心思大乱，一下子被拉回到残酷的现实世界，再看到文平一副嬉皮笑脸的模样挨着夫人说话，逗得志保和省吾直笑的模样，丑松简直是一肚子怒火。

像这样在妇女小孩堆里说话，其实是文平的拿手好戏，一点小事可以让他说得活灵活现。而且，这男人更高明的，在于他拥有一种叫人容易亲近、吸引女人心的魅力，顿时把自己的实际价值膨胀了两三倍。跟凡事深藏不露的丑松相比，反倒是文平较能让人感受到亲切。丑松并不特别想讨好任何人，即使对省吾好，面对志保时的举动也只给人一种冷淡的感觉。

"濑川君，看了吗？今天的长野新闻。"文平像要套话似的低声问道。

"长野新闻？"丑松的表情慎重，"今天还没看。"

"真是不可思议，你居然还没看过。"

"为什么？"

"因为你这么崇拜猪子老师，居然没去看那个演讲的记事，太不可思议了。总之，你一定要去看看。而且，那篇评论还真是有趣。竟把猪子老师比作'新平民之狮'，这记者还真会说话呢！"嘴巴这么说，文平的葫芦里卖的又是什么药呢？丑松疑惑万分地看着对方。志保还是热心地倾听，细细比较着眼前这二个人。

“暂且不管猪子老师的争论如何，那气魄实在叫人佩服。”文平又继续说，“看过那篇演讲稿，便会想去看看猪子老师写的书。我想这方面你应该很清楚，所以来问问你，那位老师的著作中哪本最值得一看？”

“我也不太清楚呢！”丑松这么回答。

“这可不是说笑的哟！说实在的，我对秽多的事挺有兴趣的。因为那位老师的出现，想必一定有它研究的价值。你一定也是因为这样才会去读《忏悔录》那些书的吧！”文平用嘲讽似的语气说道。

丑松笑而不答。毕竟志保人就在旁边，秽多的字眼一再被提起，丑松早已脸色大变，再也无法控制自己。

怒气和恐惧交替着闪过丑松脸上。这些细微的表情一点都逃不过文平敏锐的观察。

“真是遗憾……像你这样隐藏也是没用的。”文平的眼神像是这么说的。

“濑川君，你那里有这位老师的书吧？随便借我一本看看吧！”

“没有！我这里什么都没有。”

“没有？怎么可能！你怎么可能会没有！不要这样子嘛！借我一本有什么关系？”

“没有这回事。没有就是没有！”

突然，莲华寺住持坐上讲经的位置，二人的谈话就此打住。所有人都重新端坐，整理着自己的仪容外表。

4

住持和夫人同年。男人看起来反而比较不显老，染黑的法衣外披金线织花的袈裟，当他出现在外阵的讲座上，相较于多数佐久小县边的世间一般僧侣，更像是个过着高尚宗教生活的人。

宽额、高鼻，眉间距离有点近，除了仪表堂堂的容貌，为人温和、善良又有才气。说法的第一部是以猿猴的比喻开头。

大家都知道，有的猿猴生性聪明。勤学、勤记，又背诵许多经文，具备足以为人师表的丰富学识。不过，这畜生的可悲之处，在于它欠缺一种相信的能力。人类或许没有这猿猴丰富的学识，却因为相信的能力，凡夫也可以成佛。不知在座的各位，是否合格。既生为人，就该感谢宿世之因缘，朝夕勿忘念佛。住持如此劝诫着。

“南无阿弥陀佛、南无阿弥陀佛。”大家的唱诵声顿时充满整个正殿。

男男女女掏出钱包，把各自的香油钱放在榻榻米上。

第二部的说法，取材自昔日饭山城主，松平远江守的事迹。

饭山成为佛教重镇，便是从这位先祖的时代开始。守对宗教如火般的热情在他年轻时便已燃起。某次前往江户朝觐时，他把平日郁积内心，无法解开的疑问向众人询问。

“人死后，会变成如何？”侍臣和儒者，没人答得出来。他去问了林大学的头儿。结果，还是没有得到答案。从此以后，守便立志于宗教，跟随涩谷的僧人听道，把领地让给外甥，第六年出家，成为饭山佛教的先祖。这段发心的历史故事实在值得玩味吧！俗世许多学者回答不出来的问题，能够回答的就只有相信一途。住持继续解说着。

“南无阿弥陀佛、南无阿弥陀佛。”齐声唱诵声像阵风般地吹起。

大家又掏出香油钱整齐地摆放着。

在这样的说法之中，丑松仍不时忘掉自我，热切盯着志保的侧面。

不过，毕竟还是怕被人注意，一再要自己不可再看，忍不住又看了，只见志保望向佛坛时精神的眼神。不可思议的，热泪不知何时爬上那脸庞，不时还传来啜泣声，偷偷地擦过鼻子。仔细一看，一种说不出来的恐惧和悲凄交织着她女人特有的娇柔，就如阴影般忽隐又忽现。

志保究竟在想着什么？她到底感受到什么？心中又想起了什么？丑松于是做出这样的推论。今晚的说法并不是那么能撼动年轻人的心。老实说，住持的说法已嫌老旧、过时，听在明治时代出生的人们耳中，更是怪异。老套台词般的措辞，杂乱无章的片断思想，金碧辉煌的佛坛背景，不过给人一种观看时代剧的错觉。年轻人听到这样的谈话，会如此深受感动的，实在是不太可能。

省吾眼看就快要睡着，身子靠着姐姐，头已经垂了下来。志保用尽各种方法，又是推摇，又是低声叫唤，似乎毫无作用。

“起来……再多撑一会儿。被人看到多丢脸啊！”她忍不住骂起省吾。夫人见状便说：

“让他在那边睡吧！毕竟是个孩子嘛！”

“真的还是个小鬼，拿他没办法。”说着，志保抱起省吾。

省吾似乎早已睡得不省人事。丑松这时探过头来，正巧志保也回头往这边看。志保看看文平，看看夫人，接着又看看丑松，脸红了起来。

5

第三部说法以有关白隐的传说为主。昔日，在饭山的正受庵住着一位叫惠端禅师的高僧。白隐为寻访这个人而来到饭山时，还是个正在求道的人。原本是来参禅受教，却见一个背着收集来的枝条干叶、脚步沉重地从山谷走回来的人。一头乱发，满脸胡子。白隐见状，立刻跑上前去，开口便是“作么生（如何，怎么样）？”如此热心，终于在第三次获得惠端的认同。从此以后，他尊惠端为师，竭尽心力朝夕侍奉，到了最后，白隐也领悟了问答一事。说是领悟，其实便是绝望。

啊！会提出那种问答的是狂人！他开始对师父有这样的感觉，过度的苦闷让他逃离出来。想不出主意来的白隐往饭山的郊外走去。

正逢收割期间，一不小心倒在堆高的谷物边，这位求道者误中农夫的铁锤而昏死过去。

深夜的露水滴入口中，睁开眼睛，回过神来的同时，白隐领悟了。另有一种说法，是说他在郊外撞上个卖油的，因为被油滑了一跤而有所顿悟。今日的静观庵，便是为了纪念这个白隐大彻大悟的场所而建盖的。一般说来，年轻一辈都不知道这个传说。接着，住持又述说自己的意见，每回一到快接近尾声的段落，住持总是会陷入同样的说法模式。靠自修得道的例子，连白隐这般的人物都不容易办到。他力宗（指净土宗、真宗）所依赖的唯有单纯一途。就是相信，也就是追随。以凡人之身去达成目的。除了舍弃自我，全心倚赖侍奉阿弥陀如来之外，别无他法。住持最后做出这样的结尾。

“南无阿弥陀佛、南无阿弥陀佛。”大家的唱诵声持续了一会儿。

榻榻米上又放置了许多香油钱。志保神态严肃双手合十，和夫人一起唱诵着，泪水源源滑落过她那稚嫩的双颊。

信众们陆陆续续拿着念珠离开。夫人和志保也离开座位，站到圆柱旁向众人问好送行。外面又下起雪来，正殿门口显得相当混乱。女客们大多落在后头。尤其是那些依各地风俗，赶得上流行的镇上姑娘，很引起志保注意。志保不住地注视着，似乎拿她们和自己寄住寺院的身份相比较。

“哎呀！今晚的说法真是太精彩了。”文平走向住持说道。

“其实，我真的对那个白隐的故事十分感动。啊，我还是头一次听到这种谈话。那个白隐寻访惠端禅师的那一段，是我最喜欢的。像这样对面来了个背着收集来的枝条干叶、一头乱发、满脸胡子、脚步沉重地从山谷里回来的人，于是白隐便跑上前去。‘作么生’不这么说还不行呢！”手舞足蹈的动作模仿，再加上三寸不烂之舌，比先前住持说的更叫众人听得乐不可支。

就在这段时间里，信众大多走得差不多。正殿中顿时安静下来。年轻和尚以及小和尚忙着收拾善后。笨庄则弯着腰，边走边收集起榻榻米上的香油钱。

此时，正殿中早已不见丑松的踪影。丑松带着省吾，把他送到居室去。就在文平跟在夫人和志保旁边燃放烟火时，丑松正默默哄着省吾，做着不为人知的照顾工作。

第十六章

1

慢慢地，到学校上课成为丑松的苦差事。有一天，因为过于难捱，他向学校请了假。那天早上，他睡到好晚。八点、九点，到了十点钟声一敲，丑松还在睡。

冬日暖阳照在纸拉窗上，日光还射进屋子里，直照在丑松的枕头上，却仍是叫不醒他。女佣袈裟治已经打扫完每个房间，连抹布都晾好了。她还上二楼看了好几次。只见丑松一脸疲惫，脸色苍白，像酣醉的人，倒在床铺上。床铺边乱七八糟的。

那边角落堆着书报，这边角落则是四方巾包袱，若说这些全是这个房间里原有的道具，就像是它们各自任意跑出来乱跑乱跳后的模样，由这般杂乱的光景可以想象得知房间主人的内心世界。

袈裟治又提着热水壶走进来，丑松总算坐起身子，茫然呆坐在床铺上。睡得过多和衰弱所引起的严重苦痛全写在脸上，像是人还半睡着坐在那里一样。

“帮你拿饭菜过来好吗？”袈裟治这么试问，丑松却一点胃口也没有。

“啊！气色看来好差呀！”自言自语似的，袈裟治走了出去。

那是个像北国冬季般寂寞的日子。小小的冬蝇被留在这个房间里，正对准着纸拉窗，在天花板下飞过来又飞过去。就在丑松还没搬到这寺里，还住在那个鹰匠町时，总有一大堆烦人的苍蝇，像是和灰尘从哪里一起飞过来，就爱一窝蜂在拉窗横木上停停落落。想必是嗅出秋风，急于享受短暂的生命吧！转眼又到了这些幸存者萧瑟入目的季节。

丑松望出了神。望着望着，才惊觉到十二月的悄然到来。

身体是越动越有活力，什么事都不做地乱想，绝不是件轻松事。官费教育的享受，换来义务年限的漫长纠缠，其间无关个人意愿，必须绝对遵从严谨的规则。当然，这件事丑松是心知肚明的。明白是明白，工作的意愿却逐渐散去。

啊！睡早觉的床铺就像是埋葬绝望之人的坟墓。丑松又倒了下去，陷入深沉的睡梦中。

2

“濑川老师，有客人噢！”被袈裟治呼唤的声音惊醒，丑松知道银之助来了。

不只是银之助，那个准教员也一身教职制服地跟来了。

那天，有个到地方巡回的停职大尉，为观察各地军事思想的普及程度，特地和学校的学生举办座谈，于是下午决定停课，他们便抽了空前来探望。丑松在床上坐直身子，睡眼惺忪地望着朋友的脸。

“你……还在睡觉呀？！”银之助若无其事地询问。

其实，疼惜丑松的心在这朋友脸上表露无遗。

丑松取过盖被上的白毯子，像棉袍一样披挂在身上，“真是失礼了，我居然穿成这样。你看起来好像还不错嘛！”

“感冒了吗？”准教员盯着丑松看。

“我想应该是感冒吧！昨晚头就开始痛了，今天早上怎么也爬不起来。”丑松对着准教员说。

“怪不得脸色这么差！”银之助接下去说，“最近有流行性感冒，小心点！你要不要喝点什么？试试把炒得有点焦的味噌放在茶泡饭的碗里，倒些热水，喝上两三杯看看。大部分的感冒都可以痊愈的！”说着语气一转，“对了，我给你带来好东西，差点忘了呢！拿去！给你的礼物。”说着从四角巾包袱里拿出十一月份的薪水。

“今天你没来，我帮你收下的。”银之助继续说着。

“可要仔细点点看……应该是不会错的啦！”

“真是谢谢你。”丑松接过装入袋中的大把银币，“没错！现在才想起今天是二十八日，我还一直以为是二十七日呢！”

“哈哈哈，真拿你没辙，居然连领薪日也会忘记！”银之助得意地嘲笑着。

“我真的整个人都迷迷糊糊的。”丑松试着振作自己，“这个月是小月吧！二十九、三十，十一月也只剩两天了。哎！今年就快过完了。仔细想想，一年又这么糊里糊涂地过了。结果，我是什么事也没做。”

“谁还不是一样。”银之助也谈起兴致来。

“你算好的啦！你就快到农科大学去了，可以自由做自己喜欢的研究。”

“说到这里，我的欢送会啊，学生们说希望在明天办……”

“明天？”

“不过，你都病成这副德性了。”

“哪有这回事？已经好了，明天一定会出席。”

“哈哈哈，濑川君还真是病得快也好得快呢！原本以为会跟个重病患者一样成天呻吟，谁知道居然说好就好，真是太不可思议了。喂！别老是来这一套啦！还有呀，能这样一起瞎说的时间不多了。再不久就要分开啰！”

“说的也是，你已经快离开了。”

从这些交谈中，可以看出二人彼此难忍感慨的样子。一直静静听着二人的谈话，只知道抽着香烟的准教员，冷不防说出这样的话。

“今天我听到一件怪事。听说镇上到处传着，学校职员中躲着一个新平民。”

3

“这种事到底是谁说出来的？”银之助对着准教员问道。

“我也不知道是谁说的啊！”准教员有点为难，“总之，应该只是胡说吧！”

“胡说也要有个限度吧！说出这种话，我们可是很麻烦的。镇上的人最会传话了。不是说女老师那样，就是讲男老师这样。怎么会这么喜欢说人闲话啊！真要这样，你不妨去点点学校里的职员！你可看过哪个长得像秽多的？结果根本就是一派胡言，是吧？濑川君。”说着，银之助望向丑松。

丑松一语不发，身上依然包着白毯子。

“哈哈哈！”银之助笑了起来。

“校长先生是个四方四角的老古板，怎么都不像个新平民，其实，教员里根本找不到这样的人。现在想起来呀……最会装模作样的就是胜野君。没错，最有嫌疑的大概就属胜野君了。”

“不会吧！”准教员也跟着笑了起来。

“那么，你认为会是谁啊？”银之助作弄人似的，“说来说去，不会是你吧？”

“胡说什么啊？！”准教员有点动气。

“哈哈哈，你这么容易生气要不得。我又没明说是你！你这人真是的，连句玩笑话也不能说。”

“不过，”准教员认真起来，“如果这事是真的……”

“真的？这种事根本就不可能。”银之助听不进去。

“把理由说清楚！学校的职员大多出处明白。不是像你们这样修完课来的，就是像胜野君那种检定考试进来的，或是我们这些师范出身的……没别的。如果我们之中有这样的人，早在师范学校时代就知道了。到毕业都还不知道的事，不可能发生在宿舍生活中。接受检定考试的人，也都是长期和学校离不开关系的人，不可能不被发现，你们就更甭提了。你看吧！现在突然传出这种闲话，不是有点奇怪吗？”

“所以啊……”准教员强调，“我也没说过那是事实呀！我只是说如果罢了。”

“如果？哈哈哈，你的如果根本不需要。”

“既然你这么说就算了，不过，万一真有这种事，结果会变成怎样……我光想就觉得害怕。”银之助没有回答。

两位客人的这个话题也就此打住。

就在二人开口要离去时，丑松仿佛失了神，在白毯子的衬托下，脸色更显苍白。

“啊，濑川君还没痊愈吧！”银之助就这么自说自话，和准教员一道走下楼梯。

好一会儿，丑松呆愣地环顾整个屋内，他突然收拾起床铺，换上衣服。冷不防又像想起什么，拿出塞在置物柜一角的书本。那些清一色叫人联想到莲太郎、充满那位前辈心血和精力的《现代的思潮和下层社会》，小版本的《平凡人》《劳动》《贫乏者的慰藉》，还有《忏悔录》等。丑松逐一重新翻看里面，把作为藏书标记的自己的印信涂掉。又从壁龛上摆放的语学参考书中，挑出五六本不要的书，拍掉灰尘，一起包入四角巾中，袈裟治刚好在这时走了进来。

“要出去吗？”被这么一问，丑松有点慌了手脚，没有做出任何回应。

“这么冷的天要出门吗？”袈裟治望着丑松苍白的脸，吃惊地问道。

“身体不舒服倒卧在床上的人，真是的。”

“我好得差不多了。”

“呵呵呵，那么，你肚子肯定饿了。出去吃点东西吧！你从今天一早就没吃过任何东西吧！”

丑松摇摇头，说自己一点都不饿。连忙取下挂在壁上的外套、帽子，随意穿穿、戴戴，就像一具没感觉的机器在转动着，甚至自己也不知道自己在做些什么。又把朋友为他带来的月薪放入桌子抽屉里，并拿出一些连同纸袋一起放进和服袖口袋中。其实，自己留下多少，身上又带了多少，他根本不记得。就这样，丑松提起装书的包袱，拼命用外套的袖子盖住，信步走出莲华寺大门。

4

白雪布满往来通道，连屋檐上也是。有许多戴着蓑帽、穿着宽叶香蒲的绑脚、套着草制雪鞋的劳动工人，还有毯子从头包到尾的旅人们，往来眼前的尽是这些人。几台由人或马拖曳的雪橇通过丑松身旁。

长回廊般的挡雪“雁木”（檐下通道）早已派上用场。扫在通道正中连绵的高高堆起的雪白小山，眼看都已高过家家户户的屋檐，一想起人们口中唱诵的饭山名产“雪山”，便不由得叫人想起严冬生活的苦境。天空看样子又要下起雪。光是眺望那昏黄的阳光，就让丑松边走边发起抖来。

上町的旧书店是他买过旧杂志的地方。幸好那店里现在没人，丑松脱下帽子走进去，若无其事地拿出那个四角巾包袱。

“我拿了点书来……怎么样？我想把它们卖了。”老板一听，立刻盯着丑松看，露出生意人的笑容，接着驱身向前把包袱拉近自己。

“多少钱都行……”丑松接着说。

老板解开包袱，检查过每本书的封面后，把书分作两类。一种是语言学的书。总之好像只有这些被仔细地翻看过，莲太郎的著作则被胡乱堆放一边。

“你准备卖多少钱？”老板看看丑松，从容不迫地笑着。

“总之，先请你开价看看！”

“这阵子实在不太景气，这些东西一直都卖得不好。我可以帮你买下来，但价钱肯定不太好。说实在的，这只是指英语书籍的价钱，新刊物的话就没法给钱了。”说着，老板想了想，“或许你还是拿回去比较好。”

“我是特地拿过来的，请不要这么说，可以的话就请收下吧！”

“价格真的是很低，可以吗？那么，一本本算呢？还是全部一起合起来算？”

“一起算吧！”

“这样吧！这是最好的价钱，五十五钱。嘿嘿嘿．可以的话，我就帮你买下。”

“五十五钱？”

丑松落寞地笑了笑。

其实，本来就打算多少钱都卖。结论马上就出来了。

书是不能买卖的，丑松不是没想过，但他之所以出现在这里，实在是另有隐情。在店家的记事本上写下自己的住处和姓名后，他收下五十五钱。

为了慎重起见，他特地翻开莲太郎的书，一一确认内页濑川字样是否已涂抹干净。其中一本竟忘了处理。“啊！可以借我一下笔吗？”说着，他拿借来的笔，在自己鲜明红艳的印信上，胡乱涂上黑色墨线。

“只要他肯收下就好了。”丑松这样打算。此刻他的内心是那么晦暗。迷茫得不知如何是好。走出旧书店，他边走边想着自己所做的事，想着想着快哭出来了。

“老师、老师……请原谅我。”

他口中反复着。这时，他想起曾对那个高柳说过自己和莲太郎没有任何关系。严苛尖锐的良心谴责，和保护自己的无奈辩解相互纠缠，深刻的痛楚就像胸口挨上一刀。丑松心中又羞又怕，只是漫无目的地走着。

5

一桌饭，下酒菜，路边的小屋，那是曾与敬之进一起喝过酒的地方。

丑松的脚自然地往那里走去。推开纸拉门，里面有两三个客人正在喝酒用餐。老板娘一会儿洗碗槽、一会儿炉灶前，正撩起衣襟忙得不可开交。

“老板娘，有什么吃的吗？”丑松开口问。

老板娘站在熏黑的柱子旁，一边擦着手，“很不巧，今天已经没什么了。不过，倒还有炖鱼和豆腐汤。”

“那就两样都来吧！然后再给我一杯酒。”丑松说道。

这时，一个行商离开坐着的酒坛，边用浅黄色的手巾包着头，边往丑松这边看。套着雪靴靠在柱上的农民，也偷偷瞄着丑松。还有老板娘把歪斜的大酒壶口对准玻璃杯，为他倒上满满一杯还冒着气的褐色热酒，边站着喝边瞟向丑松的拉雪橇夫之类的下等苦力。之所以如此受人瞩目，不过是因为一个格格不入的人闯入，妨碍了他们放肆的言谈。

不过，这种好奇的沉默也只维持了半晌。高亢的笑声不久又在店里响起。炉子的火也烧了起来。丑松嗅着火炉边弥漫的小火烟雾，拉过老板娘端来用半个胡桃状托盘装的饭菜，静静地吃喝起来。这时有个手拿钓具、和正要走出去的行商擦身而过的男人走过来。

“噢，还真是稀客呢！”

拄着钓竿走进来的，原来是敬之进。

“风见先生，钓鱼吗？”丑松问道。

“你好啊，冷不冷呀？”敬之进在丑松对面坐下。

“实在是在河边待不下去，便干脆回来算了。”

“钓到什么了吗？”他试着问。

“没半条！”敬之进吐吐舌，“一大早就惨兮兮，一条也没钓上，真是受不了！”那模样怎么看都好笑。农民和拉雪橇夫传来阵阵笑声。

“先来一杯吧！”丑松干了杯中的酒后说。

“咦，你要请我吗？”敬之进睁大眼睛，“真叫人吃惊。从没想过你会请我喝酒，难怪今天会钓不到鱼！”说着擦擦忍不住滴落下的口水。

不一会儿，送来了温热的酒瓶。

敬之进的身子因为寒冷和酒瘾作祟发起抖来，仿佛很享受地闻着酒香，“似乎很久没见你了呢！我也因从学校辞职后无所事事，便开始钓起鱼来，而且还是无可奈何的。”

“什么？这种下雪的天气能钓鱼吗？”丑松停下手中的筷子望着对方。

“因为是生手才觉得头痛。尤其是像我这种没经验的人。哈哈哈，套句生意人的说法，就是冬天有冬天的卖点，自然有不为人知的趣味。要是没刮大风，也就没你想的那么难了。”说完，敬之进喝了一口酒，“不过，濑川君，你帮我想想吧！说到苦啊，这世上再也没有比活着又没什么用的事更苦的啰。看老婆那么拼命工作，总不好自己一个人站在旁边袖手旁观吧！再说呀，这种可以出来钓鱼的日子倒还好，碰到出不了门的日子，还真是找不到事做呢。这种时候，无可奈何的，通常就是成天睡懒觉。”对方一脸认真，说出这样的话。

那句“通常就是成天睡懒觉”更是让丑松感触良多。

“我说，濑川君，”敬之进像个酒徒似的拿起酒杯，“省吾那小子也受你长期的照顾，一想起家里的种种，总有我无法顾及的事。哎，我正准备让他退学，你觉得如何？”

6

“其实我也不想他退学。”敬之进接着说。

“至少让他完成一般教育是我这个做父亲的希望。明年四月就可以毕业了，现在要他放弃，去当人家的学徒也实在可怜。话虽如此，却不得不这么做。那小子常常是一副呆样，但也并不讨厌念书，放学回家后立刻坐在书桌前，独自默默做着功课。数学似乎不太好。不过，作文倒是不错，得了你给的‘优’回来时，还十分高兴呢。最近收到你送的笔记本，兴奋地说是老师叫他用来写作文的。瞧他那高兴的模样，宝贝似的把它收进书柜里，一天不知要拿出来看几次。那天晚上还说了梦话呢。事情就是这样，总之他本人是很想努力的。一想到这些，更觉得要他放弃实在可怜。但像我这样孩子众多，真的是不知如何是好。虽说都是自己的孩子，那孩子却是最特别。不只爱恶作剧，吃得又多。哈哈哈，因为是你，我才说这么多的，总不能叫他别再吃，限制只能吃到三碗之类的，这种刻薄的话我这做父亲可是说不出啊！”这些话叫丑松不觉笑出声来。敬之进自己也落寞地笑了。

“而且呀，他和他继母的关系，也是原因之一。我呀，要省吾那小子去当学徒，其实是因为他和我现在的老婆处得不好。每次想到志保和省吾，都不知要为他们两个的不幸掉多少眼泪。为什么当继母的总这么疑心病重呢？前些时候也是，你们寺里不是有说法吗？那晚省吾回来得很晚，我老婆就大发脾气，说他既然那么想去找姐姐，干脆连家也不要回算了，还要他滚出去！说他一定又到寺里头乱说话，他姐姐又教坏他什么的，所以才会那么不听她的话。被老婆这么骂了一顿，那小子生性懦弱，便躲在棉被里抽抽噎噎地哭起来。那时我也想过，干脆就让省吾离开这个家吧！这样一来，人少了，吵架的原因也没了，或许家里情况会好点。哎！有时候想干脆就我带着省吾，两个人一起离开算了。啊，除了让这个家四散分离外，再也想不出办法了。”敬之进渐渐发起牢骚。

酒气流经全身，脸颊、耳朵，连手心都变得通红。丑松则仍是毫无影响。脸色反倒愈喝愈苍白。

“不过，风见先生，其实事情也没你想的那么糟啊！”丑松安慰他，“要是帮得上忙，我一定帮忙。就先干了这杯吧！也让我喝一杯如何？”

“咦？”敬之进不敢置信地眨眨眼，不可思议地望着对方。

“真是太叫人吃惊了。你刚叫我把杯子给你是吧？嘿！你的酒量也不错嘛！我还一直以为你没法喝呢！”说着递出酒杯。丑松接过杯子，一口气干了它。

“厉害！”敬之进愣了一下，“你今天是怎么啦？你这样喝法不要紧吧！还是收敛点好。我喝酒是司空见惯的事，你喝酒总觉得好像有事。”

“为什么？”

“问我为什么？难道不是吗？你和我不一样。”

“哈哈哈……”丑松像是完全绝望地笑了。

7

敬之进想说些什么，却又不知说什么，只是深深地叹了口气。这时候，那个农民和拉雪橇的都早已离开。心无旁骛站在洗碗槽前刷洗锅子的老板娘，呆站在后门栅栏旁的孩子，除了这些人外，再没有妨碍他们谈话的人。

高耸的天花板下的一切，总带着一种灰暗的颜色，在说明这条昔日街道的老朽。这边柱子挂着草鞋，那边柱子挂着葫芦干，靠墙处摆有几个黄澄澄的南瓜，一派郊区的老旧茶坊模样。泥巴地空间也大，有只在暖阳下睡觉的小猫。还有缩着身子取暖、闭着眼睛打盹的鸡群。

稀薄的阳光从窗口射入，冒出屋外的涡形炊烟显得有点苍白。丑松陷入沉思，呆呆地望着炉上的火焰。炉火艳红的颜色是如何抚慰着人内心的痛苦啊！

不只如此，勉强喝下的土产烈酒的醺然，让丑松浑身发颤，有时甚至想不管旁人地哭出声来。啊地放声大哭的欲望，好几次在他内心升起。但是，眼泪却掉不出来，丑松干脆张口大笑，以掩饰自己想哭的心情。

“啊！”敬之进叹口气，“在这世上，有交往了十年，每次见面却像第一次见面的人；还有像你一样，没那么深的交情，却能像这样彼此坦然畅谈的人。能让我这么说的，其实只有你一个。有件事，我一定要告诉你。”他突然有点语塞，“其实，最近刚见过我那许久未见的女儿。”

“志保小姐？”丑松心跳不自觉地加速。

“那是因为啊，她托人带话说想见我一面。其实，你也知道，我和莲华寺之间有点苦衷，又因碍着我老婆，所以总是尽量不去见那孩子。不过，好像说是有什么事要商量，所以我就去见了她。年轻孩子的成长速度着实叫人吃惊。我简直就快认不出是她了。结果，你可知道她想商量的是什么？居然说她再也无法待在莲华寺，拜托我尽快让她回家。一问之下，也难怪她会这么想。那时我才知道那个住持的本性。”

说着，敬之进摇了摇酒壶。眼看杯中所剩不多。索性一口喝掉，两手抹过嘴角，“就是这一点！你给我听好。这世上就是有一种受人尊敬，却唯独沉溺女色无法自拔的男人。莲华寺的住持也是如此。学问那么好，又有口才，算得上是无可挑剔的好人，尤其又对宗教有所修行，却仍无法逃过这种迷思，你说，这究竟是怎么回事啊？从女儿那里初闻此事，简直无法相信。甚至以为根本就是胡说！人真的不能只看外表。那住持不是长时间到西京出差吗？就在他刚回来，你又回乡不在寺里时，事情就发生在那时，依女儿说法，那实在不是个养父该有的态度。毕竟也是个佛门弟子吧！有着身穿袈裟解说佛法的身份啊！至少也要稍微想想自己的职业、身份才是呀！除了下流、恶心之外，真的想不出什么形容的字眼。说起夫人啊，又是那种个性的女人，吃起醋来更胜一般人。女儿又是悲伤又是害怕，甚至连晚上也无法好好入睡。我听到这事时，也真的呆住了。所以，也难怪女儿说想回家。我也不愿意把女儿丢在那种地方啊！可以的话，也想早点带她回来。但这就是我没用的地方，现在的老婆要是体贴一点，就不会落得父女分离，现在连省吾一个都有问题了，更何况再加个志保，现在这个老婆根本就不可能。首先，八口人要怎么过活呢？几经思量，我又怎能开口要女儿回来呢？啊！辛苦、好辛苦！做得到的事再如何都不叫辛苦，要忍受自己做不到的事才叫真辛苦！加油！加油！只要心意坚定，那位夫人终究会明白的。只要不离开那人半步，就不会被说闲话了。即便对方不当你是女儿，最少还有养育你至今的恩情在。既然当上莲华寺的女儿，不管多苦都不可以回家来。能做到这一点，就算尽了孝道。我就这么鼓励、哄过她后，硬是把女儿给赶回去了。现在想想，还真是可怜啊！唉！如果以前的老婆还在的话……”

敬之进露出深刻的痛苦表情，眼中因泪水而显得湿润发亮。原来如此，经他这么一说，丑松也不是没想到过。

想起那莲华寺里的情形，总觉有种暗沉的黑云盘踞一旁，长期来引起这个家庭的纠纷，更在住持和夫人的无言中缠斗着，如果一方阳光高照，传来欢愉的笑声，另一方必定是处于暴风雨前夕。这样的感觉似乎是每天必上的戏码。

不过，这就像每个家庭常见的冲突。

唉！住持和夫人都是佛门中人，也就是所谓的高尚夫妻间的争吵，连丑松也不禁有此想法，因此没想到那朵黑云居然会落在志保头上。

夫人故意佯装豪爽，说些轻薄话，像男人一般放声大笑，也是因为这个缘故吧！

泪水滴落志保双颊，也是因为这个缘故吧！一直觉得奇怪，无法释怀的疑问，终于在听过敬之进这番话后获得解答。二人间出现长时间的沉默，只是彼此无言地相对着。

第十七章

1

结完账走出小屋时，丑松这才想起袖口袋里放有部分薪水约银币五十钱，外加一张五块钱纸钞。那原是在父亲生前每个月汇回去的，现在已没有必要，回家时花用了不少，这些钱也就显得格外重要，左思右想后觉得也没花那么多。

然而，丑松的内心漆黑一片。比起自己，他更同情敬之进的家人，总之，在省吾毕业前，至少可以用月薪帮点忙。他之所以会这么想，主要还是因为志保的缘故。

为了送喝醉的敬之进回家，二人一起走在雪地上。冷风吹得人直打哆嗦，在把抵抗寒冷的力量聚集全身的同时，丑松的内心深处又唤回了些许勇气。

看看走在一起的敬之进，不忘把钓竿扛回来的行径，实在叫人无法相信他的烂醉如泥，不过，他那没规则又不稳的步伐，这边倒，那边歪，宛如随时要倒在往来的雪地上。

“危险、危险！”丑松喊着，敬之进勉强站直身子，“什么？在雪地里？雪地里也不错，比起老旧的榻榻米，这里反倒舒服呢。”

这下子，丑松也不知如何是好，万一不小心真在这雪地里睡着怎么办？光是想就不由得浑身颤抖起来。想到这位老朽教育者的晚景，想到志保那不幸的身世。

啊，丑松跟在后面走着，脑中尽是敬之进父女的事。

敬之进的住处，怎么看都像是间老旧粗糙的农家味道的草屋。原本是住在城边的广小路附近的一户士族宅第，不过那已是许久以前的事，从下高井回来时，便已移住到现在这个地方。贴在入口墙壁上的，是常见于信州北部的纸钞，上面是乌鸦集聚的光景。

土墙上悬挂着干萝卜叶、辣椒等东西，还做了粗糙的芦苇帘的防雪篱笆。

那天正碰上缴交年贡（佃农缴给地主的米或现金）的日子，入口的庭院里铺满草席，堆高的稻谷占去整个泥巴地。丑松搀着敬之进一起跨进屋里。在后门栅栏边的音作一见，赶紧跑了过来，不忘昔日主仆关系恭敬地行过礼。

“太太说今天是缴交年贡的日子。是的，我弟弟也来帮忙了。”

对这些话置若罔闻的敬之进，就这样倒了下去。屋里传来太太带着怒气的责骂声，还有孩子被骂的哭泣声。

“做什么？到底怎么回事？老是恶作剧岂不叫人生气？”那是太太的声音，音作静静倾耳细听，才突然像想起什么似的，“唉！老爷醉成这样该怎么好？”

语气中充满对昔日主人的怜惜，跑过来要搀起主人，把人往漆黑的纸拉门里面藏。这时，吹着口哨走进来的正是省吾。

“省吾少爷，拜托，可以麻烦你去叫那个地老爷（指地主）快点来吗？”音作出声叫住。

2

不一会儿，太太也从里面走出来，知道醉倒的敬之进又给丑松添了麻烦。

围在旁边的孩子们，个个都对母亲的想法感到害怕，彼此对看着、发抖着。

毕竟丑松人就在眼前，音作兄弟也在，太太只是瞄了丈夫一下，重重叹了口气。

她对每次敬之进受到的照顾，以及上次省吾收到礼物一事，向丑松连声致谢，又慌慌张张地起起坐坐，一刻也无法静下来。

丑松完全能感受到这个太太的急躁、没耐性、爱发牢骚和敏感的个性。哎！四十岁女人最容易出现的毛病。就在这时，一个小女孩往这边走来，既不坐也不懂招呼，只是呆着脸站着，是太太的第二个孩子。

“阿作！打招呼了没？不可以这样呆站在人家前面噢！怎么我们家的孩子这么不懂规矩呀！”太太的话并没有听进阿作的耳中。

这是个一看就蛮横、男孩子气的小女孩。说她是志保同父异母的妹妹，实在叫人无法接受。

“唉！这孩子是兄弟姐妹里最没办法的一个，能多少听点话就好了。”听到这话的阿作，还是一脸事不关己的态度。不一会儿便飞也似的跑开了。

午后阳光忽地照射了进来，阴暗的南边小纸窗也显得明亮了许多，像是几年不曾更换的纸张颜色熏成暗红色。

“啊，太阳照进来了。”音作高兴的声音，“刚刚还在下雪呢，这下可停了。”说完便和弟弟一起开始为年贡做准备。昏黄的冬日照出这屋檐下的贫苦与凋零。

若是造访过农家，或许就能想象出现在丑松所坐的木地板房间的火炉边。那里是全家人用餐的地方，也是招待客人的场所。

庭院则是又当厨房，又做仓库，更是工作的地方，因此从里到外的泥巴地，就至少占有这间草屋的三分之一。那边的架子上放有碗盘、大碗和煤油灯等，这边的墙壁则挂把镰刀、悬袋种子，一角有腌渍桶、装木炭的草包。

厨房用具和耕作的道具一起杂乱地摆着。高处设有鸡的窝巢，但跟个空巢没两样，看不到任何养鸡的痕迹。

这草屋虽非志保的出生场所，但依照敬之进的说法，在志保还没被送往莲华寺的十三岁的春天之前，都是在这面土墙内生活的，因此格外引起丑松的兴趣。

房间好像有三间。房檐虽短，天花板却很高，再加上外面搭了防雪篱笆，使屋内总有种说不出的阴暗。

墙上贴有粗糙的褐色纸张，年历和彩色的浮世绘成为屋里唯一仅有的装饰。想必志保一定是站在这面旧墙前，把映照在稚嫩瞳孔中的画中男女当作朋友般地眺望吧！只要用心想，昔日那些往事也能描出个样子来，更添一种无以言喻的思念情怀。

这时候，有个头戴草色棉帽、身穿丝织棉质外褂的五十多岁的男人出现在门口。

“是地老爷呀！”那人在省吾的叫唤声中走了进来。

3

地主是市议员之一，为人阴郁，不太理人，是个非常不爱说话的人。和丑松轻轻点头示意后，便静静在火炉边取暖。

这种个性的男人在北部的信州多的是，总是没来由地臭着一张脸，和生不生气一点关系也没有。丑松明白这一点，便没特别在意，只是望着准备年贡的忙碌人们发呆。

先前太太和音作夫妇在郊外从事秋收的事，又清清楚楚地出现在丑松眼前。院中堆高的稻谷小山，其实是辛苦一年的报酬，如今那大部分就得拿来支付高额的地租。

进来一个十六七岁的女孩，把个升斗器具扔在草席上，立刻又跑了出去。太太站在庭院一角，左手放在腰间，百般无聊地望着。

哭着从屋外进来的，是太太的第三个孩子，名叫阿末，今年五岁。音作像是试图劝哄他，阿末却反倒哭得浑身发抖。从头到肩，从肩到全身，每抽噎一次就抖一下，说起话更是含混不清，没人能懂。

“现在给你个好东西，别再哭了噢。”太太开口说道。

阿末边抽泣边往母亲身边靠，“手好冷……”

“手冷？那就赶快到暖炉桌子里去。”说着，太太抓起阿末冻坏的小手，往里走去。

这时地主也离开了炉边。把棉帽当作围巾，袖口和袖口像鸟翅膀般靠拢在一起埋掉半张脸，边抱着自己取暖，边等着庭院里音作兄弟的准备。

“怎么样？稻谷的情况。”音作望着地主看。

地主的声音低沉，几乎听不见他的回复。

接着，他伸出白皙的双手掬起些许稻谷，放进口中一粒，又看看自己掌中的，“有稻谷噢！”语气相当冷漠。音作寂寞地笑了笑，“没有那回事，大概是被麻雀吃了吧！不过，和尚稻谷（稻谷上无毛的品种）有九分，数量不少哟。总之，就先捆个草包看看吧！”

六个新做的稻草包被放在那里。音作把稻谷堆进畚箕中，再放进一个圆形大斗里。地主用根圆木棒将大斗上的稻谷弄平再量测。

音作的弟弟努力地填制草包。弟弟静静做着，哥哥却显得些许焦躁，“把东西放进这里，不提醒你一声，岂不就不像年贡了。”说着将自己手上的畚箕丢给弟弟。

“喂！放多点……一遍、两遍噢！”

音作高亢的叫喊声响起。每个草包是大型量器六斗，另加小型量器。女孩扔下的那个是三升，总共六斗三升装着稻谷的草包并排在那里。

“请先收下这六包（年贡）吧！”音作盖好草包说道。

地主没有应声，眯着眼睛默默思考，心中放着个算盘。不一会儿，音作的弟弟拿来一个大秤。兄弟二人合力抬上一个草包，只见二人因用力过度涨红了脸。地主仔细确认过秤杆的平衡，又细心调整直到秤锤不再晃动。

“多少？”音作小心问道，“高估了吗？”

“十八贯八百，真令人吃惊！”弟弟也跟着一唱一和。

“有十八贯八百？嗯，真是好稻谷！”音作挺直了腰。

“不过，还有草包。”地主贪得无厌地说道。

“是的。不过，草包本来就有的嘛。”附和着哥哥，弟弟又自顾自地说道，“我倒认为十八贯就很不错了。”

“再怎么说，都掺有九分和尚稻谷哟！”说着，音作露出傻乎乎的眼神，窥探着地主傲慢的反应。

4

静静凝视一切的丑松，不禁同情可怜小佃农的境遇。即使是音作也始终不忘昔日恩义，愿为落至如此凋零处境的主人竭尽心力，更明白单靠太太那瘦弱的臂膀是无法养活整个家族的。

当志保因为无法承受而开口要求回家时，“首先，八口人要怎么过活呢？”敬之进也为此在喝酒后懊恼哭泣。唉！事实也是如此。为什么会想回到这种地方呢？丑松光是想象就觉得不忍。

“来喝杯茶吧！”音作这么一说，地主很冷漠地跑回炉边。音作也暂时安下心来取出烟袋，站着先抽上一口，“六包的二斗五升吗？”

“哪有二斗五升这回事？”地主嘲弄似的口吻，“是四斗五升呀！”

“四斗？”

“不对，不是四斗五升，是四斗七升！没错。”

“四斗七升？”

二人这么一来一往的问答，全听在沉默不语的太太耳中，再也无法忍受似的突然开口插话，“阿音。不要再说四斗七升什么的，你就赶快照地老爷的吩咐去办吧！我一点也不想再多要点了。”

“太太怎么说这话？”音作讶异万分地望着太太。

“唉！”太太叹口气。

“就我一个人在这焦急担心，这家的一家之主却啥事也不做地光喝酒，根本无法解决。这么想，我就再也没有任何干劲。加上孩子众多，又尽是些顽劣愚蠢的东西。”

“唉！快别这么说，一切就交给我，我绝不会坏事的。”音作诚心安慰她说。

太太用衣角袖口拭泪，径自走回刚才的地方准备吃的东西。音作的弟弟买了酒回来。又是大碗，又是小盘……似乎再怎么欠缺也要端出点东西，好让地主好好吃喝一顿。仔细想想，小佃农的心境也挺悲哀的。所有事都在音作的算计中，下酒的有鲁蒟蒻和油炸豆腐，还可以加些腌渍物。这时，音作端起酒杯，“是冷的噢，不是温热的哟！地老爷比较喜欢这种吧！”地主一听，脸上总算露出笑容。到此为止，丑松正因有话想对太太说，却又苦无机会而踌躇不安，眼看这酒宴开始，更加不知这地主什么时候才会离开。丑松推开递过来的相邀酒杯，离开炉边。

在外头入口的地方叫来省吾，二人躲到阴暗处，取出袖口袋中那装入纸袋的钱。丑松指示省吾，稍后把这钱交给敬之进。听敬之进提起今后将因家庭因素退学一事，希望从月薪支出，要他务必照常来学校上课。

“知道吗？你明白吧？”丑松补充说，把纸袋塞入省吾手中。

“哇，你的手怎么这么冷？”说着，丑松紧握住少年的手。望着他那无邪的表情，不禁又想起志保那双被泪水湿润的清亮眼眸。

5

踏出敬之进家门的回家途中，至少已经为志保的事尽了力，丑松自己这么安慰自己。来到莲华寺的山门前，灰色的云幕低垂，天空又像是要下雪的模样。

暮色苍茫，叫丑松原本就灰暗的内心，又蒙上一层凄凉。天空的一小角，是如遥远深邃流动的鲜红，逐渐西沉的夕阳反射。

傍晚的晚课钟声在丑松耳中形成一种异样的回响。听起来再也没有寺院那种与世隔离的神圣感。梵音不再圣洁绕梁，听在耳中和那人间俗世的情欲低吟几无差异。丑松想起敬之进的故事。对住持的鄙视，说鄙视倒不如恐惧来得恰当，一下子涌上心头。但是，志保是那么芬芳的花，那么有女性娇柔的魅力，心中这么一想，更越发兴起一股怜惜之情。

莲华寺内部的景象，如今在丑松眼中已是真相明朗。原来如此，一经说明，原本暧昧不清的细节也映照出如此悲惨的事实。现在想想，当初丑松刚搬来这寺院时所感受到的家庭温暖，曾几何时也已消失无踪。

在通往二楼的廊下，丑松和志保遇上了。

如死人般苍白的女人的神情和那满是哀伤的黑眸，即便是在黄昏时分的暗淡光影中，仍然马上映现在丑松眼中。志保不明就里地望着丑松，像是对这丧志失意的男人充满好奇。二人只是四目交会，静静点头后离去。

回到自己房间，里面已昏暗。

然而，丑松没有动手点灯，只是茫然独自呆坐在漆黑的房里。

6

“濑川先生、濑川先生。”

听见有人呼唤，夫人走了进来，大概是两小时后。丑松的书桌上，摆放着记录每天感想，简单装订的教学方案簿等。昏黄的油灯亮光照得夜空几分孤寂，将沉思中的丑松黑影抛向古墙上。罩上一层淡薄的香烟烟雾，使这屋内看起来更显朦胧。

“真是抱歉！可以麻烦你帮我写封信吗？”

夫人取出准备好的装有成卷信纸的袋子，静待丑松回答。丑松心中直觉，那神情绝非一般，“写信？”他问道。

“我想写给我那住在长野寺院的妹妹。”夫人有点吞吞吐吐，“其实，本来是想自己写，也正准备要动笔。但就只是愈写愈琐碎，总写不出重点来。心想干脆托你代写，把信写得简短扼要。真不知女人写信怎会如此不着实际呢！唉！我都不知写坏几张了，真的再也没有比写这封信更难下笔了。只要把意思传达到就好了。”

“我帮你写吧！”丑松一下子就答应了。

获得这个答案，夫人赶紧把信的意思告诉丑松。

信中所言即是现有一私人问题欲与汝商量，盼接获此信之同时，务必尽速前来一见。又说蟹泽到饭山间有船班往返，若是不想乘船，亦可坐车至半途，再转搭雪橇前来。最后再提及自己此次当真是心灰意冷，更有意结束婚姻一事。

“正因你和别人不同，我才敢冒昧拜托你这种事。”夫人说着，眼泪滚落而下。“我不说原因，或许你会觉得奇怪。”

“不，”丑松打断对方的话，“我也略有所闻。其实是从风见先生口中得知。”

“噢，是吗？敬之进先生跟你提过了？”说完，夫人露出谨慎表情。

“其实，我也不是知道得很清楚。”

“实在是太可耻了，真不好跟你提。”夫人重重叹了口气。

“唉！我们寺里住持也一把年纪，竟还发生这次的事，简直是病态啊！如果没病，又怎会有那样的心态呢？濑川先生，你说难道不是吗？和尚要是没这毛病，其实还真是个体贴的好人，真是好得没话说的人。不，尽管事到如今，我仍相信和尚。”

7

“为什么我会如此敏感呢？”夫人啜泣起来。

“发生像这次的事，我再也无法静下心来。毕竟，和尚这种老毛病也不是现在才开始的。前代住持很早就去世，和尚继承这寺院时，不过才将满十七岁。就在我下嫁到这寺院的第三年，和尚便到西京（京都）去学习，年轻时总被人称赞能干，是少数被从诸国召集到本山的人选之一噢！至于我，就陪着当时还在世的前代住持夫人，以及现在寺内别的和尚的父亲，三人就这么守着寺院，一起度过约五年时间。仔细想想，和尚的病早在那时候便发生了。对方据说是位于西京鱼棚油之小路的一间住宿旅店的长女，结果，寺内的前代和尚也担心不已，马上出发到西京。那时，我因为不想让前代住持夫人操心，又为避免事情传到众施主耳中，不知承受了多少孤寂。终于，最后花点钱让女方放手。这下和尚可真受到了教训。然而，毕竟是与生俱来的毛病，三年后，在东京的某真宗学校任教时，毛病又犯了。”

来委托写信的夫人，将来意暂搁一旁，开始清算起总账。纵然状似淡泊无争，却毕竟难抵女人天性，非得乖乖听她说完不可。

“本来呀，”夫人继续说，“那时候，我就觉得不能放和尚一个人，既可以领到学校的月薪，不在时工作又有寺内的其他和尚代劳，再加上前代住持夫人也说想看看东京，我便跟着一起去了，便包租下高轮的寺院。那里离学校没多少路程。和尚常经过一条叫二木榎的路。就在这条二木榎上，有户年轻寡妇的住家，对方是个对真宗十分热心、教养良好的女人，和尚也常常受托去说法。无法忘记那女人的修长身材、白皙纤手，我曾在她前去扫墓时碰巧撞见。有一天，传出那个寡妇的流言，和尚只是嗤之以鼻，还讥讽道：‘咦，那女人？那么别扭的女人不可能的。’结果呢？濑川先生，和尚在那时早就和她有关系。曾几何时，女人怀了和尚的孩子。和尚也开始紧张，‘其实，我真的做出对不住你的事。’他跪在我面前，向我谢罪。他本来就是个个性正直的好人，觉得心不安便马上后悔。唉！叫人在一旁看了都心不忍呢。被这么一说，我也无法放手不管，于是捎信叫来寺内的其他和尚。我当时的想法是，‘这都是因为我没有孩子的缘故。如果有了孩子，和尚一定会变认真的。不如收养那小女孩当作自己的孩子抚养吧！’这么想着却又觉得‘明明跟在身旁，却让他跟别的女人生出孩子，实在是叫我无脸见人。简直是一件非常丢脸的事。这次一定要离开他！’话虽如此，女人真是懦弱，一句甜言蜜语就无法招架了，之前的事都随流水逝去，不复记忆。‘啊，真是不行！我不在，又会变成怎么样啊？’我又重新这么想过。不久，女人产下和尚的孩子。不足月加上没奶水，那孩子满两个月就死了。在和尚离开学校，回到饭山之前，我是多么担心啊！这刚好是距今十年前的往事。在那之后，和尚也正经多了。每月固定三次说法，信徒家中的忌日必定前往诵经，出外寄宿的附近乡镇的巡访。此举也博得信众们的绝大信任，到了第四年秋天，正殿屋顶也得以完整修缮。若他能一直这样维持下去，是多么幸福的事啊！但坏就坏在稍微尝到甜头，就起了厌烦。厌倦一起，旧毛病又复发。这莫非便是和尚的习性！啊，男人真是种可怕的动物，平时如此善解人意的和尚，一发起病来无药可医。濑川先生，请你想想看。和尚都已经五十一岁了！现在这饭山一带的寺庙住持，几乎没一个不痴迷女人，有的对象是些茶店女侍，或讨小妾。可他居然迷上志保！我简直惊讶得不知该说些什么。再怎么看，和尚也不像会做出这种蠢事的人。八成是哪里出了错。啊！肯定是一时鬼迷心窍！志保也对我一切坦白，她说：‘母亲，请不要担心，不管发生什么事，我都不会答应的。’她在这方面是很坚持立场的好女孩！我也对她完全相信，跟她说：‘志保，你可要坚持啊！你养父也并非无理之人，一旦明白你和我的心意，必定会改变想法，不管你养父会不会恢复理智，我们俩的想法一定要一致噢！’话一说完，二人相拥而泣。为什么我会如此不相信和尚呢？请老天让和尚早日觉醒吧！因为如此，我才有了离婚的想法。”

8

听过夫人满心真诚的陈述，丑松便遵照其要求确认过信中的文句。从夫人口中数次听到唱诵佛名的声音，可以看出她正为将来烦心担忧。

“晚安。”

留下这一句道别的话语夫人便离去了，丑松倒卧在桌旁思考着，不知不觉中竟沉沉睡去。不管怎么睡，都像是睡不够，一躺下去便有如死人般，正是最近丑松的怪癖。不仅如此，过于深沉的睡眠，醒来后总是感觉头十分沉重。那晚还是一样，同样自假寐中醒来，经过短暂的茫然，待回到现实世界，时间已晚。

缤纷的雪花在屋外堆起，不时飘在窗子上，除了啪嗒啪嗒的物体崩落声，四周是一片寂静。一个如此沉静，让人神情恍惚的夜晚，当然不该是人还醒着的时候。楼下人们似乎全睡了。

突然，耳边传来强忍哭泣的年轻声音。声音不确定来自何处。像是在楼梯下方，又像在阴暗的廊下，正独自饮泣着。再仔细一听，北边廊下的气窗亮着，好像有人在眺望着屋外。

啊！志保！是志保的呜咽声！

就当他心中做出如此猜想的同时，一种无以言喻的莫名恐惧和哀伤突然袭上心头。本来丑松还听得有点迷迷糊糊，倏地站起身在屋内四处走动时，却已听不见那声音。

心中觉得奇怪，跷起脚来倾听周遭，又把耳朵贴近墙壁。最后，甚至开始怀疑自己听到的是不是在做梦，无法判断那声音的虚实真伪。丑松抱着胸，凝视着灯油即将燃尽的灯火，动也不动地呆立在原地好一会儿。

夜深了、心累了，当他取出置物柜内的棉被寝具时，根本是处于浑然不觉的状态。强烈的困意袭来，丑松半昏睡地换上睡衣，又马上掉进那毫无知觉的深渊中。

第十八章

1

每年必降的大雪终于到来。街道上的人家和往来通道全被一片雪白给淹没。光是昨晚便降下四尺多高的积雪，饭山一下子便成了北国冬天般的光景。

这么一来，积雪再也没有去处，便在往来通道中高高堆起，造起一座座雪山。只见两侧经过一番削除、整修，稍稍远离一看，就如一道悠长的白壁。层层往上堆积践踏，践踏过后又再往上堆高，竟形成屋檐般的高度，只当是对面的人家和房檐。饭山的光景一如掘自雪中的小镇。

高柳利三郎和一位市议员在街道上相遇时，人们正忙着整顿这场雪，拿着雪耙的男男女女群聚在各处。

“雪下得真大。”经过彼此制式化寒暄过后，市议员叫住正打算离去的高柳说：

“耽误你一下，请教有关濑川老师的事。”

“不，我什么也没听说。”高柳强调说。

“你不是说那个老师是调里吗？”

“调里？”高柳似乎很吃惊。

“吓到了吧？这件事。”市议员也皱起眉头，“这原本是经过许多人口耳相传，实在无从知道消息来源。但是，确实有人出面保证。”

“是谁？那个保证的人是谁？”

“唉！暂且不谈此事。对方也不希望名字被知道而带来麻烦。”市议员一副泄露他人秘密、事到如今后悔不及的模样。

“因为是你，我才说的，你可千万要保守这个秘密啊！”市议员一再叮咛。高柳嘴角扬起，浮现出一种高深莫测的冷笑。

目送急急离去的高柳，往反方向走过街时，这个喜道八卦的市议员又遇上一位年轻人。他以一副愈是秘密愈想广为宣传的声音道：

“听说濑川老师是这个吧！”说着，伸出四根指头。

照理说，对方不会知道那是什么意思。

“我说这个，你应该懂嘛！”市议员摇摇手笑说。

“我一点也不清楚噢！”年轻人神色有异地看着。

“真是迟钝呢！这不就是说调里是四足的意思吗？哈哈哈……不过，这是秘密。你可千万别说出去哟！”经过千叮万嘱后，市议员才转身离去。

这时从旁走过的，正是准备前往学校的准教师。年轻人一见便靠上前去，出声问候。不知不觉二人的话题竟转向丑松的传闻。

“这是天大的秘密噢！因为是你，我才说的。”年轻人低声说道，“听说你们学校的濑川老师是个调里。”

“是啊！我也从某处听说了，还半信半疑呢。”准教师望着对方说道，“这么说来，这件事是事实啰。”

“我刚碰到一个人。那人对着我伸出四根手指，告诉我那个老师不就是这个吗？心里正觉疑惑，一问才知道是四足的意思。”

“四足？秽多叫四足吗？”

“应该是吧！四足你不懂，那说‘四条腿’该明白了吧！”

“咦？‘四条腿’吗？”

“不过，真叫人吃惊！世上竟有如此狡猾的人呢！居然能隐瞒到现在。你们学校竟然有这么下流的人在当老师！真是岂有此理！”

“嘘！”准教师突然作势制止，慌张地四下张望。

这时的丑松，正要前往学校，外套紧紧包住全身，神色茫然地走向前方大雪中。满怀心事的模样，从他异常消沉的神态中便知一二。丑松也曾稍做停留，直盯着这边瞧，不一会儿又迅速地朝学校快步走去。

2

因为大雪的关系，到校的学生不多。始终没法开始上课，有的职员去了阅览室，有的躲到工友休息室，有的则围在音乐教室风琴旁……大家似乎都在庆祝这老天赏赐的难得的悠闲，各自聚在一起闲聊。

教员休息室的一角，也有四五位教员围在大火盆旁。就在那位准教员加入后，不知是谁又提起丑松的传闻。不时传出哄笑声，也有好事者前来一探究竟。最后，银之助和文平也加入这个话题中。

“土屋君，你认为如何？”准教师望向银之助，“关于濑川君的事，我们现在分成两派。你和濑川君是同窗老友。让我们听听你的意见吧！”

“等一下！”留着少许胡子的普通四年级老师语气冷静地说道，“你刚说分成两派未免失当。至少还有人无法断定是或不是吧！”

“我压根就认为没这回事。”体操老师强调。

“土屋君，正因如此，”准教师环顾围在火盆边的所有人，“至于为什么会有这样的传闻，大家各有不同看法，不过，最大的问题起源应在于濑川君暧昧怪异的态度吧！我们之中被怀疑有新平民的存在，任谁都会愤慨不已！一开始，你不也如此！毕竟传出这样的话，已经是对我们全体职员的一种侮辱。所以说，如果濑川君真的没什么，应该跟我们一样愤慨吧！总之，他本人应该出面说些话吧！瞧他什么都不说，一直保持缄默，只会教人觉得他一定有所隐瞒。有人是这么认为的。于是，又有人说了……”说到一半，像是想起什么，“不过，还是算了！”

“什么嘛！哪有人说话这么不干脆。”高个子的普通科一年级老师忍不住插话说。

“该说！应该说！”语带冷笑的，正是文平。文平站在准教师后面，抽着烟附和着说。

“不过，这可不是说笑噢。”银之助眼中闪着亮光。

“我和他自师范学校时代便有交情，对他相当了解。说濑川君是新平民，实在叫人无法忍受！我不知这话是谁传出来的，要是大家真有这种想法，至少我得出面替他澄清。你们不妨想想，这问题可是很严重的，和一般茶余饭后的聊天话题是不一样的！”

“那是当然！所以我们也很苦恼呀！你听我说嘛，也有人说出这样的话。一跟濑川君提到秽多的事，总是会被转移话题。而且，不只转移话题，更奇怪的是神色丕变！说到那神情，有点迷惑，又有点慌张，总之就是一种难以形容的怪异。这难道不可疑吗？他要是和我们一起说什么‘噢……那些调里啊’之类的话，任谁也不会有这种想法了。”准教师答道。

“既然如此，我倒要问问你，那个叫濑川丑松的男人究竟是哪里像秽多？”银之助耸着肩问道。

“他最近倒是很意志消沉！”普通四年级的老师，搔着下巴稀薄胡须说道。

“意志消沉吗？”银之助责问道，“消沉是他个性使然。总不能因此就说他是新平民吧！即使不是新平民，这世间多的是这种天生忧郁的男人啊！”

“不是都说秽多身上有一股特殊味道吗？闻闻不就知道了！”普通一年级的老师搅局似的笑说。

“胡说什么！”银之助笑了起来，“我也见过不少新平民。那肤色是和一般人不同。所以说，是不是新平民，看看外表就知道啦！再说，那种被世间鄙弃的人，个性大多有点孤僻。换言之，新平民中根本没有那种有男子气概、个性坚毅的年轻人。那样的人又怎会在学问上有所成就呢？照此推论，濑川君的事不就可以厘清了吗？”

“土屋君，照你的说法，那个叫猪子莲太郎的老师又是怎么回事？”文平嘲讽地说。

“什么？猪子莲太郎？”银之助有点接不下话，“那个老师……那是个例外！”

“看吧！这么说，濑川君也是例外啰！哈哈哈……哈哈哈……”准教师拍手大笑。一旁听着的教员们也不由得笑了起来。

就在此时，推开教职员办公室的门进来的，正是丑松。大家顿时闭上了嘴，望向丑松。

“濑川君，你身体怎么样了？”文平故意问道。

那语气听来就是敷衍的客套话，准教师和一旁的普通科一年级老师对看一眼，嘴角不自觉地露出微笑。

“谢谢关心。”丑松神态自若，“已完全康复了。”

“感冒吗？”普通科四年级的老师神情自若地问说。

“嗯，也不是什么大不了的毛病。”丑松说着，突然语气一变，“对了，胜野君，不巧今天学生都没有到齐，真叫人头痛。如此一来，土屋君的送别会也办不成了。难得准备好了，出席的学生却不热衷。”

“那也难怪，下这么大的雪嘛。”文平带着微笑，“不得已，只好延期啰。”

就在这谈话中，工友走了进来。银之助光注意着丑松，根本没听进工友在说些什么。体操老师一看便轻拍银之助的肩，“土屋君、土屋君！校长先生在叫你噢。”

“叫我？”银之助这才回过神来。

3

接待室中的是校长以及郡督学二人。银之助推门进去时，二人面对面坐着，像是正在密商些什么事。

“噢，土屋君啊？”校长站起身，把身旁的椅子推向银之助。

“叫你来不为别的，事实上，最近众人间流传着奇怪的传言，想必你已经获知此事。我们实在没办法让镇上的人这么说东道西，毕竟这样的事过度渲染，真不知会造成什么样的后果。关于这一点，现在在这里的郡督学先生也非常担心，特地在这大雪中赶来学校关心。我们是这么认为，你和濑川君是自师范学校时代的交情，平常往来也颇密切，这事问你应该最清楚不过了。”

“不，我对这件事也不太清楚。”银之助笑着回答，“说些什么好呢？像这种没来由的传闻，实在没有必要费心吧！”

“不过，应该不是这样吧！”校长看了一下郡督学，又望向银之助，“你们还年轻，才会这么不把世俗当回事。看似幼稚，却不能马虎，就是所谓的世俗。”

“这么说，只要镇上人们说的，即使毫无依据的事也得去追究啰？”

“这、这个……所以才说你们这样不行。当然，其实我们也不相信。但你要想想……所谓无风不起浪，一定是真有什么值得怀疑的事！土屋君，你觉得如何？”

“无论如何，我都无法认同。”

“既然你这么说，就算了，不过，这倒是叫我想起了某些事。”校长压低声音，“濑川君近来看似很烦恼，究竟为了什么事呢？以前也常到我家，最近却完全不见人影。如果能多找我聊聊天、说说话，增加彼此的了解，也用不着这么独自苦思了，不是吗？就拿一些莫名其妙的事来说吧，一开始不都好像有什么内幕，最后竟全都印证。”

“不，”银之助打断校长的话，“其实这是有其他原因的。”

“其他原因？”

“濑川君本就个性如此，只是不说出口罢了。”

“噢，他不说你又如何知道？”

“就是因为即使不说出口，也能从他的行动中获知。凭我和他的长期交情，多少知道濑川君的各种怪癖，为什么会那么钻牛角尖，又为什么会那么忧郁，看他的一举一动，自然可知。”银之助如此的谈话相当引起对方注意。

校长和郡督学二人边抽着香烟，边静静等候着银之助即将脱口而出的话。

对银之助而言，丑松忧郁成性的毛病，和引起传闻的事完全扯不上关系，其实，任谁在青年时代都难免会有那种充塞胸口的苦痛经验。

丑松的意中人是敬之进的女儿一事，早就叫人看得一清二楚。偏偏丑松是那种个性的男人，看来不只无法向朋友开口，或许连对女孩都说不出口。生性如此，只能一直忍着，为敬之进和女孩亲兄弟的省吾做点事、尽点力罢了。

哎，既是说不出口的事，至少尽点心，也好安慰一下自己。想必他内心一定充满一种不为人知的悲哀。

其实，自己也是偶然间获知丑松这个秘密的。又说明这也是最近才发生的事。“所以说，”银之助抚着额头，“正因注意到了，才能完全了解濑川君的行为。或许在你们看来是无法理解的事。不过，这世上多的是不合情理的事。”

“原来如此。或许事实真是如此吧！”

校长说着和郡督学二人对看了一眼。

4

银之助终于走出接待室，再回到教职员办公室时，只见丑松和文平二人正被其他人包围，众人在大火盆边争论起来。

不发一语、静静在一旁聆听的人也同样热心其中，有人抱胸站着，有人靠在桌前，撑着双颊，又有人在室内走来走去，无不专注地竖耳细听。不仅如此，有人眼神锐利，像要看透丑松一样，有人一副半信半疑的模样。银之助一听那谈话的声调，便知二人正处于激辩状态。

“你们在争论什么？”银之助笑着询问。

这时，坐在众人身后，翻开笔记开始描绘起丑松和文平的神态的，正是准教师。

“现在呢，”准教师转向银之助，“因为猪子老师的事，二人间出现很大的歧见。”说着舔了一下笔尖，面露微笑开始画了起来。

“根本没必要这么大惊小怪吧！为什么濑川君这么热衷研究那个人的著作呢？这是我想问的。”文平发出责难。

“我实在无法明白胜野君所说的事。”丑松的眼睛如炬闪闪发亮。

“我是想，那总有什么原因吧！”说来说去，文平就是一副讥讽的嘴脸。

“什么原因？”丑松耸耸肩。

“那么，我这么说吧！”文平认真起来。

“我就打个比方。假设有个男人，这男人有点发狂状态。普通人见到那样的人，一般是不会有如此深刻的感慨。根本不可能有的，因为他们并不会因此受到伤害。”

“嗯，真是有趣。”银之助望着文平，又看看丑松。

“这时，如果现在有人正受到严苛的煎熬而苦恼不已，又看到了刚刚发狂者那种钻入死胡同的悲惨光景，看到因为绝望而消瘦的形体，又看到那落寞身影又老是想着死的颓丧模样。这没别的，正是在发狂者身上感受到的自己也有的感受。我说的就是这个！濑川君思考人生问题，触及猪子的煎熬，难道不是因濑川君自己也有切身之痛吗？”

“你说的没错。”银之助接下去说，“如果没有这一点，看过也根本不可能有所体认。不过呢，我以前就问过濑川君。濑川君无法说出口，但我也很明白。”

“为什么不能说呢？”文平别有用心地追问。

“那是天性使然。濑川君打从以前就是如此。对我来说，早就原形毕露，根本无所遁形。濑川君一点也没有故意隐瞒的用意，是个性使然。哈哈哈，真是个差劲的理由呢……没办法，他天生就是来忍受痛苦的。”这话让听到的人不由得笑了出来。

连准教师也暂歇笔望向这边。普通科一年级老师绕到丑松背后，眯着眼，假装嗅闻气味的模样。

“其实，”文平弹掉香烟烟灰，“我从某处借到猪子老师的书，将它看过一遍。这位老师究竟是哪种人呢？”

“什么叫哪一种人？”银之助恶作剧似的问道。

“他不是哲学家，不是教育家，也不是宗教家。既是这样，我甚至也不认为他是个文学家。”

“老师是新派的思想家。”这是银之助的回答。

“思想家？”文平嘲弄似的口吻，“哼哼，照我看来，他不过是个空想家、梦想家罢了！嗯，算得上是另类的狂人吧！”

他那模样着实可笑。老师们又爆出一阵哄笑声。银之助也跟着笑在一起。这时的丑松，愤慨的情绪和全身血脉纠缠，瞬间就要直冲脑中。苍白的脸颊突然一股燥热，眼眶和耳朵也变得殷红。

5

“嗯，胜野君真是会说话。”丑松开口这么说，“那位猪子先生啊，完全如你所说的，是一种狂人。你说，难道不是吗？！在这举目尽是投世俗所好，像是自拍马屁般的，在所谓的自传中自吹自擂的现今社会中，若非狂人，谁又会甘冒危险，写出那种忤逆众意的忏悔呢？夺走那位先生的工作，让他尝尽足以造成那种病痛的苦楚的，正是这个社会。为这个社会流泪，投注满腔热情在著作、演说，竭尽心力之余仍不时忧心忡忡……世上真有这样的大白痴吗？哈哈哈……老师的生平根本就是一部忏悔的人生。被说是空想家也好，梦想家也罢，他都甘心接受的一个忏悔生涯。‘不管如何痛苦、悲伤，都不可以有抱怨、怪罪的举动。勇敢接受世人的鄙视，如同一匹狼般沉静、英勇地死去吧！’这就是老师的主义。从这样的主义看来，早就形同狂人了。哈哈哈……”

“你不该如此激动。”银之助试图安抚丑松。

“不，我一点也不激动。”丑松答道。

“不过，”文平发出冷笑，“说到猪子莲太郎，充其量不过是个秽多。”

“那又如何？”丑松咄咄逼人。

“那种下等人种哪能出现什么人才？！”

“下等人种？”

“天性卑劣，老爱说些令人讨厌的偏激话题，这不叫下等人种，又该称作什么？万一让他们在社会上崭露头角，四处散播这样的思想，那才真是一大失误！披着羊皮玩弄阴险，正是那个老师的最佳写照。”

“哈哈哈……哈哈……这么说来，意思就是胜野君是位已开化的高尚人士，猪子老师则是野蛮的下等人种啰。哈哈哈……哈哈……我还一直以为你和那个老师是同一种人呢！”

“别这样！够了！”银之助出声喝止，“老是做这样的争议，难道不觉得无趣？”

“不，一点也不。”丑松一点也听不进去，“我可是很认真的噢。你听好——胜野君不是说猪子老师野蛮又下等，事实上正是如此。这一切都是我的误解。没错，那老师正是如你所说，是个披着羊皮又会玩弄阴险的人。只要凡事保持沉默，就不会患上那种病。忘掉自身的病痛，不分昼夜与社会争战，这是多严重的狂人姿态呀！啊，我们开化高尚之人，则一开始便打算为了胸前的金牌而从事教育事业。野蛮、下等人种的悲哀，猪子老师根本不敢奢望有成功的一天。一开始，他就必须拥有如原野深处的露水般瞬间消逝的觉悟。死亡是人生的必经之路。如此激昂慷慨的心境！哈哈哈……够悲哀吧！也真够勇敢的吧！”丑松露出上排牙齿，张大嘴巴，全身颤抖，如啜泣般地笑着。

抑郁高昂的情绪涌出躯壳之外，额头发光，双颊震动，脸部因愤怒痛苦而潮红，让那粗犷沉郁的容貌看来更有男人味。银之助不可置信地望着这位老友，似乎又碰触到丑松那沉睡已久、充满活力、刚强的内在生命。

对方的沉默，让丑松不再出声。文平内心的激动似乎从未平息。被丑松骂得这么彻底，似是无言以对，轻蔑和憎恶之情明显地表现在脸上。

“什么嘛……这个死秽多！”他的眼中蕴含着如此怒气。于是，文平把普通科一年级的老师拉到窗边去。

“如何？现在的谈话。濑川君岂不早就暴露身份了吗？”他故意在旁耳语给众人听到。

这时，准教师结束了铅笔速描。大家全围到他四周来。

第十九章

1

市村律师和莲太郎二人冒着这场大雪来到饭山的传闻，传到身在学校的丑松耳里。拥护高柳一派的人士，对此传闻相当震惊，积极从事各式防备工作。当权人士的走访、传单的发派之外，私下拉票举动更是频繁。支持者为了拥护高柳的活动，甚至早已进驻到镇内。选举斗争逐渐逼近。

当天丑松和银之助二人因值班留在学校。银之助有事临时外出，直到天黑仍不见回来，日志和钥匙都寄放在丑松身上。

丑松相当不安!

只要一有空闲，便躺在值班室榻榻米上，独自苦闷地想着。

这个酷寒的冬日就在如此苦恼烦人的心情中度过。黄昏来临，莲华寺的钟声震得值班室玻璃窗直响，听在耳中格外烦躁，不知怎的就想起志保的事。

如果志保也知道夫人的决心……抑或早已知道。如此一来，身为女儿的她，真能漠然地看待一切吗？说到这里，怎样才能让她回到那个有继母的家呢？

“啊，志保小姐或许会去寻死。”无意间冒出此念头，让丑松心里浮上一种说不出的哀伤。

左等右等，还是不见银之助的人影。好长一段时间，丑松只是靠在椅上，在油灯下想着志保。他就这样沉溺于各种思绪中，无精打采地望着五分心灯出神，曾几何时倦意渐出。丑松就这么靠在椅子上，不知不觉睡着了。

就在这时，志保走了进来。

2

这里不是学校吗？为什么志保会出现在这里？丑松不是没这么想过。但疑惑马上就被澄清了。

他感觉到志保是因有话想对他说，所以才特地前来。

那梦幻般柔和的眼眸——只要一望着它，就可以完全明白志保想说的一切。为什么，对父亲和弟弟那么亲切，对自己如此冷淡呢？为什么，拥有在同一屋檐下的关系，却连一句体贴的言语也不曾说过呢？为什么，有话想说又不说出口，只是双唇紧闭，被恐惧和痛苦折磨得浑身发抖。

如此令人兴奋的连番追问，并没有持续太久。不知什么时候，文平也走了进来，像是有事直催志保。最后竟抓起羞怯的志保的手，强行将她带走。

“胜野君，等一下。你不需要这样吧！”丑松说着，便要上前制止。

这时，文平回头看看丑松。二人目光顿时擦出火花。

“志保小姐，有一件有趣的事告诉你。”

文平凑向志保的耳朵，做出一副要将丑松一直隐瞒的可怕秘密说出来的模样。

“啊，你把那件事说出来，究竟想怎么样呢？”

丑松慌了手脚哀求着……突然，他睁开双眼。

原来是梦！

就在他回过神的同时，痛苦也消失了。但是，梦中的景象依然残留着，那种恐惧感在醒后还依旧存在。环顾室内，不见志保，也没有文平的影子。就在这时，抱着四角巾包袱的银之助推门进来了。

“啊，真抱歉！耽搁到这么晚。濑川君，你还没睡吗？我们今晚就边聊边睡吧！”

银之助的声音响起，只听见啪嗒啪嗒的鞋子声愈来愈近，脱掉上衣往钩头钉一挂，领子取下放在桌子上，又顺手解开裤子的背带，脱口一句，“唉！就快分开了呢。”八张榻榻米大小的地方，刚好够让这两位好友并肩躺下，聊到天亮。

现在的银之助也感到离情依依，穿着衬衫和衬裤当睡衣，笑着钻进值班室的床铺中。

“能这样和你睡在这个房间，也只剩下今晚了。”银之助感慨地叹口气，“对我来说，这算是我最后一次值班。”

“说的没错，算是最后了。”丑松也跟着躺下说。

“总觉得今晚好像是在师范学校的宿舍里一样。我居然缅怀起过去……就是那个跟你一起学习的日子嘛。啊，以前的朋友都怎样了呢？”说着，银之助声调一变，“说到这里，濑川君，前阵子一直有个问题想问你。”

“我吗？”

“唉！像你这种闷葫芦的个性实在吃亏啊！每次看到你，总是一副好像有什么很苦恼的事，独自忧虑思索着。这事你不说，我也看得出来哟。所以，如果真有那么痛苦的事，不妨稍微敞开心扉把话说出来。或许我这个朋友可以给你一些帮助噢！”

3

“为什么你会这样呢？”银之助继续其深表同情的谈话，“或许你认为像我这种学科学出身的，成天把精力花在那方面的研究上，或许你觉得即使跟我说我也不会了解吧！但我不是那么无情的人啊！我不是那种眼见他人为伤所苦，却只会袖手旁观、嘲笑对方的那种残酷的人。”

“你又在说些什么莫名其妙的话，谁责备过你是残酷的人吗？”丑松转过身来趴着说。

“既然如此，就将一切告诉我啊！”

“说什么？”

“你根本没必要凡事放在心里啊！你就是不说，才会这么痛苦。我也曾有一段时间过度钻牛角尖，总喜欢追根究底想事情，后来才有所领悟。自那以后，总算逐渐了解你的心情了。为什么你会搬到莲华寺，又为什么如此苦恼不已——我总算都明白了。”

丑松没有应声。银之助又继续他的话。

“校长他们认为，这种事毫无价值。无论什么事，他马上就说是现在年轻人的通病。但你想想！那个人也曾有过年轻的时候吧！自己哼着歌轻松度过，却对我们规定东、规定西的……哈哈哈，你说是吧！所以我就跟他挑明说了。今天校长和郡督学把我叫去，问说：‘为什么濑川君看来总是一副心事重重的模样呢？’我就回答他说：‘你们应该还有记忆吧！谁都有过年轻的时候。’”

“呵呵，原来如此，郡督学这么问过啊。”

“你看，就是你这么深沉，老是说些有的没的，才会被误会啰！”

“被误会什么？”

“唉！就是把你当成新平民嘛……还真是有人喜欢那么乱说话。”

“哈哈哈……不过，说我是新平民，似乎也真的蛮像的呢。”

好长一段时间，室内一片寂静无声。

微弱的油灯亮光投射到天花板上，映出朦胧的圆。银之助注视着它，脑中想着许多事，丑松沉默不语又动也不动地，银之助还以为朋友睡着了。

“濑川君，你睡了？”他试探着唤道。

“没有……还醒着。”丑松屏着气在床上颤抖着。

“好奇怪，今晚就是睡不着。”银之助两手搁在棉被上。

“我们再聊聊吧！想到年轻时代的哀愁，我就直为你叫屈落泪。爱情与名誉……啊！可以成就一位有为的青年，也可以摧毁一位有为的青年。其实啊，我明白你的心情。依你的个性本来就会变成那样。关于你所爱慕的那个人，我也相当同情。所以，今晚才会跟你说这些话。唉！就我看来，你总是把事情想得太复杂了。这就是我想给你的忠告。你说吧，难道不是吗？其实根本不需要老是一个人在那里痛苦啊！既然有朋友，商量得宜的话，一定会有解决的办法。比如说‘土屋，这该怎么办’之类的，只要你开口，做得到的我一定帮忙。”

“啊，只有你会对我说这种话。我真的很感谢你。”丑松深深叹了口气。

“坦白说，的确有你所怀疑的事。你猜得没错。不过……”

“欸？”

“你还不知道事实真相，才跟我这么说的。其实那人早已不在了。”

二人再度陷入沉默。不一会儿，银之助又开口叫他，却已不再有任何回应。

4

银之助的送别会自隔天上午开到下午两点左右。

中午午餐时间包含在内，所以大伙以吃寿司为主。老师与学生们轮流站出来说些送别的话语，还准备了几个余兴节目。许多天真无邪的男女少年，彼此流泪、欢笑，他们稚嫩的心中将永远不会忘记今天。

即使在这样的情况，仍只有丑松心不在焉。所见所闻他完全不记得，脑海中只有老师和学生们嘈杂的笑声、余兴节目时的掌声，以及混乱中，人们别有用心地看着自己的眼神。总觉得自己不知何时会被谁所攻击，在这种担心、忧虑和恐惧的心情下，当然对所见所闻没有兴趣了。到底是怎么回事？对这样的自己，丑松不禁感到疑惑，偶尔也猛然想起父亲的告诫。

“你们看好了，土屋君一定会出人头地。”教师同事们低声耳语，听在丑松耳中，和自己黯淡无光的未来相比，竟对于不是秽多的银之助的身世感到羡慕。

送别会一结束，丑松马上起身离开，匆匆赶回莲华寺。站在居室入口的庭院，往内厅望去，只见身穿白衣的女尼进进出出。

一想起前天晚上被拜托的那封信，推想那位可能是夫人的妹妹吧！

这时，女佣袈裟治从厨房跑过来，交给丑松一张名片。上面写着猪子莲太郎。袈裟治又告诉他，今天早上这个客人来过，住在上町的扇屋旅社，向您问声好之后便离去了。又说外面有位微胖身穿西装的男人在外头等着。

“嗯，一定是市村先生。”丑松自言自语。据她的描述错不了。

“马上过去找他们吧！”这个念头继之而起。

要不是忌讳他人的眼光，真想像鸟一样飞奔而去。

“等一下！”丑松自我克制。

若是被人看出前辈和自己的某种特殊情谊，又该如何是好？只是喜欢对方的著作，不就被人怀疑了吗？何况，如此轻率前去造访……万一……啊，慢点！冷静点！还是等到天黑再说吧！天一黑，再神不知鬼不觉地前去旅馆见面吧！他心思缜密地分析着。

“对了，志保小姐怎么啦？”记挂着志保，丑松上了二楼。

刚开始搬来这间寺院的情景，顿时浮上心头。只觉一切依旧。古老的火盆、粗糙的悬挂物、桌子和书柜依旧如昔。相较之下，人的境况就难以预料了。

丑松想起那位被人从鹰匠町住处赶出来的不幸大财主；他记起刚从莲华寺回到住处，幽暗街道在手提油灯的映照下，正巧看见一顶轿子抬了出来；也忆起那个随从的大男人；还有那一位在门口说“你好”的房东太太和怒骂吵闹的昔日住处的人们，最后那句“知道厉害了吧”，丑松感到一阵阵不寒而栗自颈椎往背脊窜流而下。

如今，那再也不是事不关己了。唉！这就是自己的命运。

为什么只有新平民非得接受如此的鄙弃和羞辱呢？为什么新平民就无法融入一般人的生活圈呢？为什么只有新平民没有生存在这个社会的权利呢？人生竟是如此残酷！

正当他在房里来回踱步之时，拉门被推开。夫人走了进来。

5

一脸垂头丧气的夫人，在丑松面前坐下。

“一直担心的事情发生了！我实在很担心。”开口便说，夫人把昨晚发生的事告诉丑松。她说，昨晚志保说要寄信，傍晚出门后便一去不回了。

衣橱上放着一封信是给夫人的。

字字句句尽是诚挚真心，被泪水沾湿而模糊的地方处处可见。信中指出因为她而惹出种种麻烦，实在对不起有恩于自己的养父母。看来她极力想劝阻夫人离婚的决心。十三岁至今的养育恩情将永生难忘。她其实很想永远待在夫人身边，喊她一声母亲。凡事皆须靠因缘，请不要再追究并能原谅她。

“致母亲大人，志保敬上。”里头这么写着。

“老实说……”夫人用衬衣袖口拭着泪说道。

“年轻人做事，难免欠缺周虑，我昨晚一夜未眠。今早便赶紧托人寻找。唉！结果听说是回她亲生父亲那里去了。”口气一变，“长野的妹妹也赶了过来。人一到，看见的是这副光景。妹妹也很惊讶！”夫人低声啜泣，为那不幸的女儿感到心疼。

可怜啊！抛弃自己住惯的地方，舍弃对她有情有意的人们，吃力地踩过积雪逃离的心境是多么无奈呀！丑松听着夫人的话，不禁想起决心逃离寺院的志保，想起她心中的痛苦和哀伤。

“啊！和尚也该醒了吧！经过这次事件之后。”作风传统的夫人喃喃道。

“南无阿弥陀佛。”夫人口中念念有词地走出房间，丑松靠着老旧墙壁半晌不动。怜悯和同情使难以捉摸的事实如同一幅生动的画。

在丑松心中，不时出现志保的身影，她回望着寺院急急离去的模样。那个除了钓鱼、贪睡和喝酒外，毫无干劲的老父，吵吵闹闹的一群孩子，特别是那个继母……唉！回到那个家，将来又会如何呢？

“啊，志保小姐或许会寻死吧！”无意间，昨晚的念头又浮现，不禁令他悲从中来。

丑松倏地离开墙壁。戴好帽子，走下楼梯，穿过居室廊下，匆匆忙忙走出莲华寺大门。

6

“自己究竟打算去哪里呢？”丑松走过两三条街才猛然想起，不禁自问。

绝望和恐惧驱使之下，漫无目的地游走于雪地里，丑松仍处于半梦半醒的心境中。街道上聚集了镇上的人们，正在因清理这春前未融化的大雪而忙碌不堪。每当屋顶上的积雪被耙下来时，可怕的声响随着落雪往街道崩落。丑松好几次被这种声响所惊吓。不但如此，一见有四五人聚在一起说话，就以为是在谈论自己，不自觉起了疑心。

就在镇上转角处，贴在咸鱼店旁的海报映入眼中。大张西洋纸上写着墨黑大字，上面还用红色油墨画了两圈。海报下挤满看热闹的人。丑松也不由自主停下脚步。原来是市村律师的政见发表会，莲太郎的名字和演讲标题也一并写在上面。会场就在上町的法福寺，时间是当天下午六点整。

算算时间，演讲正值家家户户吃过晚餐之时。

丑松看过海报，继续朝之前相同的方向走去。疑心生暗鬼吧！如今就在光天化日下感受到了。

各种可怕的脸、嘲弄的笑声，举凡对人种的憎恶歧视，由右至左，围绕在丑松身边。不怀好意的乌鸦发出惹人厌的轻蔑叫声，正好从头顶飞过。啊，难道连鸟都幸灾乐祸等着扑倒在雪地里的人吗？想到这里，不由得心头一酸，急忙走过肴町市街。

不知不觉丑松来到千曲川河畔。这地方被称作“下游的渡桥”，正是可以俯瞰河水沿岸的位置。虽称渡桥，实则是以浮桥通往下高井的交通接驳处。

一片灰暗的雪中街道，只见成群的旅人来来往往。还有上面堆着行李的雪橇从眼前滑过。

连绵的河岸宛如一面白色大海，芦荻、杨柳，一切的一切都被深深地淹没，就连高杜、风原、中之泽，及其他越后境内诸多山脉，对岸的村落和林间树梢都隐于大雪中，隐约可闻鸡鸣。千曲川就这样孤寂地流过其中。

这样的光景在丑松面前展开。就连平时不起眼的东西也一一清晰地映入眼中，有时又连物体的轮廓也显得朦胧，任何东西看来都是摇晃不清的。

“自己今后将何去何从？往哪里走，该做些什么？自己究竟是为了什么来到这世间呢？”烦乱的心思，什么答案也没有。丑松就这么傻傻地眺望着千曲川河水，久久一动不动。

7

丑松一面烦恼着自己的人生，一面往浮桥方向走去。

总觉得有谁在后面追赶。不过，明知没这回事，却仍无法安心。好几次丑松都回头张望。偶尔还会莫名地有晕眩之感，眼看就要摔倒在雪地里。

“啊！不行、不行！不坚强点怎么行呢！”

丑松在河岸边沿着雪堆走着，总算来到浮桥畔，放眼便是宽广雪白的河岸景致。眼中所见到处是低飞觅食的乌鸦群、忙着为船整装的船夫，抑或是提着油桶返回村里的农夫们，尽是些令人感受到寒冬生活辛劳的光景。浑浊深绿的河水，发出嘲弄般的声响，一派像要将人溺毙的强势作风，自上游飞快而下。

丑松想得愈多，心情愈是抑郁。被这个社会所遗弃，是件多么丢脸的事啊！

啊，放逐……这是人一生的耻辱！如果事态演变至此，将来要如何过活呢？吃什么？喝什么呢？自己还年轻，有梦想，有希望，也有野心啊！

唉！不想被人遗弃，更不想遭不人道的方式对待，任何时候都想如同普通人一样活下去……想到这里，同族人们所受的种种悲惨耻辱，这世上不合理的习俗，不断遭受比“番太”的乞丐阶级更劣等人种般歧视的秽多历史。

丑松细数所见所闻的事实，那些被驱逐或自我隐逸的人，父亲、叔叔和前辈，还有那个下高井的大财主的心境和自己相比，最后又想起那些被当作娼妓秘密买卖的美丽的秽多女孩的命运。

这时候，丑松后悔了。

为什么自己要接受教育，拥有追求真理和自由的思想呢？一开始若不知道自己和旁人同样是人类，或许便能对世间的轻蔑甘之如饴了。为什么自己会以和人类相仿的形态来到这世上呢？如果生为穿梭山野的野兽的同类，就可以不痛不痒地过完一生。

欢乐与哀伤的过去浮现在丑松脑海。至饭山赴任以来的事涌上心头，想起师范学校时代的事和在故乡时的种种。那些早已忘却，好几年不曾想起的事，竟像昨天才发生过一般，历历在目。如今，丑松不由得可怜起自己来。到最后，昔日的回忆在心中交叠混杂，又如烟雾般摇曳而去，今后只剩下取舍后的两条路。只有两条——放逐抑或死。丑松不想被放逐。与其如此，他宁愿选择后者。

冬日短暂的白昼逐渐逝去。一种诀别于世的悲壮心境油然而生，站在桥上远眺前方，西方天空稍往南靠一带，有几朵冬云飘浮，如同故乡那怀念的山丘。在云端透着黄色光辉的深褐色天空，挂着几条带状的蒸气扶摇而上。

啊！天黑了。萧瑟的河岸景致完全笼罩在这夕阳余晖中。丑松不自觉地想着“死”的恐怖，往晃动的浮桥缓缓走去。

莲华寺的钟声此时又传入丑松耳中，显得无比悲怆，千曲川的水也被夜幕笼罩了，天际的冬云也从深褐转成灰紫，夕阳早已西沉。悬在天空的蒸气倏地闪出一抹红，霎时又一片黑暗。

第二十章

1

至少得将自己的身世告诉前辈吧！站在桥上的丑松心里，突然闪过这个念头。

“啊，这也算是最后的道别吧！”他说着又悲哀地吼叫起来。

当他抱定如此打算，再度返回来时路，正值闰月初六的黄昏之月已悬挂于傍晚的穹苍。然而，丑松没有马上前往莲太郎寄住的旅馆，他清楚演讲不久便要开始。没错，只能等演讲结束了。

上游渡口附近，有间人烟稀少的拉面店。来到店门口，朝袅袅炊烟走去，香味四溢，只见烧得通红的熊熊炉火。丑松不禁停下脚步。此时的他早已饥肠辘辘，不想特地赶回莲华寺。终于，他走进屋内，炉边坐有四五位船夫，还有位像是拉雪橇夫的男人。对于打发时间的丑松而言，即使不想喝酒，也得点瓶酒喝才行，于是随便点了一瓶热酒，一碗热腾腾的清汤拉面，不一会儿全在眼前。丑松显得相当激动而浑身发抖，他深吸一口碗中的面的香味，静静地边吃边听着旁人的谈话。

凋零——正是丑松眼前所面对的。

船夫、拉雪橇夫，通过从这些下等劳动者口中宣泄而出的话语和叹息，他总算能深刻体会到那种感觉了。其实，依丑松现在的心境，跟那些过着身在今天、不知明天的人们没什么不同。

炉火烧得好旺。人们吃喝说笑着。丑松也跟着寂寞地笑着。

这样漫长的等待，其实很难捱。时间流逝缓慢。那里的拉雪橇夫离开了，又进来其他男人。无意间听到，高柳一派的活动很盛大，光是招揽打手的钱就不是个小数目。租借几间房子当事务所，请来不少大厨师，酒更是无限供应，人潮来来去去，川流不息……那种混乱景象非同小可。

尽管如此，今晚的演讲究竟让镇上的人受到怎么样的影响？这时候，前辈那低沉的嗓音正传过法福寺的墙壁吧！这么想着，感到演讲即将结束时，丑松除了餐饮费外又多给了些小费，才走出这间拉面店。

月儿高挂。刚才还待在油灯昏黄之中，突然来到屋外，觉得有些别扭。微弱的月光洒在屋顶，映在雪地上，屋檐的影子也映在地面。夜晚云霭如烟，笼罩整个小镇，一切都是看来如此幽远、深沉又孤寂。如果真有“苍白的阴暗”这种形容词，想必是指这样的月夜了。一种无以言喻的恐惧直往丑松胸中袭来。

背后像是有人跟踪的感觉。他走得慢，对方也跟着放慢步伐，他加快脚步，对方也紧追而上。很想回头看看，却有些安危上的考虑。啊，恐怕是有人要来抓自己了。想到这里，真觉得有什么东西走近，突然要扑上来似的。就在街道某个转角处，脚步声不再响起，丑松才回过神松了口气。

前方又有人了。啊！月色朦胧的夜。这样的月光下，究竟能看到什么呢？在那阴影下，又隐藏有多少颜色？浸染在雾蒙蒙的凉夜空气中，逐渐看清前方走来的人影时，丑松不禁缩起身子，直觉危险就在眼前。朝这边望了一眼，人影从旁走过。

那是个气温略微暖和的夜。不同于那宛如一敲即锵铛作响的空荡寒夜。遥远天际一片浑浊，低处聚集几层云朵微微发白，只能隐约见到几颗孤星微微闪烁。街道旁的住家门户紧闭，几家灯火依旧。深夜难以分辨的回响搅乱心神，丑松默然走过街道。

2

此时正好演讲结束。听众大都踏雪而归。

丑松向正在高谈阔论的人们探问演讲情形，个个激动万分、愤愤不平，对高柳怒骂不已。有人更直说该将那样的人从饭山放逐，有人呼吁要把票投给市村律师，有人则边走边抒发对当今世上大多数从政者的极度绝望，还有一些人干脆站在月光下聊起天来。依这群人的说法，不是莲太郎演说得好，而是对听者有种奇妙的吸引力，字句直达听众内心。高柳派六七位打手，频频想要加以阻碍，但最后连他们都安静下来，全场鸦雀无声。悲壮的激情和深刻的思想，可说是莲太郎演说最大的特色。

有时听来确实有些病态的偏激。最后，莲太郎以不肖政治家耽误社会、污辱人道为实例，大力抨击高柳的致命伤。高柳的秘密——与六左卫门的关系——卑鄙的动机所成就的一段姻缘真相完全被揭发。

另一群人则说，那场演讲途中，莲太郎数度吐血。演讲结束走下讲台时，手里的手帕染得一片殷红。

总之，莲太郎的演说似乎深深感动了镇上的人。丑松对前辈的大胆，或者说是他那充满男子气概的行为震惊不已，但不知怎的就是觉得不安。不过，也该是前辈回到旅馆的时候。

去见他吧！一想到这里，脚步不由自主地向前行。快步来到扇屋旅社前，躲到屋檐下灯光暗处，窥探屋内情况，里面像是在忙些什么似的，许多人进进出出。是老板吧！一个年约五十岁的男人，慌慌张张地拖着草鞋，提着油灯准备出门。

丑松叫住他，询问有关莲太郎的事，老板口中却告知意外消息。稍早，前辈在法福寺门前遭人袭击。啊！这是事实，还是传言？如果这话属实，那肯定是高柳的报复。丑松半信半疑，无法做任何思考，只觉胸口躁郁不安，跟在老板后面往法福寺快步走去。

唉！丑松赶到时，已经来不及了。不只丑松，连律师也没赶上。一问之下，才知道莲太郎说要先走，穿上外套走了出去，律师留下来处理善后事宜。身上的伤是被石块之类的东西重击所致。本就孱弱的身子，再加上疲累，根本无法做出任何抵抗。大片鲜血染红雪地。

3

总之，在验尸之前，莲太郎的身体必须盖着外套，不能碰他。丑松不禁跪地，靠向前辈耳旁想对他说话，但不知他是否还听得到。

“老师……是我，濑川。”

无论他怎么叫，对方早已没有任何响应。月色惨白，为这次的死增添些许凄楚和怆然。寒光夜色洒在每个人身上，大家焦急地等着巡查和医生到来。有的人像影子般动也不动地蹲着，有的靠在一起谈论着，不时走来走去。律师先生垂头丧气抱着胸一言不发地站在一旁。

好不容易，镇上的官员、巡查和医生都来了，不一会儿开始验尸程序。仔细看着那被油灯光芒照亮的前辈死灰的脸，隆起的颧骨、挺尖的鼻梁、紧闭的双唇毫无血色；带有粗犷男人威严的脸上，带着阴郁的痛苦，可以想见死前是如何壮烈、悲惨的情形，令看的人都不禁心惊。所有事由古道热肠的老板安排。验尸完毕，官员们也回去了，总之，还是先将尸体搬到旅馆。

为了将尸体搬上门板，律师抓起脚，丑松则绕到头部处，双手插进前辈腋下。啊！莲太郎的身体早已冰冷。丑松多么不舍呀！他把自己的脸贴向前辈苍白的脸，“老师、老师”地声声叫着。

这时，老板走上前来，将莲太郎垂下的手交叠于胸前。就这样，莲太郎的尸体被放在门板上，上面盖着外套，准备往扇屋旅社出发，月亮也即将沉入尽头。

人们沿着油灯亮光的路上走着。丑松一步步踩在雪地上，想着前辈的一生。一些事在他脑海中浮现。

在根津村的旅馆里一起吃晚饭时，前辈对高柳的用心频频表示不耻，也想起他愤愤不平地叫说：“再也没有比这事更污辱新平民了。”想起在前往上田车站途中，在过桥时老师说的话，“无论如何，就是不想让那种男人胜利。总之，我一定要尽力帮市村的忙。”想起老师说过：“就算我们再怎么愚蠢、卑微，污辱也该有个限度。”“高柳的事不知便罢，既然听到、知道了，再默默摸着鼻子回家，岂不显得新平民太懦弱！”还有，夫人要他一起回东京时，前辈又叱责又安慰，两人宛如生离死别的那个场面。左思右想……看来前辈真的是抱着觉悟的心境，前来饭山的。

早知会发生这种事，就应该早点将自己是新平民的事说出来，或者说若早点这么做，老师便更能了解自己的心情了。后悔无法弥补任何事。丑松感到羞愧又悲伤。

啊，几小时前还和律师边走边聊的莲太郎，如今却躺在门板上进入这同样的大门。为了联络远在东京的夫人，丑松出门到邮局发电报。夜深了。往来街道不见一人。一定得发电报。邮局职员要是睡了，叫也得把他叫醒。

话虽如此，一想到收到电报时夫人的心境，他简直不知道这封电报该用何种措辞。走出漆黑寂寥的十字街角，远处不时传来狗吠声。此时此刻的丑松，再也无法压抑自己了。

悲痛泪水夺眶奔流。丑松走着走着，放声哭了起来。

4

泪水润湿了丑松干枯的胸口。打完电报，丑松想起莲太郎的精神，又和自己相较。前辈的一生不愧是一个大丈夫，也是新平民该有的一生。坦然一切昂首阔步，反而为人接纳，被众人认同。

“我不以秽多为耻！”这是多么气势磅礴的思想啊！相较之下，自己如今……

时至今日，丑松总算察觉到。因为自己老是东躲西藏将自己与生俱来的个性也消磨殆尽了。正因如此，他从不曾忘掉自己的存在。仔细想想，以前的人生简直就是虚伪。自己欺骗自己。啊！究竟在想些什么，烦些什么？“我是秽多。”只要坦率地向社会坦白不就好了吗？莲太郎的死给了丑松启示。

丑松带着哭得红肿的脸，回到扇屋旅社前，只见榻榻米房间中聚集了各种人，正在商讨着后事的办理。房间的壁龛旁，将莲太郎的尸体朝南放置，上面盖着旅行用的褐色毯子，脸上则是一条白手帕。在老板细心的安排下，前面放了张小桌子，桌上摆着素陶器具。线香的烟飘浮在室内的深夜空气中，连烛火看来都那么悲哀。

去警察局备案的律师也回来了，跟丑松说着莲太郎的事。

自上田车站一别以来，莲太郎在小诸、岩村田、志贺、野泽、臼田等所到之地，发表了精辟的社会研究，接着又往长野，一直到抵达饭山前还神采奕奕。

“其实，我也觉得很意外。”律师想起什么似的，“一起出门前往法福寺时，我没料到他会有如此激烈的举动。每次演说之前，他总会和我边吃饭，边提及演说内容，说他想这么说、那么讲的。然而，今晚的他却什么也没提。”说着叹了口气，“啊！我真是个粗心的男人。你也是吧！唉！任谁都会认为我是个不细心的男人吧。被这么认为也是无可奈何。一切都是因为我的疏忽引起的。你也知道，猪子君的身子不好，他一开口说要和我一起来信州时，我不知劝过他多少次。那时猪子君说，‘我会去自有我的打算，请你不要再阻止我。你当我是助手也好，认为我会需要你的照顾也罢。总之，你做你该做的，我则做我想做的。’我既不想辜负他的热心，也不想让他一番苦心付诸东流，于是决定结伴同行。如今想来，唉！真是没脸见夫人啊！还说什么‘夫人，别这么担心，我会照顾好猪子。’如今，我该怎么表达我的歉意呢？”说着，胖胖的律师先生像泄了气般，一身西装瘫坐着。那时，寄宿在这间扇屋旅社的旅客都早已就寝，为这迷蒙不实的冬夜增添了些许寂寥。连平时一听到新平民三个字，就马上皱起眉头的那些人，也不禁为莲太郎大叹惋惜，尤其为他的惨死致上最深的同情。

“警察绝不会不管的！肯定早已注意高柳那家伙了。”大家议论纷纷。

看得愈多，听得愈多，丑松觉得自己也牵着前辈的手，通往一个全新的世界。告白——这个连同是新平民的前辈都难以启口的秘密，更何况是要向社会上的人暴露自己真实身份的这件事，这也是至今未曾想过的事。

放弃爱情，舍去名誉！

啊！许多年轻人废寝忘食地追求现世欢乐，对秽多又有什么用呢？

身为一介新平民，能同前辈如此，自己亦满足。思至于此，两行热泪不停滑落。其实，不过是因疼惜自己而流出来的生命汗水。

明天即将来临，到学校将一切说明白吧！

对学校的同事、学生说开了吧！没错！这么做了，或许将来就不用成为人家的笑柄了。

既下定决心，便开始斟酌要与学生说的话，请示辞呈上该写些什么相关事宜，他就这样与众人守在莲太郎尸体前过了一夜。就在大家忙里忙外时，破晓鸡鸣了。

丑松知道，崭新的黎明即将来临。

第二十一章

1

为了准备去学校，丑松一大早回到莲华寺。从笨庄到小和尚，谈论的都是莲太郎的死，以及高柳遭拘留的传闻。知道死去的人是昨天早上丑松不在时前来拜访的客人时，大家更是吃惊。从夫人口中，丑松得知她妹妹已回长野，住持则向她低头谢罪，接着关于夫妻离婚一事，据说二人已当面谈过了。

“南无阿弥陀佛。”

夫人数着手中的念珠喃喃唱着。

正是十二月一日时，通常是在寺院用过早饭，袈裟治才将饭菜送到丑松房内。像这样和寺里的人一起用饭，是很难得的事。每早一定有微温白饭，煮剩的热汤，偏偏这天的饭还是刚煮好冒着白烟，热汤才刚盛上碗，红味噌甜味直冲入鼻。

小盘子里还有自己最喜欢的纳豆。这时的丑松望着眼前的饭菜，不禁要为自己能这样一路走来的奇迹满怀感谢。

啊！一旦对卑贱的秽多之子的身份有所觉悟，竟连吃饭也不自觉掉下泪来。

早饭后，丑松在书桌前写起了辞呈。

这时，他又想起一生的戒律：父亲的话。

“不管看到什么，抑或遭遇到什么样的人，都绝不能说出实话，如果难忍一时的怒怨悲愤而忘记这个戒律，届时就会真的被这个社会所遗弃！”父亲这么训示自己。

“不能说！”为了保守这个秘密，至今不知花费多少心血。“不可忘记啊！”一而再、再而三地隐瞒，又带来多少的猜疑和恐惧啊！

若是父亲存活至今，肯定要为自己思想的转变而极端愤怒、悲伤吧！即使旁人再怎么说，如今他决定把这个戒律给舍弃掉。

“老爹！您就饶了我吧！”他反复低声道歉。

冬日朝阳射了进来。丑松起身来到窗前。推开纸窗往外看，可以透过窗前银杏的枯干树梢，看到埋在白雪下的街景。木板屋顶、屋檐，眼中所见尽淹没在一片雪白中，家家户户间煮早饭的炊烟，缓缓上升。小学的建筑物如今也徜徉在日照下。

心中有几分的不舍，吸着沁凉舒服的清晨空气，他又痴痴望了一会儿，脑海中猛然浮现出莲太郎《忏悔录》中的第一章，“我乃秽多！”这句开头语，如今更带给他一种全新的感受，就像他要向全镇的人告白一样，在窗前一而再、再而三地念着。

“我乃秽多。”说完最后一次，丑松便准备前往学校。

2

破戒——这是何等悲恸、勇敢的想法啊！

丑松走出莲华寺的大门。当他走到某条街转角处，遇上前方拉着四五个男人的巡查。那些人腰上被绑着绳索，苍白着脸，一语不发，躲躲藏藏地走过去。

其中一人身穿黑条纹的外褂，脚套白色短布袜，掩着脸看不清楚长相，但从那一身时髦的绅士打扮，便知他就是高柳利三郎。仔细一看，被拉在一起的那些奇怪的人，似乎正是高柳雇来的打手。毕竟心有不甘，有些人不时停下脚步回头张望的行径，引来巡查的厉声警告。

“啊，被抓到了。”站在丑松身旁看热闹的一个人说道。

“自作自受！”又听到另一人这么说。

眼看着高柳一行人随着巡查在街角处转弯，终于被雪山的阴影所埋。

男女少年如今正朝着学校急急走着。家住在附近的小孩，头上用法兰绒的头巾包着，披上披肩，高声叫嚷地在雪中飞奔。

镇上的小孩一群群的，或前或后聚在一起走着。想到能像这样与这些天真无邪的孩子一起走在这条熟悉的街道上，今天算是最后一天了，眼中所见无不引起丑松内心的哀伤和怀念。

平时觉得吵杂的女孩们的喋喋不休，今早竟是如此怀念。连看到那褪色的绛紫色裙，也莫名涌上一股疼惜之情。

学校运动场上的雪积得跟山一般高。木马和单杠全深深地埋进雪里，户外活动既然无法自由进行，学生们只好在学校中玩耍。玄关、廊下也好，宽广的体育场也罢，处处充满欢乐的喊叫声。在今天上课之前，丑松打算善尽这个最后监督的工作，就当他在校园内四处走动时，响起此起彼落的“濑川老师”的招呼声。

啊，学生的缠绕是那么可爱，跑跳吵闹也同样地惹人怜爱。廊下站着两三位女老师，个个往这边瞧，彼此用眼神交换话语，偷偷笑个不停，但丑松一点也不在意。

那天早上，三年级的仙太也早早来到学校，一个人静静地待在体育场角落。

只见他孤零零站在一旁，羡慕地望着其他学生，似乎仍旧没有人理他。丑松从后面环抱住仙太，不在意旁人的眼光，也不理会周遭的讪笑，他只是自然地表达出自己深深的怜惜之情。

他想起这个不幸的少年和自己一样，生于同样的世界。想起曾与这个少年一起打网球吃败仗的事，那时候刚好是天长节午后，欢送敬之进的茶会后的事。突然，前面的廊下，传来普通一年级的女学生们合唱的天真歌声。

“桃子里生出来的桃太郎，生性善良，力大无穷……”

听到这样歌声的同时，丑松不知不觉流下了眼泪。

铃声响起是在这不久之后的事。学生们慌乱地踩着室内拖鞋，在一阵尘土飞扬中争先恐后地跑出体育场。男女老师也各自集合负责的班级。通知的笛声响起。老师和学生开始照着顺序动了起来。高等四年级的学生也跟在丑松后面，步伐整齐地一起走过长廊。

3

接待室里，校长和郡督学面对面坐着，等着市议员到来。这次聚会主要是讨论丑松的事。其实，今天的郡督学比约定时间提早来找校长。

对校长来说，也并非要把所有和自己意见相左的异议分子都排除。自己早已是旧派教育者，和丑松及银之助等人，毕竟年代不同。即便想宣扬自己的时代，但曾几何时，这世上已开始产生变化。若说可怕，再也没有比新时代更可怕的了。啊！不想变老，不想腐朽，想永远保住相同的位置和名誉，不想脱卸盔甲向那些后生晚辈投降。于是，校长才总是对那些富于进取精神的年轻老师，抱着敬而远之的态度。

不仅如此，丑松和银之助不像文平，凡事迎合自己心意，在教员会议上，不时和自己意见相左。无论做什么事，都是种障碍。那些毛头小子，居然比身为校长的自己更受学生的欢迎，这就是最令校长生气的地方。虽然不是什么恶意的排除异己，就学校统一来说，这也是不得已的……校长为保护自己苦思对策。

“市议员应该快到了吧！”郡督学看看怀表。“到时候，濑川君将成为囊中物。”

这句“囊中物”惹得校长笑开怀。

“不过，”郡督学继续说，“由我们开口一点也不好玩了，这事还非得由镇上的人开口才行。”

“说得没错。我也是这么想。”校长一脸热情地答道。

“你想想！濑川君不在，土屋君也离开了，整个学校就全在你掌握之中。我那外甥取丑松而代之的话，需要时我一定出面做适当周旋。看！我们的势力可说是更坚固了。只要保持下去，你的位置可说是稳如泰山，我的一番苦心也总算有所回报。哈哈哈……”

就在谈话中，工友推开门走了进来。紧接着三位市议员也跟着现身。

“快、快请这边坐。”校长起身恭敬地招呼着。

“真是抱歉！我们迟到了。”戴着金边眼镜的议员以爽朗的声调响应着。

“其实，因为高柳君搞成那副模样，选举情势丕变。”

4

当天，长野师范学校的学生二十几人，以参观为名在学校的廊下走来走去。

他们也走进丑松负责的班级教室。那时正当高等四年级的修身课程结束，开始上第二堂的数学，学生们忙着思考问题的时候。当参观人群打开门时，学生们的思维一时叫杂乱的脚步声打断，但不一会儿又恢复了先前的安静。鸦雀无声的教室里，只听得到滑过石板的石笔声。

丑松走在桌子与桌子间，依依不舍地监督着学生们。偶尔看看参观的人群，那些穿着制服的人全数并排靠墙站着，个个装出一副评论家的模样。

快乐的学生时代的种种，在丑松眼前一闪而过。

他想起当时自己也和同年级的人们，在师范学校老师的带领下，一起四处参观时的事。想起自己当时无邪又残酷的批评，把所到之处的老师整得苦不堪言的事。

丑松想起自己也曾有过穿着和这些参观者同样制服的时代。

“解出来了吗？解出来的人举手。”

丑松一说，不只是后排的班长，连那些有点靠不住的学生，全都争先举起手来。就连数学方面较弱的省吾，也难得地勇敢举起手。

“风见同学。”被叫到名字，省吾马上离开座位，快步往黑板走去。

冬日的阳光穿透玻璃窗，寂寞地投射在这间熟悉的教室中。平常甚少注意到的高耸天花板和四周的白墙，在丑松眼中都呈现出一种全新的景象。

望着站在正前方的黑板前，用白墨书写着答案的省吾的背影，正值可爱的少年时期，衣服肩上窝着折的筒袖外褂，微歪着头，左肩微垂，每写到高处便挺直背脊把右手往上伸直。

省吾是个很认真的学生，不论画图、习字或作文都有不错的表现，但总败在理科和数学上，名次总在十五名、十六名上下，很难得当天却有很好的表现。

“和这个答案相同的请举手。”

后排学生全都举起手来。省吾微微红着张脸，坐回自己座位。参观的人群互相对望，交换着一种单纯的笑意。

就在这提出问题、说明问题的反复之中，度过了这堂数学课。奇怪的是，只有今天，所有学生从一开始没有参观者时，就没有任何恶作剧顽皮的行为，连那些平常老打瞌睡的学生，爱偷偷在桌底下打“无线电话”的“技师”，全都端正坐着上课。

啊！见到学生们最后一面，也把教室的光景记在心头，现在，他正为这最后一堂课而站在这里。思及此，丑松情不自禁涌上一股热意，上起课来更是卖力。

5

“市村先生一定会当选吧！”接待室里，白胡子市议员用他那世故的口气说道。

“人气这东西是很可怕的。高柳君既做出那种事，再也不会有人回头支持他。就连那些原本的支持者，也有人往市村靠拢了。”

“这些都是托那个死去的叫作猪子的人的福，市村先生真该跟他道声谢。”金边眼镜的议员强调说。

“这么看来，新平民也实在不可看轻呢。”郡督学凑上前去笑着说。

“说得也是。”白胡子议员也笑起来，“再怎么说，要做出那样的决心不是件简单的事。但是，那个叫猪子的人可不是普通人。”

“是啊……那是那，这归这。”脸上还残留青春痘痕、一副生意人模样的议员话一出口，全场大笑。

“哈哈哈……现在说的‘这’是今天商讨的重点吗？”金边眼镜的议员抽了口烟说，“我对郡督学先生有个请求，凡事请不要闹得镇上不愉快。总之，请尽量往调职或强迫长期休假方面考虑。”

“好的。”郡督学举手做个行礼遵命动作。

“其实这实在很对不起濑川老师，又没什么证据。”白胡子议员叹息道。

“你也知道的，这地方一向不喜欢这类事。说实话，那位老师在学生家长心中也很具声望，届时学生们群起抗议的情景，几乎可以预见。到时候，恐怕市议员当中也有人会挺身反对。毕竟这是学务委员的疏忽，我们都得吃不完兜着走。”

“唉！我们一开始就知道会有如此结果，所以先把丑话说在前头。”青春痘疤的议员笑着补充。

“不过，这对学校来说，也是件很遗憾的事。”校长再次重申，“大家都知道，濑川君其实是个非常称职的好老师，我本想让他做我的左右手。有学识，为人又可靠，加上深受学生欢迎，可说是年轻一辈教育者当中不可多得的人才。虽说出身卑贱，但放弃这样的人才，实在叫人不忍。还请各位帮忙，可以的话，请将他挽留。”

“啊！”金边眼镜的议员打断校长的话，“你说的对。听到刚刚校长先生的一番话，我们更觉得来参加这样的商讨是种羞耻。毕竟，学问上是没有阶级之分的。这都是迷信民情风俗所害。能拥有如此美好思想的人，实在太少了。”

“民风还没那么开放嘛！”青春痘疤的议员说道。

“没这回事！像猪子老师那种人，仍然有人不在意呢。”白胡子议员接着说，“证据就是他能照常留宿旅馆，寺院也愿意借出正殿，特意出门听他演讲的也大有人在。那位老师不需躲躲藏藏。一开始便是打着名号走出来，人心还真奇怪，如此一来反倒获得了众人的同情。至于像濑川老师或高柳太太，拼命要隐瞒一切的人，反而容易引来众人的严厉谴责。”

“说得没错！”郡督学深表同意。

“怎么样？就要求他调职吧！”金边眼镜的议员征询大家的意见。

“调职吗？”郡督学一脸心事重重，“这种有条件的调职不好办！再说，这事要是让人知道了，任何学校都不会想接手的，还是暂时请他休假吧！”

“正如你所言，”白胡子议员搓搓手道，“市议员当中毕竟还是有些较偏激的会说：‘觉得不对劲，就该马上赶出去！’那么，一切就有劳你操心了。”

6

总之，还是把当天的课顺利上完吧！

丑松压抑着自己内心的激动，继续指导第三堂的习字。当他走到正在练习的学生身后，亲手扶笔矫正，说明汉字的写法时，竟不自觉地笔尖抖动起来。身旁的学生个个伸长脖子看，张开沾满墨汁的嘴笑着。

就在工友摇着大铃通知第三堂课结束时，郡督学和市议员早已离开了学校。师范学校的学生仍留着准备参观下午的授课。午饭后监督学生的工作，已交由其他老师代劳，丑松则留在教职员室收拾东西。该还的就还，该查明白的就查清楚，越不想事后遭人非难，心中就越是慌乱。

教职员办公室一角，聚集着一些无所事事的老师，全在谈论法福寺前发生的那档事。对于莲太郎舍身的动机，也有着种种的猜测。有人说是过剩的自尊心所致，有人说是生活遭遇瓶颈的反弹，又有人说是因精神异常。十个人有十种说法，但大多是诽谤、贬低的意见，即便难得有赞许莲太郎精神的人，也多归因于肺病的影响。

丑松无意间听到众人的议论，深深领悟到活在这世上是无法不遭误解的。

“沉默地像匹狼般，轰轰烈烈地死吧！”想起前辈的这句话，丑松不禁悲从中来。

下午的课是地理和国语。

第五堂课时，除国语教科书外，还得带着前些时候学生交上来的习字帖、作文本子等一起进教室，好奇的男学生一看，更是睁大双眼。

“噢！作文已经改好啰。”有个学生叫道。

“图画也是。”又有人叫着。

丑松把所有东西往讲桌上一堆，拿起这堂课的教科书，才讲解了一半便盖上课本，打算就此结束今天的课，说是有些话要对大家说。学生一听全抬头望向这里，“老师，什么话？”急性子小孩耐不住地问起来。

“说啊！快说啊！”

催促声在教室中此起彼落地响起。

丑松眼中顿时亮了起来，情不自禁地潸然泪下。他把习字帖、图画、作文本全部交还给学生。其中，有被红笔圈点的；也有被写上“优”或“佳”的；还有的完全没看过。丑松先对此表示歉意，说明自己实在很想帮他们修改，但已经没有时间了，又说能这样一起上课，今天是最后一次了，现在站在这里的自己是为了向大家告别。

“我想，大家都知道，”丑松咬着唇，有点口齿不清地说道，“若将居住在这山国的人稍做区别，大致可分为五大类。就是旧士族、商人、农民、僧侣，以及所谓的秽多五个阶级。如诸位所知，秽多至今仍在镇外自成一群，织造大家脚上穿的麻草鞋、靴子、太鼓和三味线，有的是以农耕为生。知道吗？那些秽多每年必须各自拿着一束稻谷，前往各位的父亲或祖父那里请安。听过吗？那些秽多必须跪在地上，以特别的碗盛装食物，绝不准踏进屋内一步。大家要是有事前往秽多的部落，还得接受自己点烟，有茶也不能端出的传统习惯。唉！所谓的秽多，就是如此卑贱的阶级。万一，有一天这样的秽多来到教室，教导各位国语和地理，各位会做何感想呢？各位的父母亲又会怎么想呢？事实上，我就是那些卑贱的秽多之一。”话一说完，手脚剧烈地颤抖起来。

丑松几乎无法站立，身子倚着旁边的桌子撑着。台下的学生个个瞠目结舌，热切地看着丑松。

“大家都已经十五六岁，应该是略懂得世间情理的年龄了。请务必记住我所说过的话。”丑松依依不舍地接着说道。

“从今以后，无论经过五年、十年，当大家偶尔想起小学时代的事。啊！在那个高等四年级的教室里，曾与一位濑川老师学习过，那个秽多的老师坦白自己的身份并做告别时，曾经允诺正月来临时将会与你们一样喝着屠苏酒，天长节来临也跟着唱起同样的歌，私下为各位祈求幸福和出人头地……希望大家记得这些点点滴滴。我现在这么坦然一切，大家或许会觉得肮脏吧！啊，虽然出身卑贱，但至少我是抱着让大家都能养成高尚品德的信念，每天全力以赴地教导着各位。还请大家看在我一番苦心的分上，原谅我隐瞒至今的一切。”说着，他面向学生，低头致歉。

“各位回家后，请务必将我的事转达给父母亲知道——代我向他们表达这些日子来隐瞒一切的歉意，并把我低头向大家致歉的事一并说明——我其实是个秽多，是个调里、不净之人。”他又补充说道。

丑松或许觉得这样心意还不够，往后退了两三步，说声对不起跪在地上。搞不清楚发生什么事的后排学生，陆续站了起来，有人站上椅子，有人离开座位，有人则跑出走廊，大声尖叫。

就在这时，下课铃声响起。所有教室全打开门来。其他班级的学生和老师，如波涛般一涌而来。

十二月以后的银之助，已算不上是学校中人。当天下午一点半左右，因事回到学校的他，正在教职员室中谈话，不料却听说了丑松的事。

银之助不加思索地飞奔出去。

穿过玄关，经过长廊时，肩挂着紫头巾、正准备回家的女学生，全都在谈论着丑松的事，似乎完全忘记回家这回事。聚在体育场的男同学，话题内容仍是与丑松有关。穿过左右飞奔而过的少年们，走近高等四年级的教室一看，廊下站着校长与四五位老师，文平也在其中，还有高等科四年级的学生们一起围着丑松，连前来参观的师范学校的学生也一脸错愕。

只见丑松失魂落魄，伏身跪在同事面前，前额紧贴在满是尘埃的地上。看到如此悲惨的情景，一股深深的怜惜之情，从银之助胸中袭来。他走上前去，将他拉起身，拍拍他身上的灰尘，丑松仍一脸茫然，口中不住念道：“土屋君，原谅我！”告白的泪水已爬满丑松的双颊。

“我知道，我明白，我了解你的感受。”银之助说。

“嗯……辞呈也带来了吧！总之，以后的事就交给我，你现在马上给我回去，知道吗？你只要照做就好。”

7

高等四年级的学生留在教室里，为这位平日敬爱的老师开会讨论对策。

虽然都是些未经世事，完全不解社会复杂情事的学生聚会，但毕竟个个都有颗正直纯真的心，都能敏锐感受到丑松的心情，决定思考挽留老师的办法。时间已不容许再有任何迟疑了，大家一起去向校长求情吧！年约十六岁的班长话一出口，当场就获得大家的赞成。

“快！大家快走吧！”一位农民子弟模样的学生叫道。

大家商量的结论，除了例行打扫而被派留下的值日生外，所有同学都离开教室。省吾也在其中。此时校长正倚着校长室的椅子，和文平说话，一见到高等四年级的学生们全体出现，立刻明白了他们的来意。

“你们有什么事吗？”校长佯装一副毫不知情的模样问道。

班长走向校长的办公桌前。校长和文平一起盯着这个学生看。比起省吾等人，他算得上是很聪颖的少年，说话清晰又易懂。

“其实，我们是有事想请求您。”接着，班长说出大家的心声，

“希望无论如何学校能留下这位老师，即使他是秽多，也不愿意他离开。学生中本来就有新平民的孩子，老师是新平民又何妨呢？！这是全体学生一致的想法。拜托！”说完，班长低下头恳求。

“校长先生，拜托您！”

大家异口同声，全都低下头来。

这时候，校长离开座位，看着眼前的这群学生，“嗯，我明白你们的意思。既然你们这么热心挽留，我也必将尽力而为。但是，凡事都得照规矩来。有事请求时，就该依正常程序来……看是要推举总代表，还是递出请愿书，按部就班是一种该有的礼貌。看看你们这样一堆人闯进来，一开口就要求挽留。这是多么不应该的举动啊！”被这么指责，班长也想辩解，但还是忍着泪不再出声。

“你们听好！”校长摊开桌上的信，“这封信是丑松老师的辞呈。无论如何，这信都必须交由郡督学过目，也得跟镇上的学务委员报备一声。即便我有心救濑川老师，一个人在这里焦急不安，也得学务委员愿意听我的才行啊！”他缓和声调说道，“但是，这并非凭我一己之力可以处理的，这点还请大家好好想想。失去这么一位好老师，不只是你们不忍，连我也觉得遗憾。总之，今天大家就先回去，不要耽误到自己的课业。各位同学不去追究这件事，学校方面也不会置之不理，大家还是以课业为重。”

文平抱胸聆听，看着无奈离去的学生们背影，嘴角露出冷笑。校长把门关上了。

第二十二章

1

“请问，濑川君在这里吗？”来到敬之进住处询问的，正是银之助。

挂心朋友的银之助担心地追在丑松后面来到这里。

“濑川先生？”志保跑了出来，“啊，他刚刚才走噢。”

“刚刚？”银之助望着志保，“那么，你可知道他往哪边去了吗？”

“我倒没问清楚，”志保吞吞吐吐地说，“不过，好像是要去见猪子先生从东京来的太太。应该没错……就是去市村先生寄住的旅馆嘛……听濑川先生的口气是这样没错。”

“去找市村先生？谢天谢地！”银之助吐了口气，总算安心。“其实，我很担心他，到莲华寺一问，寺院方面说濑川君还没从学校回来。又到市村先生的住处一看，也不在那里。心想，说不定会来你这里。”说着又想了一想，“嗯，原来如此，他来找过你了……”

“你应该与他失之交臂了。”志保脸颊些许泛红，“要进来坐坐吗？虽然里面有点简陋。”这么一说，银之助随志保来到火炉边。

志保哭肿的脸颊还留着未干的泪痕。丑松究竟说些什么跟她告别呢？望着志保脸上的表情，银之助大概可猜出大半。

从他在学校走廊，跪在众人面前，将一切向大家坦白的行为推断，这个朋友想必下了极大决心。那时的心境，光想都令人不忍。银之助心想，无论如何都要助丑松一臂之力，于是准备将这事跟志保商量。银之助首先询问志保的身世。

身处贫困悲苦之中的志保，马上就明白银之助是个值得信赖的人。不只如此，她更清楚这个人和丑松是最要好的朋友。

唯有此人，才是能真正体谅自己、可以知无不言的人，她心中虽然这么想过，但当她被问及回到父亲住处原因时，仍内心激动，久久无法自已。下定决心逃离莲华寺的始末和原委究竟要从何说起，就连志保自己也茫无头绪。毕竟女孩子敏感的心思，连灰暗熏黑的土墙里的景象看来都是那么羞怯，烧着枝条的炉火旺得很，她拉着和服衣领娓娓道来。

依照志保的说法，她之所以想通离开寺院，是在一连串哭泣流干泪水后的结果。

“即便对方不当你是女儿，最少还有养育你至今的恩情在。既然当上莲华寺的女儿，不管多苦都不可以回家。”当然，还有父亲冷淡的话语。在漆黑的夜色中逃脱出来的志保，根本不知自己该往哪里去。内心悲伤，神情恍惚地走在路上，突然撞见一个倒在雪地上的人。一看，竟是醉得不省人事的父亲。当时的志保心中甚至以为父亲已经冻死了。于是喊住正好路过的音作，一起搀扶起父亲，好不容易才把他送回家，如果再耽搁一下，性命便不保。从此以后，敬之进就无法再下床。听医生说，他身体极度衰弱。看来应该没救了。

不幸的魔掌并未因此停歇，更大的不幸正在这屋檐下等着志保。

走进屋里一看，继母和那些同父异母的弟妹早已不见人影。其实，在前一晚上，夫妻俩大吵了一架，继母提起志保的事和父亲的酗酒，哭喊着今后要如何过下去。不久，便带着三个小孩往高井娘家出发，独留父亲一人。

在继母亲生孩子当中，她留下老三阿末，带走了阿进、阿作和留吉。意外地，她把生性温顺的阿末留下，却把那个小麻烦阿作带走，看来想必是经过一番斟酌才做出的决定。继母背起最小的儿子，拉起阿作的手，阿进则被一位从未谋面的男人带走，离去前还频频回头张望。这些情形都是来自附近店家老板娘的叙述。

在如此困境下，唯一值得倚靠的只有音作，他们夫妻二人每天都来，不是送东西过来，就是慰问老主人，还说要照顾阿末，将她带回自己家中。因贫苦而家族离散的敬之进家族的下场，志保跟银之助说的大概就是这些了。

“这么说来……如今在家的只有你父亲、你和省吾三人啰？”银之助感叹道。

“嗯。”志保含着泪水，将鬓边垂落的头发往上拨。

2

二人终于谈到丑松的事。

望着重视朋友的银之助的模样，志保决定将一切说清楚。她把方才丑松来见她的事全说了出来。她说起丑松脸色苍白，眼中满是悲愁，想说又不知如何说起的模样——为情所苦，连告别的话语也说得断断续续，上句不接下句。又说丑松告诉她，虽然不至于忘不了，就当我是个对不起社会的罪人吧！说完便跪在面前，勇敢地把事实做了告白。

“看他真是一副满怀歉意的样子。”志保接着又说，“我正想问个明白，濑川先生却戴上帽子，迅速地离去了……他走后，我哭了好久。”

“原来如此。”银之助也叹了口气，“唉！跟我想的一样。你一定吓坏了吧，一开始听说濑川君的身份时。”

“不。”志保不带任何迟疑地说。

“咦？”银之助睁大了眼。

“因为这件事我不是今天才知道的。胜野君不知从哪里听说，便找时间说给我听了。”

这一句“不是今天才知道……”的话可把银之助吓到了。但是，文平为什么要把这些话告诉志保呢？他继续追问着。

“那男人真是大嘴巴，真是没救了。”她喃喃自语道。然后，银之助像是想起什么，“什么？胜野君这么常去寺里？”

“嗯……因为莲华寺的母亲说男人还是会说话、个性爽朗一点比较好，胜野君常到寺里来玩。”

“那个男人又为何要将这事告诉你呢？”银之助接着又问。

“嗯，他说了奇怪的事。”志保有点难以启齿。

“奇怪的事？”

“亲戚们都是当这个那个的，现在他自己也要出名了。”

“也要出名了？”银之助像在嘲讽那个不在场的人似的笑着，“噢……他这么跟你说的呀！”

“还有，那个……”志保一脸认真，“他说了好多濑川先生的坏话噢。我就在那时第一次知道这事。”

“啊，原来如此，所以你才会知道这件事的吗？”银之助急切地望着志保，突然声调一转，“啐！那男人还真是多话！”

“我也不知道他竟是这样的人。但他说的实在太过分了。那样的话已经不是平常说人坏话那么简单……连我听了都愤恨难平。”

“这么说来，你是同情濑川君的啰！”

“难道不是吗？即便他是新平民，也是一位值得信赖的好人，比起那些只凭一张嘴的人好太多了。”想都没想就脱口而出这些话，志保终究还是低下头来，望着自己娇嫩的手。

“唉！”银之助又叹口气，“为什么这世上之人就没办法都这么想呢？我一想到濑川君的事，就好想哭出来。你想想吧！那男人跟他人有何不同，不就只是出身罢了呀！因为这个原因，他必须放弃工作、名誉……怎么会有这么残忍的事呢？”

“但是，”志保清亮的眼眸闪闪动人。“不管父母亲的血统如何，这都不是濑川君能决定的啊！”

“你说得没错，的确是如此，那不是他能决定的。听你这么说，真让我增加不少信心。其实，我曾经这么想过……一旦知道他的出身，你肯定会不再当他是以前的濑川君了。”

“为什么？”

“因为，一般人都是这种反应嘛！”

“旁人或许如此，但我可不这么想。”

“真的？你真的是这么认为吗？”

“你要如何才相信我呢？我可是一本正经地在跟你说话。”

“所以，我才想把那事情问清楚啊！”

“那事情？”志保反问，她望着对方猜测着他的用意，年轻的双颊突然一抹潮红。

3

无力的咳嗽声从屋内传来。志保突然竖起耳朵，担心地听着。接着她点头致意后，往里头走去。

银之助一人在炉边望着燃烧的火焰发呆，更深刻地感受到处于如此恶劣环境下，却仍不屈不挠走下去的志保内心的活力。常与严酷气候搏斗、卖力又能干的信州北部的女人，个个生性坚强又有活力。对苦痛的忍耐可说是一种几近天性的优点。

看来志保承继了这种血脉。温婉中带着坚强。银之助陷入沉思，不知如何帮朋友把心事说出来。不一会儿，志保从里面走出来。

“怎么样？你父亲的情形如何？”银之助寄予深深的同情。

“没什么太大的改变，”志保看来很沮丧，“他说今天什么都不想吃，只喝了点粥……唉！他就这么从早一直睡到现在呢。怎么会是这种睡法呢？”

“这实在叫人担心。”

“大概不长久了。”志保叹着气，“一直以来，我们都受濑川先生种种照顾，现在连医生都说不行了。”说着，又习惯性地撩拨鬓角的头发。

“其实，人的一生真是林林总总。”银之助想起志保的遭遇，不禁悲从中来。

“有人生在温暖的家庭，一生不知生活困苦为何物；有人则跟你一样，自年轻时便过得艰辛，经过这般惊涛骇浪，自然锻炼出坚强的个性。像你生来就要接受痛苦的磨炼，才能长成真正的女人。天注定就是有这样的人，虽然有不为人知的悲苦一面，相反地也有他人无法体会的快乐吧。”

“快乐？”志保笑得寂寞，“我会有这一天的到来吗？”

“会的。”银之助肯定地说。

“呵呵呵……只要想想这阵子的事，怎会有那一天的到来呢！要不是我住进寺院，莲华寺的母亲也不会那么痛苦。在舍弃那个母亲逃出来前，我是多么的……”

“或许真是如此。但那只是你的想法……”

“不……即便我死也是一样。只不过，人毕竟是有感情的动物，此即力量……活下去的力量……”

“啊！濑川君和你的境遇都是如此凄苦。就因你自己有这样的遭遇，所以才会为濑川君哭泣吧！其实……我真的想帮助这个朋友，所以才来找你商量。”

“你说你想帮他？”志保眼睛一亮。“只要我能力所及，一定义不容辞。”

“这事你一定办得到。”

“我？”二人沉默了半晌。

“我干脆就开门见山地说吧！”银之助脱口而出，“那是在学校值班那晚的事。我试探性地问了濑川君的心意。那时候，我这么说：‘你不要老是一个人把事闷在心里，说出来听听嘛！或许你会认为跟我这种不懂情趣的人说了也是白说。但是，我也不是那么冷酷的人啊！依我看来，你总是把事情想得太复杂了。所谓的朋友，只要力所能及还是能对你有所帮助的。’濑川君这才说出你的事……‘坦白说，的确有你所怀疑的事。不过你就当那人早就死了。’他这么回答我。啊！濑川君一想到自己的出身，只好放弃那达不成的希望。如今也不再留恋这个世界……真有如此悲凄的爱情吗？于是，濑川君来找你，对你坦白自己长期隐瞒的秘密。这就是我想说的，如果你能体会那男人的真情，请你拉他一把吧！”

“我实在不知说些什么好……”志保的脸一直红到耳根，“我早就有此打算。”

“一生？”银之助热切地看着志保。

“嗯。”志保这个回答，让银之助震惊不已。

爱情、泪水和决心，全在这句话。

4

总之，当务之急就是将此事告诉朋友，先拯救朋友那颗枯萎的心吧！先到市村律师投宿的地方看看，再决定怎么做吧！二人约定好后，银之助便起身离开炉边。

“那个，我想拜托你……”志保叫住他，“如果你有《忏悔录》这本书的话，可以借我吗？说不定我看也看不懂吧！”

“《忏悔录》？”

“就是猪子先生写的那个……”

“噢，那本书啊！你怎会知道这本书？”

“那是濑川先生平时在看的书。”

“我知道了。濑川君应该会有，我去同他说说看，如果没有的话，我也会去找一本来送你。”说完，银之助急忙往律师先生投宿地出发。

这时的扇屋旅社，正是大家聚在莲太郎遗体旁的时候。在亲切的老板安排下，在送往火葬场前，还是为死者的灵魂举行了一场追悼会。

念经的是法福寺的老和尚。当天下午从东京赶来的莲太郎的妻子——如今成了寡妇，还有律师和丑松随侍一旁。死于旅途中的人最是可怜，扇屋旅社的家人也一个接一个上前来祭拜。就连一些毫无关系的客人，也因听到消息而聚到廊下，静静地聆听着孤寂的木鱼声。

烧完香，经文也读完一个段落，银之助在丑松的介绍下，第一次和莲太郎的太太说了话。《长野新闻》的记者也混在其中，将听到的全记入本子里。

“你就是太太吧？”记者以职业性的口吻问道。

“是的。”太太回答。

“太太，很遗憾发生这样的事。猪子老师的大名如雷贯耳，私下我也很尊敬他……”

“谢谢你。”

这些谈话无疑都将引起回忆的种种。大家的话题都围绕着莲太郎。

最后，说到太太和丈夫一起来到信州时的事，在前晚做的那个怪梦，总对丈夫无法放心的预感，以及说出这话时被严厉叱责的事。纵观种种，或许丈夫在当时已心有觉悟——信州的小阳春很好噢！这次的旅行有趣吧！我一定会带着礼物回家的！不料这些话竟成为永远别离的遗言。说着，又不断为因这突发事件而受到干扰的人们，一再致歉。虽然她是个性坚强的女人，仍不免露出伤痛之情，她淡淡的语气反倒令人更心生同情。

律师招呼银之助来到房间的一角。商谈的内容正是有关丑松的事。照律师看来，如今丑松在饭山也待不下去，太太要回去时也需要有个男人照应，所以希望丑松能一起护送莲太郎的骨灰，一起回东京。如果不是选举在即，这自然是自己该做的事，但太太坚决推辞了，说至少要安慰为这次为选举尽心竭力的丈夫灵魂。太太的精神实在值得称许。心想只好劳烦丑松，一切费用由我负担，还请多见谅。

“因此，我已经与濑川先生谈过了。”律师说完，望着银之助。

“学校方面如何呢？”

“学校方面吗？”银之助深表同意地说，“其实……濑川君现正在休假中，这事经过事前协商，自然不会不方便。根据校长的说法，郡督学好像也有此打算。总之，学校的事就交给我，我一定会想办法的。能早一天离开饭山，或许对濑川君比较好。”

就在这个谈话中，棺木被抬起了。此刻又响起诵经声，大家都为见最后一面而聚集到棺木旁边。当棺木要被运往火葬场时，周遭已暗了下来。棺木终于要抬起，见到它被抬上“色木木戚（枫科落叶乔木）”所制成的雪橇时，太太早已扑倒在地哭得无法自已。

5

亲眼看见棺木被推入火中，从火葬场回来后，丑松和律师、银之助围坐在炉旁，在扇屋旅社的内厅谈着话。无情的命运如今带着微笑，悄悄朝着丑松而来。

那个被饭山医院逐出，又遭鹰匠町住处的人排挤的大财主，事实上，被驱逐的耻辱反倒成为激励向上的动机。他在美国得克萨斯州从事农业的新计划，丑松意外从市村律师口中得知，带来希望的火花。律师曾受大日向之托，代他找一位受过教育，为人可靠的年轻人，刚好丑松便是合适的人选，他想到将这件事告诉对方，对方肯定会很高兴！如果丑松有意愿，自己愿意帮他进行洽谈。有没有兴趣到得克萨斯州去闯天下呢？只要有心，一定可以学到很多东西！银之助对这项提议也深表赞同。

“看！天无绝人之路吧！”银之助说道。

“后天一早，大日向约好来找我。嗯，这时间刚好。总之，大家先见个面吧！”律师这番话，为丑松枯萎的心打入一剂强心针，顿时升起一种试试看、做做看的决心。

好消息不只如此。还有从银之助那里听来关于志保的事——她那叫人怜爱的决心和泪水，是多么震撼丑松的心啊！

敬之进的病、继母的离家，这些事凑在一起，更让人为志保感到不忍。

啊！竟然有人为了因绝望、断念，坦白一切前来告别的丑松而偷偷落泪！竟然有人在听过他所羞愧，却发自内心的真正忏悔后，还愿意和他这个卑贱的秽多之子一生相伴！

“你的意思如何？她可真是个好女孩哟！”银之助接着说。

翌日，银之助为了朋友，去了学校、莲华寺，又去找过志保。

他到莲华寺帮丑松把衣物整理打包，拿走马上要用的，其他能寄放的就先放在寺里，这一切全靠银之助打理。银之助又把志保的事说给莲太郎太太和律师听。女人最是同情女人。尤其志保悲惨的遭遇，更是打动了太太的心，便开口邀她一起去东京生活。

在丑松安顿下来后，希望能将她当作妹妹般嫁过去。这话一说，其他的就全靠律师去张罗了。于是，在将所有事交付律师和银之助后，丑松决定马上离开饭山。

第二十三章

1

终于，出发的日子到了。

破晓时分，天空飘起雪雨，更增加扇屋旅社每个人对寂寞之旅的感慨。

一台雪橇老早就停在扇屋旅社前。随之而下的是全身包着厚呢绒外套的绅士打扮的人。在拉雪橇夫的引领下，他要求和律师见面。

“啊，大日向来了！”律师亲自出来迎接。

大日向为了遵守约定，在天色未明前便从下高井出发。说要进去也没真的进到屋内，只是坐在门边，询问律师有关法律事宜。话一谈完，对莲太郎的死表达遗憾后，便急着要离去。就在这时，律师向他提起丑松的事：

“你就进屋内吧……猪子君的太太也在，还有现在跟你提的濑川君也在，请务必和他见个面。待在这个地方，实在没办法好好谈事情。”他半强迫地说。

大财主只是苦笑着。不论市村怎么游说，就是说不动他。只说反正自己最近会上东京，届时再造访猪子家。到时便可顺便见见丑松。对知心人理应如此。详细的细节就等到东京之后再说吧！

“今天真的这么急吗？”

“不，倒也不是这样……”在如此谈话中，律师看出大日向脸上的固执。

“那么就这么办吧！”律师想了想。

过了上游渡口的地方有间休憩茶室。大家约好聚在那里，一起为今早出发的人送行。丑松的好友应该也会去。希望他先过去等着。总之，还是希望能介绍他和丑松见上一面。他再三叮嘱。

“嗯，那我就在那等着。”双方约定完毕，大日向便先行离去。

“看来大日向也想起从前了。”律师喃喃自语，笑着跟正在收拾行囊的莲太郎太太和丑松说。

莲华寺的笨庄也来了。说是夫人派来的，还带来饯别的礼物。外加草鞋一双，草制雪鞋一双，全是笨庄亲手制造，只说是略尽薄意，希望丑松能收下。这时的丑松想起那段寺院生活，不禁也对眼前这人感到不舍。想起过去，寺里的人们生涯都变了。住持变了，夫人变了，志保变了，自己也变了，唯一不变的，只有一直被叫笨庄、笨庄的这个人。丑松想着，就与这个永远像个孩子，没有亲人，没有妻子的敲钟人道别了。

省吾也来了。自告奋勇要帮忙拿行李。

不一会儿，一台雪橇停在门前。装有骨灰的白木盒，在白布上有裹上一层黑布，尽量不想引人注意。雪橇上放的，除了骨灰、莲太郎的各种遗物，还有丑松的行李。

为了世间礼俗，太太和丑松将一起步行到上游渡口，在对岸的茶屋再分别雇二辆雪橇，最后，二人在众人“保重”的送别声中离开了扇屋。

雪雨蒙蒙地下着。拉雪橇夫头戴圆头草笠，戴着多层棉布手套，穿藏青色棉布紧腿裤，一人拖着橇柄，一人在后面推，步调一致地拉着雪橇。不时响起洪亮的“嘿咻、嘿咻”的吆喝。丑松也和众人一起跟在前辈的遗骨后面，听着雪橇滑行在雪地上的声音，静静地思考着自己的一生。

猜疑、恐惧……啊，日夜困扰自己的苦痛总算稍有改善。如今的自己，就像小鸟一样自由。丑松呼吸着十二月清晨冰凉的空气，终于有种如释重负、重获新生的感觉。

就像结束长途的海上旅程，重返陆地时的船夫心情，那种想要俯身亲吻土地的怀念感。此刻的丑松便是如此。不，或许比这样还更欣喜、更悲伤。

站在那一踏上去便沙沙作响的雪地上，第一次觉得这是真的属于自己的世界。

2

就在转往上游渡口方向的街角处，一行人和志保撞个正着。志保由音作陪同，家里拜托音作老婆看着，特地等在这里送行。对于丑松和志保这二人的相聚，一旁观看的人都深为所感。不加思索脱下帽子，向志保行礼的丑松与睁着清亮或者应该说是湿润的眼眸、看着丑松的志保，两人此时此刻纵使有些话无法用言语表达，但能这样存活于世，已经够让人感叹命运的眷顾了。历经种种波折，为了日后再度重逢，二人站在这里彼此对望，互诉离情。

在丑松的介绍下，志保见过了莲太郎太太和律师。

女人家不一会儿便热络熟识了，二人边走边聊。音作也加入丑松和律师的谈话中，诉说敬之进身体的情况。

正直、木讷又朴实的农民个性，凡事以主人为重的音作一说起风见家的事，丑松和律师都倾耳细听。音作说，如果病人有什么万一，一切将由自己承担，还请代为照顾志保和省吾。唉！自己膝下无子，既然主人有后，他愿意领养阿末，作为对主人的报答。

很快，他们走过上游渡口的长浮桥，来到对岸的休憩茶屋。

银之助早在那里等着。那个下高井的大日向也出来迎接。律师介绍给丑松认识的这个叫大日向的人，看来实在有点穷酸，甚至有点像乡下医生，一脸平凡，怎么也不像是那个要去美国得克萨斯州开创新事业的人。但是彼此交谈后，丑松才逐渐感受到他为人的坚毅、严谨，以及深不可测的个性。

大日向跟丑松提起得克萨斯州的日本村，告诉丑松许多自北佐久地方远渡重洋来到那个日本村的种种。据说其中还有一个生于颇有分量的资产家庭、毕业于东京麻布的中学青年，也加入到这些渡客之中。

“咦，真的吗？”大日向笑着说出鹰匠町住处发生的事。

“你也住在那里吗？唉！那时的我真是惨透了。其实，我也因这样的遭遇，才会想开创一番事业的。现在能这么当笑话说，为什么当时会……真的觉得很遗憾！”

席间洪亮的笑声不断响起。

这时候，大日向忽然发现自己不自觉地说起过去的事，尴尬地笑了笑，和丑松一起坐了下来。

“老板娘……请把刚刚的东西拿出来。”

银之助示意店家。他们称之为“饯别”，就是大家在这江畔的茶屋里举杯喝下别离之酒，对送行的人，或是离人而言，都将是一份永难忘怀的回忆吧！银之助充当了当天早上的主人，一大早就过来忙着准备所有东西，一派热情不做作的书生作风，让人充分感受到他的诚恳。

“一切承蒙你的照顾。”丑松感慨万分地说道。

“彼此、彼此！”银之助笑着说，“但是，我真的没想到会这么来送你。反倒是举办过送别会的我殿后了。哈哈哈……人的一生真是难以预料。”

“总还会在东京碰面的。”丑松热切地望着好友。

“啊，我早晚也该出发。没什么好菜，我们干一杯吧！”说完，银之助回望，“志保小姐，对不起，可以帮我斟杯酒吗？”志保拿起酒瓶走上前去。

充塞在她小小胸口的又喜又悲的情绪，可以从那双微颤的白细纤手获知一二。

“你也来喝一杯吧！”银之助强行拿下娇羞的志保手中的酒瓶，递给她一个酒杯，“来，我来为你斟酒。”

“不，我不能喝的。”志保藏起酒杯。

“那可不行。”大日向笑着接说，“这时候就该喝。装个样子也行，你就接受吧！”

“做个样子嘛！”律师也在一旁劝说。

“那我就喝一点吧！”

说完，志保做出饮酒的样子，脸又红了起来。

3

高等四年级的学生逐渐聚集过来。听说丑松当天出发，他们个个都是因仰慕丑松，发自内心想来送行。丑松在面色红润的这群少年当中，说着别离的话语，时而伫立着聊起将来的种种，时而走在雪雨中、站在岸边枯柳下，等候着从浮桥另一头走来的另一群学生。

莲华寺传来敲钟声。第二声划破寂寥的冬日，响遍千曲川水面。

那钟声就像水波，逐步扩散，愈来愈远，最后消失在雪雨中，紧接着第三声又如震动般响起……第四声……第五声……

啊，是笨庄现在登上那个钟楼敲响的钟声吧！听来好像是对丑松的告别，又像是为这雪白崭新的人生曙光传报佳音。深沉、庄严的声响敲在心头，让丑松不禁低下头来。

第六声……第七声……

无言的声音是靠心来传递的。传送的人也好，被传送的人也罢，都暂时沉浸在这个无言的思绪交流中。

终于，雇用的雪橇也来了。丑松把住在根津村的叔叔夫妇的事告诉银之助，那二人应该也很为自己担心，如果自己的事传到姬子泽，不知又要为叔叔夫妇带来多少麻烦，说不定再也不会待在那个村子，真不知该如何是好。

丑松这么一说，“那时候的事到时再想办法吧！”银之助说，“一切就交给大日向先生吧！如果你叔叔真的离开根津，也可以搬到下高井去住啊。有些事瞎操心无益……总之，船到桥头自然直。”

“那么，这件事就拜托你了！”

“好的。”

事情谈定，接着便是那本《忏悔录》，两人约好等到东京后，再买本新的给志保送去，然后丑松和莲太郎太太向前来送行的人们致意告别。律师、大日向、音作和银之助，还有学生们全都围到三辆雪橇旁。志保苍白着脸，紧靠着省吾的肩，望着即将离去的他们。

“来，推吧！用力推！”其中一个学生举起手喊道。

“老师，我们陪您走一段。”另一个学生抓住雪橇后面的抓杆。

就在他们要出发时，准教员从雪雨中飞奔而来，说是有事跟学生说。太太和丑松也跟着回头看。载着莲太郎骨灰的雪橇在前面，先前施在三辆雪橇上的力又缓了下来，停在原地。

4

“不过是这样的事，你就放过他们吧！”银之助站在准教员面前说道。

“你想想吧！做学生的敬爱自己的老师，才会想要跟着去送行啊。这样的少年情怀不是很美吗？这不是应该值得赞许的吗？学校却反而来阻挠。首先你根本就不对！你不应该答应来做这种事。”

“很遗憾你会这么说我。”准教员搔搔头，“又不是我说不准的！”

“那为什么学校说不可以呢！”银之助耸耸肩。

“没有申请，自然不能随意不来上课啰。不来上课的话，自然要在获得许可后，再前来送行。校长先生是这么交代的。”

“事后再提出申请不就得了。”

“事后？这怎么行！校长先生已经很生气了。胜野君又在一旁添油加醋，说这一班学生实在太狡猾，让这样的事一再发生会影响学校威信，不守校规就请他们别来学校呢！”

“别这么死脑筋嘛！每次一说事情，校长和胜野君马上就搬出一大堆规矩。只不过停个半天课，又算什么，这算破坏规矩吗？照理说他们主动鼓励学生前来送行，才算合乎情理吧！好言规劝他们才是应该的吧！好歹也一起工作多年，该有些同事情谊，至少也该自己带着学生来送行吧！结果呢，不但自己没来，连学生也不准来，未经允许来送行的还得受罚，怎么会有这种事啊！”

银之助并不清楚事情的始末。

昨天，校长把学生全数召集到礼堂，说明丑松长期休假的理由，当时就对丑松个人提出批评，更对其平常行径严厉攻击，并说借由此次的改革（校长特意使用改革这个字眼），对学校的未来将有很好的影响……种种的事，银之助并不知情。

啊！身为教育者却彼此相忌。同事间的嫉妒，人种间的鄙视……这燃烧世间的火焰，竟在这出发的前一刻朝丑松逼近。看银之助如此激动，丑松走下雪橇来。

“土屋君，算了吧！他不过是来传话的。”丑松试着调停双方的争执。

“但是，真是太不可理喻了嘛！”银之助似乎完全听不进去。

“如果真是这样，那不妨拿我当时来看吧！那个送别会整整花了半天以上。若是为了我可以停课半天，濑川君的情形岂不更应该吗？”说着，他转身面向学生，“去吧！尽量去吧！一切后果我来承担。如果发生问题，我出面替你们摆平。”

“去吧！去吧！”一个学生挥着手叫喊着。

“你这样子，我很为难。”丑松制止银之助，“你们来送我，我很感激，但如果因此带给学生麻烦，我实在很过意不去。已经足够了……你们能来这里，我已经很满足了。你们还是回去吧！”就这样，丑松用怜惜的口吻重复着同样的话，接着准备乘上雪橇。

“保重！”这是丑松在最后见到志保时留下的话语。

途经景象萧瑟的岸边枯柳，饭山町的街景在右侧一一展开。对岸绵延不绝的住屋屋檐，处处可见的高耸的寺院建筑，如今只剩下丘陵的古城遗迹了，全都埋在雪堆中，一眼望去一片朦胧的白。

天气好的时候，可以从这岸望见小学的白色墙壁、莲华寺的钟楼，如今全在雪雨中失去了踪影。

丑松频频回首，深深地叹了口气，不知不觉中，两行热泪悄悄滑落。

雪橇开始在雪地上缓缓滑行了。

岛崎藤村生平年谱

一八七二年（明治五年）

三月二十五日，生于筑摩县第八大区五小区马笼村（现长野县木曾郡山口村）。

父亲正树，母亲缝，是四男三女中的幺儿（二姐、三姐早逝），本名春树。岛崎家是代代从事村长、旅店和批发商的地方望族，父亲身兼马笼的里正和村长，深具平田派的国学素养。一岁时，父亲为“山林事件”四处奔走而遭当局忌讳，失去村长的地位。

一八七八年（明治十一年）六岁

进入神气学校就读。父亲教导亲笔书写的《劝学篇》《千字文》，在幼年期结束时开始学习《孝经》《论语》。

一八八一年（明治十四年）九岁

春天，由长兄秀雄带着和三哥友弥一起上京。寄住京桥鎗屋町的高濑熏（大姐园的丈夫）家，转泰明小学就读。之后，从高濑家回乡定居，十一岁搬到高濑同乡的吉村忠道家寄住。

一八八四年（明治十七年）十二岁

开始学习英语。四月，父亲上京。这是与父亲的最后一次见面。

一八八六年（明治十九年）十四岁

入学三田英学校（现锦城中学）。九月，转学共立学校（现开成中学），跟木村熊二学习英语。十一月，父亲正树在故乡的禁闭室发狂而死。

一八八七年（明治二十年）十五岁

九月，进入明治学院普通学部本科一年级就读。

一八八八年（明治二十一年）十六岁

六月，在高轮之台町教会接受木村熊二牧师的洗礼。

一八九〇年（明治二十三年）十八岁

常和同窗好友马场孤蝶、户川秋骨共同研习语学和文学。

一八九一年（明治二十四年）十九岁

六月，自明治学院毕业。在严本善治主办的《女学杂志》发表翻译及其他作品。十一月，继祖母大掠桂子去世，代替上京的长兄回到十年不见的家乡参加丧礼。

一八九二年（明治二十五年）二十岁

一月，为《女学杂志》翻译《寄予人生》。

四、五月由台町教会移籍到植村正久的曲町一番町教会。九月，成为明治女校高等科英文科的老师，并在牛烯区赤城元町租屋。接受征兵检查被编入乙种国民兵役。这年认识了北村透谷、星野天知和平田秃木。

一八九三年（明治二十六年）二十一岁

一月，和透谷、天知加入《文学界》创刊，每月发表诗剧、诗和随笔文章。后来因爱上自己学生佐藤辅子深感自责，于是辞去明治女校职务，脱离教会在籍，前往关西进行流浪之旅（九个月后回东京）。十二月，与上京的母亲同住长兄之家。

一八九四年（明治二十七年）二十二岁

四月，重回明治女校教书。五月，北村透谷缢死。十月，编辑《透谷集》由文学杂志社发行。这一年认识了上田敏、荆口一叶。

一八九五年（明治二十八年）二十三岁

七月在《文学界》发表诗篇《今年夏天》。

八月辞去明治女校职务。九月，因马笼大火老家烧毁。

十二月在《太阳》发表诗论《关于韵文》。

一八九六年（明治二十九年）二十四岁

九月，独身至仙台东北学院赴任。十月，母病殁，携母遗骨回乡埋葬。这年有许多诗的创作。结识田山花袋、太田玉茗和柳田国男。

在《文学界》发表诗篇《草影虫语》《秋之梦》。

一八九七年（明治三十年）二十五岁

七月辞去东北学院回到东京。

八月，处女诗集《若菜集》由春阳堂发行。

十一月，首部小说《假寐》在《新小说》发表，并在《文学界》持续发表诗篇作品《幼蕨》《鹭之歌》《白磁花瓶赋》。

一八九八年（明治三十一年）二十六岁

一月《文学界》休刊。七月走访木曾福岛的姐夫高濑熏，度过了整个夏天，并着手写诗集《夏草》。完成了诗文集《一叶舟》与诗集《夏草》。

一八九九年（明治三十二年）二十七岁

四月，前往木村熊二的小诸义塾任教师。和函馆出身的秦冬结婚，婚后新居于小诸町马场里。

一九〇〇年（明治三十三年）二十八岁

四月，在《明星》发表诗篇《旅情》。

五月，长女绿出生。

六月，在《新小说》发表诗篇《海草》。

八月，在《天地人》发表随笔《云》。开始为《千曲川的素描》起稿。

一九〇一年（明治三十四年）二十九岁

八月，诗文集《落梅集》由春阳堂发行。之后，鲜少有诗作发表。

一九〇二年（明治三十五年）三十岁

三月，次女孝子出生。十一月，在《明星》发表《草鞋》。同月发表的《旧主人》，因描写通奸而遭禁售。

一九〇三年（明治三十六年）三十一岁

一月，在《小天地》发表《爷》。

六月，在《太阳》发表《老娘》。

一九〇四年（明治三十七年）三十二岁

这一年春天，开始着手写《破戒》。

一月，在《新小说》发表《水彩画家》。同月，花袋造访小诸。和丸山晚霞共赴信州饭山。

三月，在《明星》发表《椰子的绿荫》。

四月，三女缝子出生。

七月，计划自费出版《破戒》，并拜访函馆的岳父秦庆治请求赞助。

九月，刊登《藤村诗集》于《春阳堂刊》合订本。

十二月，在《新小说》发表《津轻海峡》。

一九〇五年（明治三十八年）三十三岁

四月，辞去小诸义塾上京，住在西大久保。五月，三女缝子夭折。十月，长男楠雄出生。

一九〇六年（明治三十九年）三十四岁

一月，在《艺苑》发表《早饭》。

三月，将完成的长篇《破戒》作为《绿荫丛书》第一部自费出版，深受好评。四月，次女孝子夭折。六月，长女绿夭折。十月，在《中央公论》发表《家畜》，并搬至浅草区新片町定居。

一九〇七年（明治四十年）三十五岁

一月，第一部短篇集《绿叶集》由春阳堂发行。

六月，发表《黄昏》于《文章世界》，发表《并木》于《文艺俱乐部》。

九月，二男鸡二出生。

一九〇八年（明治四十一年）三十六岁

四月，在二叶亭四迷的推荐下在《东京朝日新闻》连载《春》（八月完结）。

十二月，三男蓊助出生。自费出版《绿荫丛书》之《春》

一九〇九年（明治四十二年）三十七岁

十月，为了准备《家》的写作前往木曾福岛旅行。

发表《芽生》于《中央公论》。

在佐久良书房出版感想集《来自新片町》。

十二月，在博文馆出版短编集《藤村集》。

一九一〇年（明治四十三年）三十八岁

一月，在《读卖新闻》连载《家》，五月完结后，将其集结为《家》上卷。

八月，四女柳子出生，妻子冬因产后失血过多去世。

一九一一年（明治四十四年）三十九岁

春天，侄女驹子（二哥广助的次女）前来帮忙家事。

一月，开始在《中央公论》发表《牺牲》，分四月连载。后经修稿加笔成《家》下卷。

六月，开始在《中学世界》连载《千曲川的素描》，大正元年八月完结。

十一月，自费出版《绿荫丛书》之《家》上下卷。

一九一二年（明治四十五年·大正元年）四十岁

四月，博文馆出版短编集《食后》。

十一月，集编父亲的遗稿诗歌集《松或枝》自费出版。

在《中央公论》发表《岩石之间》。

十二月，佐久良书房出版《千曲川的素描》。

一九一三年（大正二年）四十一岁

一月，在《文章世界》发表《樱实》，在春阳堂出版短编集《早饭》。

二月，在实业之日本社发表童话《眼镜》。《文章世界》停刊。

三月，搬至芝区二木榎西町。为结束和侄女驹子的关系，由神户搭船前往法国。

四月，在新潮社出版感想集《来自之后的新片町》、短编集《绿荫丛书》之《微风》。

五月，抵达巴黎。

八月，开始在《朝日新闻》发表《来自法兰西》。

一九一四年（大正三年）四十二岁

五月，在《文章世界》发表《樱桃成熟时》前篇。

八月，因第一次世界大战躲在南法的利摩日市避难约两个半月。

一九一五年（大正四年）四十三岁

滞留巴黎。

一月，在佐久良书房出版纪行《和平的巴黎》。

十二月，在新潮社出版纪行《战争和巴黎》。

一九一六年（大正五年）四十四岁

四月，离开巴黎。在新潮社出版短编集《水彩画家》。

七月，返回日本。

八月，春阳堂出版《藤村文集》。

九月，赴早稻田大学任讲师。

纪行《回归故国》在《东京朝日新闻》发表。

一九一七年（大正六年）四十五岁

一月，兼任早稻田、庆应两大学的讲师，主讲法国文学。

四月，在实业之日本社出版童话集《给年幼的你》。

一九一八年（大正七年）四十六岁

五月，开始在《朝日新闻》连载《新生》第一部。

七月，实业之日本社出版《向海》。

十月，搬至麻布区饭仓片町居住。

一九一九年（大正八年）四十七岁

一月，春阳堂出版《樱桃成熟时》。

《新生》第一卷、第二卷分别于一月、十二月在春阳堂出版。

一九二〇年（大正九年）四十八岁

三月，大姐高濑园因精神病去世。

九月，开始在《朝日新闻》连载纪行《以色列》。

十二月，在实业之日本社出版童话集《故乡》。

一九二一年（大正十年）四十九岁

为了庆祝藤村五十岁生日，由诗话会主办的庆祝会和东京朝日新闻社主办的演讲会，将分别在二月、十一月召开。

四月，开始在《新小说》连载《法国纪行》。

七月，在《新潮》发表《一个女人的生涯》。

一九二二年（大正十一年）五十岁

四月，为妇女解放所办的杂志《处女地》创刊（翌年一月停刊）。八月，为让长男楠雄务农而暂时回乡。

九月，在阿尔斯出版感想集《饭仓信息》，在春阳堂出版纪行《以色列》。

这一年，全十二卷的《藤村全集》由藤村全集刊行会每月一册出版。

一九二三年（大正十二年）五十一岁

一月，患轻微脑溢血卧病约五十天。二月，前往小田原静养。九月，关东大地震。

一九二四年（大正十三年）五十二岁

一月，为震灾后的读者写下《藤村传单》第一辑，由新朝社发行。在研究社出版童话集《童话》。这年买回马笼本阵旧居宅地。

四月，在《改造》发表《三人》。

五月，在弘文馆出版童话集《幸福》。

十一月，由中村星湖编撰的《藤村随笔集》出版。

一九二五年（大正十四年）五十三岁

一月，在《新潮》发表《伸展准备》，在《女性》发表《热海土产》。三月，在阿尔斯出版感想集《等待春天》。

一九二六年（大正十五年·昭和元年）五十四岁

二月，在研究社出版六卷的《藤村读本》。

四月，造访长男楠雄在马笼的新居。

九月，在《改造》发表《暴风雨》。

十二月，在《福冈日日新闻》连载《食堂》。

昭和二年（一九二七年）五十五岁

一月，在新潮社出版短编集《暴风雨》，在实业之日本社出版《藤村色歌留多》。

七月，在山阴旅行。于小诸怀古园建造藤村诗碑。在《大阪朝日新闻》连载纪行《山阴土产》。

八月，在《中央公论》发表《分配》。

一九二八年（昭和三年）五十六岁

四月，为执笔《黎明前》前往木曾路旅行。十一月，与《处女地》同事加藤静子结婚。

一九二九年（昭和四年）五十七岁

四月，《黎明前》连载于《中央公论》。

一九三〇年（昭和五年）五十八岁

十月，在岩波书局出版感想集《市井之中》。

一九三二年（昭和七年）六十岁

一月，在新潮社出版《黎明前》第一部。

一九三五年（昭和十年）六十三岁

十一月，组成日本笔友会，并任会长。趁着《黎明前》完结的空档，着手整理所有著作，定本版《藤村文库》全十卷由新潮社发行。同月，《黎明前》第二部在新潮社出版。

昭和十一年（一九三六年）六十四岁

六月，在岩波书店出版感想集《桃子的水滴》。

七月，前往阿根廷出席第十四届国际作家协会。回程行经法国，翌年一月回日本。

一九三七年（昭和十二年）六十五岁

一月，搬至曲町区下六番町的新居（静之草屋）。五月，发表《巡礼》。六月，正值帝国艺术院创设，经推举为会员却自行辞退。十月，因肾衰竭而病倒。

一九四〇年（昭和十五年）六十八岁

二月，在岩波书店出版纪行《巡礼》。

十一月，在研究社出版藤村童话丛书《力麻薯》。

十二月，在新潮社刊出版童话集《玉霰》。再度被推举为帝国艺术院会员。

一九四一年（昭和十六年）六十九岁

二月，迫于时局借住于大矶的町屋园里的小屋，往返东京。

一九四二年（昭和十七年）七十岁

秋天，着手为《东方之门》起稿。

一九四三年（昭和十八年）七十一岁

一月，在《中央公论》连载《东方之门》（未完）。

八月二十一日，在大矶执笔《东方之门》时，因脑溢血昏倒，二十二日去世。

二十四日葬于大矶的地福寺。二十六日，在东京青山斋场进行公祭。戒名文树院静屋藤村居士。十月，遗发和手骨分葬在马笼永昌寺。